Pelsen

ro
ro
ro

Katherine John ist Tochter einer deutschen Mutter und eines walisischen Vaters. Sie wurde in Pontypridd geboren und studierte Englisch und Soziologie in Swansea. Katherine John verbrachte mehrere Jahre in Amerika und Europa, bevor sie nach Wales zurückkehrte und sich ganz dem Schreiben widmete. Sie lebt mit ihrer Familie auf der Gower-Halbinsel in der Nähe von Swansea.

Im Rowohlt Taschenbuch Verlag erschienen bereits «Namenlos» (rororo 24553), «Spurlos» (rororo 24582), «Atemlos» (rororo 24854), «Leblos» (rororo 24855) und «Schonungslos» (rororo 25421).

KATHERINE JOHN

REGUNGSLOS

THRILLER

Aus dem Englischen von Bettina Zeller

Rowohlt Taschenbuch Verlag

Die Originalausgabe erschien 2008 unter dem Titel
«A Well-Deserved Murder» bei Áccent Press, London.

Deutsche Erstausgabe
Veröffentlicht im Rowohlt Taschenbuch Verlag,
Reinbek bei Hamburg, März 2011

Redaktion Anne Fröhlich
Umschlaggestaltung any.way, Hamburg,
nach dem Original von Áccent Press Ltd.
Satz aus der ITC Legacy Serif, PostScript, InDesign,
bei Pinkuin Satz und Datentechnik, Berlin
Druck und Bindung CPI – Clausen & Bosse, Leck
Printed in Germany
ISBN 978 3 499 25454 3

Für Diane und Neil Langford, die besten Nachbarn, die es gibt. Bedauerlicherweise nicht meine, sondern die meines Vaters.
Wüsste ich nicht, dass man es auch wesentlich schlechter erwischen kann, wäre dieses Buch wahrscheinlich nie geschrieben worden.

KAPITEL EINS

Nachdem Kacy Howells alle Bäume beschnitten und mehrere Vogelhäuschen aufgehängt hatte, entfernte sie noch schnell die unteren Zweige der Weide, schaltete die Elektrosäge aus und begutachtete ihr Werk. Nun sah das Gehölz wieder tadellos aus, fügte sich harmonisch ins Gesamtbild und bescherte ihr von der Küche den Ausblick in den Garten, der ihr schon lange vorschwebte. Ihre Begeisterung verflüchtigte sich, als ihr Blick auf die schiefgewachsene Weißbirke fiel. Bob Guttridge, der Farmer, hatte sie schon zweimal ermahnt, seine Bäume in Ruhe zu lassen, doch was interessierte sie das? Die Bäume standen auf seinem Grund und Boden, aber er kümmerte sich überhaupt nicht um den Bestand an der Grundstücksgrenze, während sie diesen Anblick Tag für Tag ertragen musste ...

Kurz entschlossen schaltete sie abermals ihre Elektrosäge ein und machte sich daran, den Baum zu fällen. Sie spürte, wie das Sägeblatt butterweich in das Holz drang, was ihr große Zufriedenheit verschaffte. Sie packte den Stamm, schleifte ihn zum Maschendrahtzaun, der das Waldgebiet der Farm von ihrem Garten trennte, und warf ihn auf die andere Seite. Anschließend kletterte sie selbst hinterher und zog den Baumstamm zu ihrem Holzdeck hinüber.

Früher hatten ihre Nachbarn im Frühling und Sommer Abend für Abend auf ihrer Terrasse gesessen. Das hatte sich in dem Moment geändert, als Kacy ihr Deck absichtlich so baute, dass sie alles beobachten konnte, was sich im Garten nebenan tat. George, ihr Mann, war anfangs von ihrer Idee überhaupt nicht begeistert gewesen. Er kannte Joy und Alan Piper – sie wohnten seit fünfunddreißig Jahren nebenan und hatten ihr Haus im selben Jahr wie Georges Eltern bezogen – schon seit seinem sechsten Lebensjahr. Glücklicherweise wusste sie, wie man den guten George anpacken musste. Ja, sie kannte all seine kleinen Geheimnisse und ließ ihn keine Sekunde vergessen, wer in dieser Ehe das Sagen hatte.

Der gute Georgie hatte das Haus von seinen Eltern geerbt. Zu dumm für ihn, dass sie inzwischen verheiratet waren und zwei Kinder hatten. Im Fall einer Scheidung könnte sie seine Vorliebe für kleine, sehr kleine Jungs anführen. Vor diesem Hintergrund würde der Richter das Haus unter Garantie ihr zusprechen und auf ihre Bitte eine einstweilige Verfügung erwirken, die George untersagte, sich ihr, den Kindern und dem Haus zu nähern.

Sie stieg die Stufen zu dem Deck hoch, säuberte die Säge mit einem Lappen, öffnete die Gartenhaustür und legte die Säge in die Kiste, in der sie all ihre elektrischen Geräte verstaute. Nachdem sie die Kiste zugesperrt hatte, hängte sie den Schlüssel an das Brett darüber und öffnete einen der beiden «Geheimschränke» in der Wand, in dem sie ihr Werkzeug aufbewahrte. George wusste von diesem Alkoven, doch es gab einen weiteren, von dessen Existenz er keine Ahnung hatte. Bei dem Gedanken an die Dinge, die sie dort aufbewahrte, musste sie schmunzeln.

Sie holte eine Axt heraus, ging die Stufen hinunter und begann, die Birke in handliche Scheite zu zerlegen. Wenn sie die Holzscheite wie sonst auch unter dem Deck bunkerte, konnte der Farmer ihr nie und nimmer nachweisen, dass sie seinen Baumbestand dezimierte. Was für ein dreister Kerl! Obwohl er seit Jahren keinen Finger krumm machte, besaß er die Frechheit, sich über sie zu beschweren, sobald sie sein Land betrat.

Sie legte die Axt auf den Hackklotz, räumte die Scheite weg und warf einen Blick auf ihre Armbanduhr. Beim Holzhacken verging die Zeit immer wie im Flug.

Er musste jeden Moment auftauchen.

Sie kehrte aufs Deck zurück, trat in das Gartenhäuschen und öffnete die Tür zu dem zweiten Alkoven. Wie hatte sie nur so über die Stränge schlagen können? Sie berührte die an der Wand befestigten Gummi- und Lederriemen und fuhr mit den Fingerspitzen über die Gegenstände auf dem Regal: Gummiringe, Nippelspray, Handschellen, Peitschen, ein Glas Schokosoße und zwei unterschiedlich große Massageroller aus Holz. Beim letzten Treffen war sie etwas zu weit gegangen und hatte sich danach sein Gejammer anhören müssen. Aber er konnte doch nicht ernsthaft erwarten, dass sie auf ihre Peitsche aus weichem, geflochtenem Lammleder verzichtete.

Als sie hörte, wie das Holz unter seinen Füßen knarzte, zog sie sich schnell aus, hängte die Kleider an einen Türhaken, drehte sich um und spähte splitterfasernackt durch die offenstehende Tür. Keine Spur von ihm. Sie wappnete sich innerlich. Letztes Mal hatte er sich hinter der Tür versteckt, sich auf sie geworfen und seinem Lieblingsspiel gefrönt, bei dem der gebieterische Herr die widerspenstige Sklavin gewaltsam nimmt. Sie ging nach draußen und hielt vergeblich nach ihm Ausschau. Hatte sie sich das Knarzen nur eingebildet?

Plötzlich schob sich ein dunkler Schatten vor die Sonne. Sie öffnete sehnsüchtig den Mund und malte sich schon aus, wie sich seine feuchte Zunge anfühlte. Da packte er sie von hinten, legte die Hand auf ihren Nacken, drückte fest zu und zwang sie in die Knie, bevor ein unerträglicher Schmerz all ihre anderen Empfindungen ausblendete.

Benommen und desorientiert versuchte sie, sich zusammenzureißen. Sie spürte, wie etwas Warmes, Feuchtes und Klebriges an ihrem Hals herunterlief. Sie hob die rechte Hand und ...

Der zweite Hieb trennte zuerst ihre Hand vom Arm und spaltete dann ihren Schädel. Auf einmal taten ihre Zähne unglaublich weh, und sie hörte deutlich, wie ihr Schädelknochen zersplitterte. Ihre Pein war unbeschreiblich. Um sie herum war nur noch dichter, grauer Nebel, und ihre Kehle war wie zugeschnürt.

Das Letzte, was sie hörte, war der schwere Atem ihres Widersachers und der Knall, den es tat, als ihr Körper auf dem Deck zusammenbrach. Sie spürte noch die Wärme der Planken unter ihr und nahm ganz deutlich den beißenden Geruch des Holzes und einen metallischen Geschmack im Mund wahr, ehe sie ihren letzten Atemzug tat.

KAPITEL ZWEI

«Noddys Vorschlag macht Sinn, Alan. Du solltest seinen Rat beherzigen.» Peter Collins lehnte sich zurück, als die Bedienung ihnen die Roastbeef-Sandwiches brachte.

«Wenn ich das tue, drehen meine Nachbarn erst richtig durch», prophezeite sein Cousin missmutig. «Kannst du dir vorstellen, wie sie auf eine Videokamera reagieren werden? Nach allem, was sie sich bisher alles geleistet haben?»

«Sie werden in Zukunft die Finger von deinem Eigentum lassen.» Peter griff nach dem Senf, klappte sein Sandwich auf und gab eine ordentliche Portion Mostrich auf das Roastbeef.

«Ich möchte dir noch für deine Hilfe danken, denn ich bezweifle doch stark, dass die Gemeindepolizei meine Beschwerde ohne deine schriftliche Stellungnahme ernst genommen hätte.»

«Einen hochgeschätzten Journalisten wie dich hätten sie bestimmt nicht im Regen stehen lassen», scherzte Peter. «Ich habe ihnen gegenüber keinen Hehl daraus gemacht, wie schockiert ich bin. Ist es denn zu fassen, dass eine Frau – und ich verwende diese Bezeichnung nur aus Höflichkeit – wie ein Mitglied einer Spezialeinheit auf allen vieren an ihrem Zaun entlangrobbt, um die Unterhaltung ihrer Nachbarn zu belauschen?» Peter schnitt sein Sandwich in zwei Teile. «Niemals werde ich ihren Blick vergessen, als sie aufschaute und merkte, dass wir sie ertappt hatten. Ich hätte allerdings erwartet, dass sie sich entschuldigt, ehe sie sich vom Acker macht. Dass sie das nicht getan hat, finde ich sehr bezeichnend.»

«Nur damit du's weißt, das war nicht das erste Mal. Eine meiner ...» Alan brach ab.

«Quellen?», hakte Peter wider besseren Wissens nach, denn er wusste, wie Alan reagieren würde.

«Vergiss es», wehrte Alan ab.

«Ganz wie du willst, obwohl ich nur zu gern wüsste, von wem deine anonymen Hinweise über den White Baron stammen. Nicht dass sich einer von meinen Kollegen über dich beklagen würde. Schließlich hat es Jahre gedauert, bis wir ihn dingfest machen konnten, und seit seiner Ergreifung ist nur noch halb so viel Crack und Heroin im Umlauf – was natürlich immer noch viel zu viel ist.»

Alan biss nicht an, und Peter, der schon seit Ewigkeiten bei der Polizei war, dachte sich seinen Teil. Wahrscheinlich hatte ein anderer Dealer Alan die nötigen Infos zugespielt, um die Konkurrenz auszuschalten. Die erste Regel, die Alan gelernt hatte, lautete, dass in seinem Job die Identität und Anonymität eines Spitzels sakrosankt waren. Wer auspackte, musste nicht nur fürchten, in Zukunft keine Tipps mehr zu erhalten, sondern setzte auch sein Leben aufs Spiel.

«Neben solchen Kleptomanen zu wohnen ist wirklich grauenvoll», wechselte Alan das Thema. «Jetzt fange ich schon an, die Pflanzen im Vorgarten zu zählen. Und vermisse ich eine, weiß ich nicht, ob sie eingegangen ist oder neuerdings in Nachbars Garten steht.»

«Wie viele Pflastersteine haben sie geklaut?»

«Zwei Quadratmeter.»

«Zwei Quadratmeter bei 19 Pence pro Stein ...»

«Hör auf, Peter. Ich finde das nicht lustig», protestierte Alan. «Vielleicht musst du dich irgendwann auch mit solchen Typen herumschlagen.»

«Da könntest du recht haben.» Peter verschlang eine Sandwichhälfte mit zwei Bissen. «Kaum war ich bei der Liebe meines Lebens eingezogen, fing sie schon an zu überlegen, ob wir nicht die Wohnung aufgeben und in ein Haus ziehen sollen. Dass Trevor Joseph mit Kind und Kegel in seinen eigenen vier Wänden wohnt, macht die Sache nicht einfacher.» Inspector Trevor Joseph war Peters Kollege und bester Kumpel.

«Hör auf mich. Zieh ja nicht an den Stadtrand. Wenn es schon ein Haus sein muss, dann lieber gleich irgendwo auf dem Land.»

«Super Idee. Und dann ist es auch nur eine Frage der Zeit, bis die Einbrecher vor der Tür stehen», erwiderte Peter wie aus der Pistole geschossen.

«Ich weiß wirklich nicht, wie lange ich das noch ertrage», murmelte Alan, der offenbar nicht mehr in der Lage war, den Nachbarschaftszwist auch nur für eine Minute zu vergessen.

«Bislang hast du dich mustergültig verhalten. Du hast nach den Regeln gespielt, ein Tagebuch geführt, ihre lächerlichen Beschwerden über dich notiert und alle Gegenstände aufgelistet, die sie dir gestohlen haben. Installier eine Videokamera und zeichne alles auf. Mit den Bändern kannst du es nachweisen, wenn sie dein Grundstück betreten haben. Glaub mir, wenn du so vorgehst, geben sie bald klein bei.»

«Ich wünschte nur, ich hätte ihm nicht die Hälfte seines Gartens abgekauft. Als er bei mir auftauchte und meinte, er könne sich die Ratenzahlungen für die Hypothek nicht mehr leisten, hätte ich ihn kalt im Regen stehen lassen sollen. Dann würde er jetzt in irgendeiner Sozialbausiedlung wohnen.»

«Ja, das war vielleicht ein Fehler», stimmte Peter seinem Cousin gut gelaunt zu.

«Der Bursche tat mir einfach leid. Seine Mutter war erst vor kurzem gestorben, und er musste seinen Bruder auszahlen ... woher hätte ich denn wissen sollen, dass er irgendwann so eine Hexe heiraten würde?»

«‹Keine gute Tat bleibt ungestraft›», zitierte Peter Clare Boothe Luce. «Es zahlt sich eben nicht aus, den Wohltäter zu spielen.»

«Es war ja nicht ganz uneigennützig. Auf einmal hatten Joy und ich einen unverbauten Blick auf den Wald. Und es machte ihr große Freude, abends auf der Terrasse zu sitzen.»

Alans Frau Joy war vor einem Jahr an Krebs gestorben, und wann immer Alan sie erwähnte, wusste Peter nicht, wie er reagieren sollte. Manchmal fragte er sich, ob Alan und Joy sich so nahegestanden hatten, weil sie kinderlos geblieben waren. Kinder waren auch ein Thema, das die «Liebe seines Lebens» beschäftigte. Er war sich durchaus bewusst, dass seine Abneigung, eine Familie zu gründen, nur seiner Selbstsucht geschuldet war. Zwischen ihm und Daisy lief es prima, und er fürchtete, dass sich mit einem Kind alles ändern würde, da so ein kleiner Wurm rund um die Uhr betreut werden musste.

Alan rang sich ein Lächeln ab. «Auf der anderen Seite muss ich zugeben, dass ich ja auch nicht immer artig war. Und wenn ich den Rat der Gemeindepolizei beherzige und eine Videokamera installiere, werden sie die garantiert kaputt machen.»

«Und du kannst sie wegen Sachbeschädigung anzeigen.»

«Klasse Tipp. Dann ermahnt der Richter sie, so etwas nicht nochmal zu machen, verdonnert sie dazu, sich einer ‹Selbsthilfegruppe für missverstandene Kriminelle› anzuschließen, und schickt sie wieder nach Hause, wo sie so weitermachen wie bisher.»

«Garantien gibt es nicht – und schon gar nicht, wenn man es mit Irren zu tun hat», erklärte Peter. «Was hast du vorhin mit ‹nicht artig› gemeint?»

«Willst du wissen, was ich heute Morgen vor meiner Garage entdeckt habe?»

«Du hast meine Frage nicht beantwortet», ermahnte Peter ihn müde. Alan hatte einen ziemlich speziellen Humor, der seinen Freunden manchmal abging, von seinen Feinden ganz zu schweigen.

«Die Wege von Journalisten sind unergründlich.»

«Und manchmal bewegen sie sich ganz dicht am Abgrund.» Peter trank einen Schluck Orangensaft.

«Sie haben dort eine Axt, eine verdammte Axt deponiert», erklärte Alan.

Peter runzelte die Stirn. «Wie bitte?»

«Du hast schon richtig gehört», murrte Alan. «Das Ding hat heute Morgen vor meinem Wagen gelegen, und ich musste es wegräumen, sonst hätte ich nicht losfahren können.»

«Hast du gesehen, wie sie das Ding dorthin gelegt haben?»

«Nein.»

«Und woher weißt du dann, dass sie es waren?»

«Wer kommt denn sonst in Frage?»

«Eine Axt ist nicht billig. Warum bist du nicht einfach darübergefahren?»

Alan schüttelte den Kopf. «Wäre nicht gut für die Reifen gewesen.»

«Deine Obsession mit diesen durchgeknallten Typen ist wirklich nicht gesund. Ignorier diese dummen Idioten doch einfach!»

«Obsession!», rief Alan empört aus. «Sie bauen sich eine Veranda extra so, dass sie von da aus jeden Winkel meines Gartens ausspähen können. Und hinterher beschweren sie sich bei der Polizei und behaupten, ich würde sie auf ihrem anderthalb Meter hohen Deck beobachten. Dabei lässt sich das ja gar nicht verhindern, es sei denn, ich betrete meine Terrasse nicht mehr. Und damit nicht genug. Sie mussten auf dem Deck auch noch einen Riesenschuppen errichten und ihn blau und gelb streichen ...»

«Das kannst du ihnen nicht verbieten», wandte Peter ein.

«Mich stören aber diese knalligen Farben.»

«Vielleicht haben sie ein Faible für Comics.»

«Ach, rutsch mir doch den Buckel runter.» Alan war jetzt voll in Fahrt und kriegte sich gar nicht mehr ein. «Sie klauen meine Pflastersteine, schaffen sie in ihren Vorgarten und stellen ihre Blumentöpfe darauf, damit ich das auch ja mitkriege. Sie reißen meinen Zaun nieder, graben meine Pflanzen aus und nehmen sie mit. Als Joy im Krankenhaus war, haben sie eine Blumensendung angenommen und sie einfach behalten. Und das ist noch längst nicht alles. Sie haben mein Gartentor samt Pfosten entwendet. Da blieb mir gar nichts anderes übrig, als einen neuen Zaun zu errichten, um mein Grundstück wieder einzufrieden. Und jetzt ratet ihr mir, noch mehr Geld in die Hand zu nehmen und eine Kamera zu installieren.»

«Wirf mich nicht in einen Topf mit der Community Police. Diese Jungs sind keine echten Polizisten.» Peter zupfte die Salatblätter aus der anderen Sandwichhälfte und legte sie auf seinen Teller.

«Nicht?»

«Nein, diese Burschen sind viel höflicher.»

«Sehr witzig.» Alan beäugte Peter. «Leider ist mir nicht zum Lachen zumute.»

«Tut mir leid.» Peter wischte seine Finger an der Papierserviette ab. «Aber die Vorstellung, dass deine Nachbarn mitten in der Nacht und im Schlafanzug dein Gartentor samt Pfosten stibitzen, ist schon abgedreht. Zumal dein Tor ja riesig ist und bestimmt eine Tonne wiegt. Die hiesigen Kollegen kamen gar nicht mehr aus dem Staunen heraus, als sie es beschlagnahmt haben. Und Georges Erklärung, er würde es nur für dich aufbewahren, war doch auch zu drollig.»

«Du kontrollierst die Arbeit der Community Police?»

«Einer muss das ja machen, und da habe ich mich freiwillig gemeldet.» Obwohl Peter ganz locker tat, ahnte Alan, dass er sein Anliegen ernst nahm. «An den Kollegen gibt es nichts auszusetzen, nur ... ich würde bei kleptomanischen Irren härter durchgreifen.»

«Dann braucht ihr aber größere und kräftigere Polizisten.» Alan trank einen Schluck Bier. «Der Bursche, der mein Tor gefunden hat, machte sich vor Angst fast in die Hose.»

«War er es, der dir geraten hat, eine Videokamera zu kaufen?», hakte Peter nach.

«Ich habe ihm gesagt, ich wäre ein Anhänger von Robert Frosts Philosophie.»

«Frost? Kenne ich den?»

«Der Schriftsteller, du Ignorant. Er sagte – ich zitiere: ‹Nichts bringt zwei Nachbarn einander so nahe wie ein guter Zaun.›»

«Na, den hast du jetzt ja.»

«Aber dafür musste ich eine schöne Stange Geld hinblättern.»

«Jetzt hör auf zu jammern. Und komm mir ja nicht damit, du kämst finanziell gerade mal so über die Runden. Ihr Journalisten verkauft eure Artikel doch immer gleich an mehrere Zeitungen. Allein in den letzten paar Monaten wurden deine Texte gleich in sechs oder sieben überregionalen Blättern veröffentlicht. Die Geschichte über den White Baron hat dir doch eine ordentliche Stange Geld eingebracht, oder?»

«Vergiss nicht, dass ich beträchtliche Kosten habe und Unmengen von Steuern zahlen muss.»

«Exquisiter Wein, gutes Essen, Zigarren ...» Peter hielt die Zigarre, die Alan ihm gegeben hatte, hoch, damit der Restaurantbesitzer, der hinter der Theke stand, sie sehen konnte. «Was für ein Jammer, dass man hier nicht rauchen darf.»

«Sich bei mir über gesetzliche Vorschriften zu beklagen bringt nichts, Sergeant Collins», wehrte sich der Wirt.

«Wie recht Sie haben», räumte Peter ein.

«Für den Fall, dass Sie eine von denen entbehren können, würde ich mich freuen. Ich könnte sie nachher oben rauchen, wenn ich den Laden dichtgemacht habe», frotzelte er.

«Tut mir leid. Die hier kann ich Ihnen nicht spendieren. Das war ein Geschenk.» Peter hob das Glas mit dem Orangensaft und prostete ihm zu.

«Ist ja was ganz Neues, dass du beim Mittagessen keinen Alkohol mehr trinkst», bemerkte Alan spitzfindig. «Geht das auf das Konto von Madame?»

«Ich habe heute Nachmittag ein Meeting. Und die neue Chefin mag es nicht, wenn ihre Mitarbeiter nach Alk riechen.»

«Muss dir und Trevor ja ganz schön zusetzen.»

«Und ... wirst du die Kamera anbringen?», wechselte Peter ganz bewusst das Thema.

«Nein.» Alan trank das halbe Glas in einem Zug aus.

«Du bist also nicht gewillt, wohlmeinende Ratschläge anzunehmen?»

«Wie schon gesagt, ich habe schon ein bisschen über die Stränge geschlagen und hab mir etwas Besseres einfallen lassen.»

«Was denn?»

Alan tippte mit dem Zeigefinger an seine Nase. «Das Ergebnis lässt noch etwas auf sich warten. Sobald ich meine Terrasse wieder benutzen kann, musst du mit deiner Liebsten ... Rose?»

«Daisy», knurrte Peter.

«... mal zum Grillen kommen.»

«Was hast du angestellt?»

Alan warf einen Blick auf seine Uhr. «Erzähl ich dir ein andermal.»

«Und welchen armen Tropf nimmt der König der Regenbogenpresse heute Nachmittag in die Zange?»

«Das habe ich noch nicht entschieden.» Alan zögerte. «Mal ganz im Vertrauen ...»

«Bei dir ist doch immer alles ganz vertraulich.»

«Was weißt du über dieses Mädchen, das vermisst wird?»

Peter kniff die Augen zusammen und beäugte seinen Cousin misstrauisch. «Keine Ahnung, wovon du redest.»

«Von der Schönheitskönigin, die von der Bildfläche verschwunden ist, nachdem sie zur ‹Miss Ökofreundlich› oder ‹Miss Alternativer Lifestyle› gekürt wurde.»

«Falls du von ‹Miss Grüne Erde› sprichst, kann ich dir nicht weiterhelfen», meinte Peter. «Wieso? Was weißt du denn?»

«War nur so ’ne Frage.»

«Ich kenne dich doch ... du fragst nie einfach nur so. Hast du einen Tipp gekriegt?»

«So würde ich es nicht formulieren.»

«Nicht?» Peter zog eine Augenbraue hoch. «Denn falls dem so ist und du dein Wissen für dich behältst, kann man strafrechtlich gegen dich vorgehen.»

«Das, was ich weiß, ist nicht der Rede wert.»

«Wieso hast du es dann erwähnt? Du darfst keine Informationen zurückhalten. Das könnte man dir als Behinderung der Rechtsfindung auslegen.»

«Ich weiß doch gar nichts.»

«Streck mal deine Zunge raus. Ich wette hundert zu eins, dass sie schwarz ist.»

«Wirst du irgendwann mal erwachsen? Wir sind doch nicht mehr sechs.»

«Immerhin tust du ja so, als wärst du ein vollwertiges Mitglied von Enid Blytons Geheimpolizei *Schwarze Sieben*.»

«Na schön.» Alan rückte mit seinem Stuhl näher an den Tisch. «Heute Morgen hat mich jemand angerufen und behauptet, er wüsste, wo die Kleine ist und warum sie sich versteckt. Der Anrufer will sich mit mir treffen, damit ich ihre Version der Geschichte bringe.»

Peter kramte sein Notizbuch heraus. «Und wie lautet die?»

«Wenn ich das wüsste, brauchte ich mich ja nicht mit dem Anrufer zu treffen.»

«Wo und wann soll das Treffen stattfinden?»

«Erwartest du allen Ernstes, dass ich dir das erzähle und zulasse, dass deine Kollegen mir die Tour vermasseln? Kommt nicht in die Tüte. Und außerdem ... es könnte eine Finte sein.»

«Oder auch nicht.»

«Sollte die Sache Hand und Fuß haben, bist du der Erste, der es erfährt», versicherte Alan.

«Mann oder Frau?»

«Hä?»

«War der Anrufer männlich oder weiblich?», drängte Peter.

«Keine Ahnung. Der oder die Betreffende hat so ein Gerät verwendet, das die Stimme verändert.»

«Telefonnummer?»

«Der Anruf wurde von der Zentrale zu mir durchgestellt. Und verlange jetzt ja nicht von mir, die Telefonlisten zu checken. Bei uns gehen bis zu fünfhundert Anrufe pro Stunde ein.»

«Mit anderen Worten ... du hast gar nicht erst versucht, die Nummer herauszukriegen.»

«Genau.»

«Hast du das Telefonat mitgeschnitten?»

«Meinst du, ich hätte Zeit, jeden unsinnigen Anruf mitzuschneiden, den ich bekomme?» Alan stand auf. «Wie ich schon sagte: Sollte ich etwas Wichtiges erfahren, lasse ich es dich wissen.»

«Kommt ja nicht jeden Tag vor, dass eine Schönheitskönigin verschwindet. Und wer weiß? Ich habe schon Geschichten gelesen, in denen Frauen als weiße Sklavinnen nach Nordafrika verkauft wurden.»

Alan gab sich entrüstet und hob die Hände. «Aus meiner Feder stammen solche Berichte nicht.»

«Was nicht ist, kann ja noch werden», frotzelte Peter.

Alan schaute wieder auf seine Uhr. «Ich muss noch einen Artikel einreichen, bevor ich meinen Informanten treffe.»

«Um was geht es darin?»

«Um inkompetente Polizisten», scherzte Alan.

«Schreib meinen Namen bitte richtig.»

«Tue ich das nicht immer?»

«Leider Gottes, ja.» Peter nahm seine Jacke von der Stuhllehne und verließ zusammen mit Alan das Lokal.

* * *

Um Viertel vor vier lieferte Alan seinen Bericht über die Einstellung eines laufenden Verfahrens wegen Vergewaltigung ab. Anschließend verließ er das Büro, kaufte eine Schachtel Pralinen und fuhr nach Hause, um seinen Schlafsack zu holen. Als Journalist musste man immer damit rechnen, dass der Informant mehr in petto hatte und das Treffen sich in die Länge zog. Die Pralinen brachte er in das Haus einer Nachbarin, er schuldete ihr ein Versöhnungsgeschenk.

Er fuhr in Richtung Landstraße, die sich durch die Berge und Hügel schlängelte, denn der Informant hatte ihn angewiesen, nicht die Autobahn zu nehmen, obwohl er auf diesem Wege sein Ziel schneller erreicht hätte. Alan musste zugeben, dass dies ein kluger Schachzug war, denn auf einer wenig befahrenen Landstraße konnte sein Informant problemlos überprüfen, ob er auch tatsächlich allein kam. Zweimal hörte er Hubschrauber, die über ihm kreisten, und überlegte, ob sich der Anrufer wohl solch einen Aufwand leisten konnte.

Ich bin doch paranoid, dachte er und fuhr von der Landstraße auf einen Weg, der zu einem berühmten Ausflugsziel führte. Fünfzehn Kilometer später landete er auf einem Rastplatz und fuhr einmal um das Areal herum, um sich zu vergewissern, dass er hier tatsächlich ganz allein war. Er beschloss, gegenüber dem Eingang unter einem Baum zu parken. Von hier aus hatte er sowohl den Rastplatz als auch den Weg im Blick. Er schaltete den Motor aus, betrachtete die vom Regen durchweichte Landschaft und dachte an das Telefongespräch, das ihn hierher geführt hatte. Ein paar Minuten später öffnete er seinen Aktenkoffer und holte einen Notizblock heraus.

«Sind Sie an einem echten Knüller interessiert?»

«Darauf ist jeder Journalist scharf.»

«Ich weiß, wo die Schönheitskönigin steckt.»

«Ach ja?»

«Jedenfalls nicht in einem arabischen Harem.»

«Davon bin ich auch nie ausgegangen. Also, wo ist sie?»

«Das soll ich Ihnen jetzt verraten? Am Telefon? Träumen Sie schön weiter.»

«Und warum soll ich glauben, dass Sie mich nicht auf die Schippe nehmen?»

«Weil sie ganz oben am rechten Oberschenkel ein Muttermal hat.»

«Das ist auf jedem Foto zu sehen, auf dem sie einen Badeanzug trägt.»

«Kennen Sie auch das Muttermal, das ihr bis in die Schamhaare reicht?»

Selbstverständlich wusste der Anrufer, dass Alan keine Möglichkeit hatte, diese Information zu überprüfen. In so einem Dilemma steckten Journalisten immer wieder. Es gehörte zum Tagesgeschäft, dass ein Reporter bei einer Story davon ausgehen musste, dass neunundneunzig Prozent seiner Informationen erstunken und erlogen waren, aber da war noch dieses eine Prozent, verlockend wie die Aussicht auf einen Jackpot – und mit etwa den gleichen Gewinnchancen.

«Wenn Sie mehr erfahren möchten, müssen Sie die Brieftasche zücken.»

«Ich zahle erst, wenn ich mich von der Echtheit der Info überzeugt habe.»

«Wir treffen uns auf dem Rastplatz an der Nordseite von Connor's Lake. Kennen Sie ihn?»

«Ist ziemlich abgelegen.»

«Nicht für mich. Vergessen Sie die Autobahn. Sie nehmen die Panoramastraße.»

«Warum soll ich einen Umweg fahren?»

«Ich muss sichergehen, dass Ihnen niemand folgt. Sie können zwischen 19 und 21 Uhr mit mir rechnen. Suchen Sie mich nicht. Ich finde Sie schon. Sollte ich dort einen Bullen entdecken oder sonst wen, können Sie mich abschreiben.»

Alan legte den Notizblock weg, nahm seinen Schlafsack von der Rückbank und deckte sich damit zu. Dann kuschelte er sich in seinen Sitz und wartete ... und wartete ...

* * *

Als Alan aus dem Schlaf aufschreckte, war es draußen stockfinster, und gefrorener Regen trommelte auf das Autodach. Bibbernd spähte er in die Dunkelheit. Bis auf die weißen Hagelkörner konnte er nichts erkennen. Er ließ den Motor an und schaltete das Licht ein. Der leere Rastplatz war von einer dünnen Eisschicht überzogen. Er stellte die Heizung an, warf einen Blick auf seine Uhr und hörte wieder die Roboterstimme in seinem Kopf.

«Sie können zwischen 19 und 21 Uhr mit mir rechnen. Suchen Sie mich nicht. Ich finde Sie schon. Sollte ich dort einen Bullen entdecken oder sonst wen, können Sie mich abschreiben.»

«Verfluchter Idiot!» Er war sich nicht ganz sicher, ob er sich über den Anrufer ärgerte oder über sich selbst. Erst als es im Wagen einigermaßen warm war, fuhr er los, drehte noch einmal langsam eine Runde um den Rastplatz. Dann warf er den Schlafsack auf die Rückbank, legte den Sicherheitsgurt an und fuhr nach Hause.

* * *

Als Alan gegen elf Uhr in seine Straße fuhr, regnete es nicht mehr. Hinter den Wolken kam ein fahler Vollmond zum Vorschein. Als er und Joy vor fünfunddreißig Jahren hierher gezogen waren, hatten sie großen Wert darauf gelegt, mit allen Nachbarn Bekanntschaft zu schließen. Inzwischen waren die meisten Freunde längst weggezogen, und irgendwann hatte er es sich abgewöhnt, die Neuankömmlinge kennenzulernen.

Alan gestand es sich nur ungern ein, aber er fühlte sich in seiner Straße zunehmend isoliert. Er fuhr vom Haus zur Arbeit und abends wieder zurück, verbrachte die knapp bemessene Freizeit mit Kollegen und Menschen, mit denen er aus beruflichen Gründen Kontakt pflegte, mit Polizisten und Informanten. Nach Joys Tod war sein Zuhause nur noch ein Ort, wo er aß, schlief, nach der Arbeit gelegentlich einen über den Durst trank und sich über seine direkten Nachbarn ärgerte.

Die Lampe, die George und seine Frau vorsätzlich so an ihrem Schuppen befestigt hatten, dass der Lichtschein bis in sein Wohnzimmer reichte, brannte wieder einmal. Er parkte vor seiner Zufahrt. Seit sein knapp zwei Meter hoher Zaun die beiden Grundstücke voneinander trennte, machte er sich nur noch selten die Mühe, das Holztor zu öffnen und den Wagen in die Garage zu fahren.

Er stieg aus, ging ins Haus und steuerte schnurstracks den Kühlschrank an. Müde öffnete er eine Dose Bier, gab etwas davon in ein Glas und trat auf die Holzveranda. Ehe seine Nachbarn auf die Idee gekommen waren, nebenan dieses schreckliche Monstrum zu bauen, hatten Joy und er unzählige schöne Stunden hier verbracht.

Er schlenderte gemächlich zum Zaun und versuchte vergeblich, keinen Gedanken an seine Anrainer zu verschwenden. Er kniff die Augen zusammen, weil das grelle Licht der Halogenlampe am Schuppen der Nachbarn ihn blendete. Er erinnerte sich an die Abende, an denen er mit Joy hier draußen ein Glas Wein getrunken und die Tiere im Wald beobachtet hatte. Jetzt hielten sich die Füchse und Dachse fern. Ihm kam es so vor, als würden die Idioten von nebenan alles daransetzen, sein Umfeld kaputt zu machen. Was für kümmerliche, nichtssagende Wesen, die ein kümmerliches und nichtssagendes Dasein fristen, fuhr es ihm durch den Sinn.

Sein Blick wanderte zu der erleuchteten Terrasse vor dem Schuppen, den seine Nachbarn immer als «Gartenhaus» bezeichneten. Auf den Holzbohlen entdeckte er eine rote Lache, die stark mit dem blau und gelb gestrichenen Holz kontrastierte. Irgendein Gebilde lag daneben ... blass ... fast weiß ... dunkle Haarsträhnen, verklebt mit schwarzen und roten Klümpchen ... und eine Axt ...

Noch während Alan versuchte, aus den einzelnen Puzzleteilchen ein Bild zusammenzusetzen, holte er sein Handy heraus und wählte die Nummer der Polizei.

KAPITEL DREI

«Er ist wirklich ganz entzückend. Ich kann es gar nicht mehr erwarten, bis ich auch Mutter bin.» Zärtlich streichelte Daisy Sherringham die Wange von Trevor und Lyn Josephs zwei Monate altem Sohn, der in ihrer Armbeuge lag.

«Das lässt sich machen. Es erfordert allerdings etwas Zeit und Einsatz», bemerkte Peter Collins trocken.

«Und um vier Uhr in der Früh ist er auch nicht mehr ganz so entzückend», beklagte sich Trevor. «Seit er auf der Welt ist, haben wir keine einzige Nacht durchgeschlafen.»

«Wer will denn schon schlafen?» Lyn spähte über Daisys Schulter und betrachtete ihren Sohn. «Du bist wunderbar, nicht war, Rumpelstilzchen? Gaaaanz wunderbar bist du ...»

«Glaubst du, Frauen könnten sich auch so für uns begeistern?», wandte Peter sich an Trevor, während sie beide beobachteten, wie Lyn und Daisy den Jungen anhimmelten.

«Für Trevor vielleicht, aber nicht für dich», entgegnete Daisy. Das Telefon läutete. «Gute Nacht, Trevor. Und du, Peter, weck mich bitte nicht, wenn du in aller Herrgottsfrühe nach Hause kommst.»

«Wer sagt denn, dass das jemand vom Revier ist?» Peter nahm die Flasche und schenkte sich nach.

«Wer ruft denn sonst um diese Uhrzeit an?», gab Daisy zurück. «Wir könnten es auch positiv sehen. Immerhin konnten wir diesmal wenigstens ungestört essen. Keine Sorge, Peter, ich fahre mit dem Taxi heim. Schließlich bin ich ein großes Mädchen.»

Trevor nahm den Hörer ab. «Trevor Joseph.» Er hörte, was der Anrufer zu sagen hatte, und runzelte die Stirn. «Ich habe ein paar Drinks intus. Schicken Sie Wagen und Fahrer. Ich beeile mich.»

«Gibt's Probleme?», fragte Peter.

«Sieht ganz so aus. Kommst du mit?»

«Tue ich das nicht immer?»

«Könnte ganz spannend werden.»

«Wieso das denn?» Peter zog sich seine Jacke über.

«In der Straße, in der dein Journalistenfreund wohnt, wurde eine Leiche gefunden.»

«Er ist mein Cousin und nicht mein Freund. Ich habe gerade heute mit ihm zu Mittag gesessen, und er hat sich in einem fort über seine Nachbarn beklagt. Vielleicht haben sie ihm ja wieder etwas geklaut, und er ist ausgerastet.»

«Das ist hoffentlich nicht dein Ernst.»

«Du hast seine Litaneien über diese Leute ja nicht gehört.»

«Lass uns erst mal den Tatort besichtigen, ehe wir Spekulationen anstellen, ja?» Trevor küsste Lyn und drückte auch dem Baby einen Schmatz auf den Kopf. «Ich sehe euch morgen früh, ihr Süßen.»

«Marty wird später nicht begeistert sein, wenn du ihn so nennst.» Peter küsste die Wange, die Daisy ihm hinhielt. «Ich beeile mich.»

«Wieso übernachtest du nicht hier, Daisy?», schlug Lyn vor.

«Danke für das Angebot, aber ich brauche meinen Wagen.» Vorsichtig legte sie den Jungen in Lyns Arme. «Ich muss schon vor neun operieren. Hauttransplantation bei einem Verbrennungsopfer. Der arme Bursche ist gerade mal vier Jahre alt.»

«O nein. Was ist denn passiert? Ach, ich will es lieber doch nicht hören. Seit ich Mutter bin, ist mir der Gedanke, dass ein Kind Schmerzen erleiden muss, unerträglich. Ob mein eigenes betroffen ist oder nicht, macht da überhaupt keinen Unterschied.»

«Das kann ich mir gut vorstellen. Und nach der Arbeit fliege ich mit drei Kollegen nach New York zu einer Konferenz. Brauchst du irgendetwas aus Amerika?»

«Konferenz», höhnte Peter. «Das ist doch ein Vergnügungs- und Shoppingtrip.»

«Mir ist alles recht, solange ich dir und deinen Launen entfliehen kann, Darling», zog Daisy ihn auf.

Trevor spähte durch die Jalousie. «Der Fahrer ist da. Wir können dich unterwegs absetzen, Daisy.»

«Danke, das ist sehr nett von dir. Peter fällt so etwas nie ein.»

«Pass auf, was du sagst», warnte Peter.

«Sei nicht so empfindlich.» Daisy holte ihren Schal und ihre Handtasche. «Danke für das leckere Abendessen. Nächstes Mal sind wir an der Reihe.»

«Damit müssen wir wohl warten, bis dieser Fall abgeschlossen ist», meinte Lyn.

* * *

Das Team von der Spurensicherung war schon eingetroffen und stellte im Garten am Ende der Sackgasse ein Zelt und Lampen auf. Trevor fragte sich, wozu sie die Lampen überhaupt brauchten. Die Halogenlampen, die das Holzdeck hinter dem Haus erleuchteten, waren so hell, dass man sie schon von der Straße aus sehen konnte.

Er zog einen weißen Schutzanzug und Überschuhe an, die Sarah Merchant, eine junge Polizistin, ihm reichte.

«Sie waren ja schnell hier», fand Trevor.

«Chris und ich hatten Dienst und haben den Anruf entgegengenommen.»

«Trevor, schön, dass Sie wieder mit von der Partie sind. Man fühlt sich nachts auf den Straßen doch gleich sicherer, wenn man weiß, dass Sie Dienst haben.» Patrick O'Kelly, der diensthabende Gerichtsmediziner, saß im Kofferraum seines Wagens und zog gerade seine Schuhe an.

Trevor zog den Reißverschluss hoch und gesellte sich zu Patrick. «Ihr Sinn für Humor ist anscheinend unerschütterlich.»

«Danke.»

«Das war nicht als Kompliment gemeint», stellte Trevor fest. «Haben Sie schon einen Blick auf die Leiche geworfen?»

«Ich kenne nur die Digitalfotos von dem Beamten, der als Erster am Tatort war. Axt im Kopf. Sieht erst mal ganz simpel aus, aber wie Sie wissen ...»

«... sind die Fälle, die ganz simpel wirken, alles andere als das.» Peter spähte in den Garten seines Cousins. Auf der Veranda, die von dem monströsen Holzdeck der Nachbarn überragt wurde, meinte er Alan und einen Polizisten in Uniform zu erkennen.

Patrick folgte seinem Blick. «Das ist der Nachbar, der die Leiche entdeckt und den Mord gemeldet hat.» Er stieg aus dem Kofferraum und rief seine Assistentin Jenny herbei.

Patrick und Jenny gingen um das Haus herum und näherten sich dem Holzdeck. Dabei achteten sie darauf, nicht neben die Plastikläufer zu treten, die die Mitarbeiter der Spurensicherung auf der Zufahrt und im Garten ausgelegt hatten. Mit Notizblock und Bleistift in der Hand trat Sarah zu Trevor.

«Ich habe auf dem Revier angerufen und darum gebeten, dass sie uns für diesen Fall einen Ermittlungsraum zur Verfügung stellen, Sir.»

«Danke. Sobald die Sonne aufgeht, brauchen wir hier jeden verfügbaren Kollegen. Der Garten muss gründlich inspiziert werden», erklärte er, während sie Patrick zu dem erhöhten Holzdeck folgten.

«Ja, Sir», sagte Sarah und notierte sich das.

«Sorgen Sie dafür, dass alle Nachbarn vernommen werden. Obwohl es schon ziemlich spät ist, müssen wir versuchen, innerhalb der nächsten vierundzwanzig Stunden mit ihnen zu sprechen, sonst haben sie wieder alles vergessen. Und Sie werten bitte die eingehenden Hinweise aus.»

«Ja, Sir. Danke für das Vertrauen, das Sie mir entgegenbringen.»

«Danke, dass Sie so effizient sind.» Trevor warf einen Blick nach hinten auf die Straße. «Wie viele Häuser gibt es? Zwanzig?»

«Zweiundzwanzig, Sir.»

«Alle Bewohner werden befragt, auch die am anderen Ende der Straße. Finden Sie heraus, wem hier ...»

«... nichts entgeht, Sir?»

«Sie lernen schnell. War das Opfer alleinstehend?»

«Nein, sie wohnte hier mit ihrem Mann und ihren Kindern.»

«Sind sie im Haus?»

«Keine Spur von ihm oder den Sprösslingen, Sir.»

«Stand die Haustür offen?»

«Die Hintertür war nicht abgeschlossen. Und es deutet auch nichts auf einen Einbruch hin. Falls jemand das Haus unbefugt betreten hat, ist er einfach hereinspaziert ...

so wie wir. Im Haus herrscht ein totales Chaos. Ist bei Familien wahrscheinlich so üblich. Überquellende Spielzeugkisten. Mehrere Körbe mit dreckiger Wäsche in der Küche. Überall liegen DVDs herum. Kleiderberge auf den Stühlen in den Schlafräumen.»

«Nach dem Schuppen, dem Deck und dem Garten sollen die Leute von der Spurensicherung sich das Haus vorknöpfen.»

«Ich kümmere mich darum, Sir.»

Trevor warf einen Blick auf seine Uhr. «Sie sagten, DC Brooke wäre hier?» Christopher Brooke, ein junger Constable, hatte erst vor kurzem zusammen mit Sarah in die Mordkommission gewechselt.

«Ja, Sir.»

«Auch wenn um diese Uhrzeit niemand gern an Türen klopft, sollten Sie jetzt mit den Anwohnern sprechen. Wo Licht brennt, läuten Sie. Die anderen nehmen Sie sich vor, sobald es hell ist. Finden Sie heraus, ob jemand etwas gehört oder gesehen hat.»

«Gut.» Sarah entfernte sich.

Trevor marschierte durch den Garten zum Deck. Sowohl die Holzveranda als auch der Schuppen waren riesengroß und passten von den Proportionen her überhaupt nicht zum Garten. Sarah hatte Kinder erwähnt, aber für ein Kinderspielhaus war der Schuppen völlig überdimensioniert. Wahrscheinlich verstaute hier ein passionierter Gärtner sein Werkzeug oder topfte Blumen um. Kaum hatte Trevor einen Blick auf den ungepflegten Rasen, das wuchernde Unkraut und die halb vergammelten Blütenstauden geworfen, verabschiedete er sich von dieser These. Die grellen Farben, in denen der Schuppen gestrichen war, erinnerten an einen Jahrmarkt.

«Total geschmacklos», fand Patrick, der vor dem Schuppen auf dem Deck kniete und mit einer riesigen Lupe eine nackte Frauenleiche inspizierte.

Trevor, der etwas Abstand hielt, fragte: «Sprechen Sie von dem Opfer oder vom Garten?»

«Von diesem Provinztheater.»

Trevor musste zugeben, dass Patrick den Nagel auf den Kopf getroffen hatte. Das hohe Holzdeck erinnerte an eine Bühne, und wenn man die Schuppentür öffnete, wirkte das ganze Ensemble wie ein provisorisches Theater.

«Zwischen fünfzig und sechzig Jahre alt, gefärbte braune Haare, braune Augen, einsdreiundsechzig groß, Muttermal auf der linken Brust und am rechten Bein, Schwangerschaftsstreifen am Bauch», verkündete Patrick, ohne aufzuschauen.

«Todesursache?»

«Ein oder mehrere Axthiebe. Die Tatwaffe steckt noch im Schädel. Nach den Blutspritzern zu urteilen, lebte sie noch, als sie den ersten Schlag abkriegte. Sie hat die rechte Hand gehoben ... wahrscheinlich um den Kopf zu schützen. Dabei wurden die Gliedmaße am Handgelenk abgetrennt. Das hat zu schweren Blutungen geführt, die allerdings nicht tödlich waren.»

«Hat der Täter nun ein oder mehrere Male zugeschlagen?»

Patrick betrachtete den Schädel der Leiche durch die Lupe und konzentrierte sich auf die blutverkrusteten Wunden. «Es gibt drei tiefe Kerben. Aber es könnte sein, dass der Täter mit der Axt immer wieder auf dieselbe Stelle eingeschlagen hat. Oder zumindest zweimal, falls ich die Breite der Kerbe und die Knochensplitter richtig interpretiere. Ich gehe davon aus, dass sie innerhalb weniger Sekunden bewusstlos war und aufgrund des Schocks und der Blutungen nur noch kurze Zeit lebte. Was den Täter nicht daran gehindert hat, erneut zuzuschlagen. Ein Hieb wurde ihr post mortem zugefügt.»

«Deutet das auf Raserei hin?»

«Na, wer immer für das hier verantwortlich ist, war dem Opfer jedenfalls nicht sehr zugetan.»

«Danke, Patrick.» Trevor fror, und er war müde und nicht in Stimmung für den eigenwilligen Humor des Gerichtsmediziners. «Irgendwelche Anzeichen eines sexuellen Übergriffs?»

«Soweit ich erkennen kann, nein.» Patrick ging in die Hocke. «Wie man sieht, ist sie nackt. Ihre Kleider hängen im Schuppen an einem Haken. Sie hat sich entweder selbst ausgezogen, oder wir haben es mit einem ordentlichen Mörder zu tun. Die DNA-Analyse und die Ergebnisse der Spurensicherung werden Ihnen helfen, zu entscheiden, was zutrifft.»

«Gibt es einen Whirlpool?»

«Nein, und auch keinen Swimmingpool.»

«Irgendeine Idee, warum sie nackt war?»

«Vielleicht war sie Nudistin und wollte ihre Nachbarn aufgeilen. Dieser Schuppen steht doch nicht umsonst auf einem so hohen Holzdeck.»

«Was denken Sie?»

«Sie sind der Polizist.» Patrick senkte den Blick und musterte die Tote. «Keine Piercings, nicht einmal Ohrringe, und keine Tätowierungen. Und eigentlich hätte ich mehr Blut erwartet. Kopfverletzungen gehen immer mit großem Blutverlust einher. Und es gibt hier massig Fußabdrücke und Schlieren.»

«Was bedeutet das?»

«Woher soll ich das wissen? Möglicherweise hat hier jemand aufgewischt, nachdem sie gestorben war. Sicher bin ich mir allerdings nicht.»

«Wieso sollte jemand das tun?»

«Ich habe nicht die geringste Ahnung.»

«Müssen wir davon ausgehen, dass der Täter blutbesudelt war?»

«Ja, sofern er keine Schutzkleidung getragen hat.» Patrick erhob sich langsam und schaute sich um. «Jenny, kontrollieren Sie bitte, ob jeder Zentimeter des Tatorts fotografiert wurde, ja?» Er sprang von dem Deck und landete neben Trevor. «Ich bin hier fertig. Morgen früh werde ich als Erstes die Obduktion vornehmen.»

«Wann ist der Tod eingetreten?»

«Sie wissen doch, was ich von dieser Frage halte.»

«Und Sie wissen auch, dass ich sie Ihnen stellen muss. Ich wäre schon mit einer groben Einschätzung zufrieden», bat Trevor.

«Heute Nachmittag war es warm, doch dann hat es gehagelt, und nun liegt die Temperatur gerade noch über dem Gefrierpunkt. Die Leichenstarre hat eingesetzt, und der Körper ist feucht. Von daher denke ich, dass sie mindestens seit drei, vier Stunden tot ist, aber sie könnte auch früher gestorben sein.»

«Genauer geht es nicht?»

«Nein.»

Trevor wusste, dass es keinen Sinn hatte, weiter in Patrick zu dringen. «Können Sie mir einen Tipp geben, nach wem wir suchen müssen?»

«Jemand, der stark genug ist, eine Axt zu schwingen und einen Schädel zu spalten. Für weitere Aussagen ist es noch zu früh.»

Als Trevor aufschaute, sah er, dass Peter im Garten nebenan mit einem Polizisten in Uniform und Alan Piper sprach. «Danke, Patrick. Wir sehen uns morgen früh.»

«Ich werde Kaffee und Kekse bereithalten», scherzte

Patrick, der sehr wohl wusste, dass Trevor es befremdlich fand, dass er Milch, Kaffee und Snacks in den Kühlfächern der Leichenhalle bunkerte.

Trevor hielt auf die Zufahrt des Nachbarn zu, wo Peter ihn am Gartentor abfing.

«Hab dich kommen gesehen.»

«Stimmt es, dass Alan die Tote gefunden hat?»

«Er war auf seiner Veranda und hat sie da liegen gesehen.» Peter führte ihn um das Haus herum in den dahinterliegenden Garten.

«Dir ist aber schon klar, dass man dich von dieser Ermittlung abziehen wird?», fragte Trevor.

«Weil ich persönlich involviert bin? Ja. Aber all die Regularien können mich nicht davon abhalten, meinen Cousin zu besuchen und ein bisschen mit ihm zu plaudern.»

Trevor warf abermals einen Blick auf seine Uhr, konnte die Zeiger in der Dunkelheit allerdings nicht erkennen.

«Wir leiden unter Schlaflosigkeit», verkündete Peter fröhlich. «Nicht wahr, Alan?»

«Hallo, Trevor. Ich freue mich, Sie zu sehen. Nur lassen die Umstände mal wieder zu wünschen übrig.»

«Ein Drink in einem netten Pub wäre ein angenehmerer Rahmen.» Trevor nickte dem Polizisten zu, der bei seinem Eintreffen ein paar Schritte zurückgewichen war. «Sie können den Kollegen nebenan helfen, den Garten abzusuchen, Constable.»

«Ja, Sir», sagte der Mann und entfernte sich.

«Um welche Uhrzeit haben Sie die Leiche entdeckt, Alan?», brachte Trevor die Unterhaltung auf eine professionelle Ebene.

«Ich bin so gegen elf heimgekommen, ins Haus gegangen, habe mir ein Glas Bier eingeschenkt und bin dann auf die Veranda. Von daher müsste es etwa zehn nach elf gewesen sein.»

«Wo waren Sie vor elf Uhr?»

«Wieso interessiert Sie das?»

«Du hast es mir erzählt», meinte Peter. «Da kannst du es ihm auch sagen.»

«Und wenn nicht?»

«Dann tue ich es», warnte Peter ihn.

«Heute Nachmittag habe ich einen Anruf von jemandem gekriegt, der behauptete, zu wissen, wo die vermisste Schönheitskönigin steckt.»

«Ist das die, die laut Boulevardpresse als weiße Sklavin nach Afrika verkauft wurde?», fragte Trevor.

«Richtig. Der Anrufer hat mich jedenfalls nach Connor's Lake bestellt.»

«Bis dorthin sind es mehr als sechzig Kilometer.»

«Fünfundsechzig, um genau zu sein», merkte Alan an. «Ich sollte den Informanten zwischen sieben und neun Uhr auf dem Rastplatz treffen. Leider er ist nicht aufgetaucht.»

«Sie haben niemanden gesehen?»

«Es hat schwer gehagelt, und die Sicht war ziemlich eingeschränkt ...» Er hörte, wie Peter verächtlich grunzte. «Na schön. Ich bin eingepennt.»

«Wie lange haben Sie geschlafen?»

«Ungefähr eine Stunde.»

«Und was haben Sie gemacht, bevor Sie nach Connor's Lake fuhren?»

«Den Vormittag über war ich im Gericht, wo ein Verfahren wegen Vergewaltigung mangels Beweisen eingestellt wurde. Anschließend habe ich mit Peter im Black Boar zu Mittag gegessen und war dann im Büro, bis ich zu dem See rausgefahren bin.»

«Wann haben Sie die Stadt verlassen?»

«Gegen halb fünf.»

«Hat Sie danach noch jemand gesehen?»

«Das kann ich nicht beurteilen.»

Trevor zog sein Notizbuch heraus. «Ich brauche Ihr Kennzeichen zur Überprüfung. Sie haben die Autobahn genommen?»

«Nein.»

«Sie sind kreuz und quer durch die Hügel gefahren?», hakte Trevor ungläubig nach.

«Der Anrufer hat darauf bestanden, dass ich diese Route nehme und nicht die Polizei informiere. Vermutlich, weil er überprüfen wollte, ob ich tatsächlich allein komme. Das geht besser auf den Nebenstraßen, weil da nur wenig Verkehr herrscht.»

«Sie sind also einen Riesenumweg gefahren und haben vergeblich auf dem Rastplatz gewartet. Und nach einer Weile haben Sie kehrtgemacht, sich daheim ein Bier genehmigt – und dann?»

«Bin ich auf die Terrasse gegangen.»

«Tun Sie das häufiger, wenn es kalt und stockdunkel ist?»

«Das ist die einzige Zeit, wo ich hier meine Ruhe habe. Sehen Sie das da?» Alan zeigte auf das riesige Holzdeck mit dem Schuppen. «Bevor diese geschmacklosen Idioten von nebenan dieses Ding hochgezogen haben, saß ich mit meiner Frau jeden Abend hier draußen. Sie haben diese Scheußlichkeit extra dahin gestellt, damit sie uns bespitzeln und ich und Joy hier nicht mehr ungestört sitzen konnten. Kaum setze ich einen Fuß auf meine Terrasse, sitzt einer von denen schon dort drüben und späht über den Zaun.» Er schwieg kurz und versuchte, sich zu beruhigen.

«Tut mir leid. Ich werde fuchsteufelswild, wenn ich daran denke, wie sehr sie unser Leben kontrolliert und Joy um das letzte bisschen Freude gebracht haben. Meine Frau hat sich wirklich gern hier draußen aufgehalten. Und als sie sterbenskrank war, konnte sie die Terrasse nicht mehr nutzen, weil diese Verrückten uns permanent observiert und belauscht haben.»

«Haben Sie sich bei Ihren Nachbarn über deren Verhalten beschwert?»

«Aber sicher. Fragen Sie ihn.» Alan deutete auf Peter. «Man soll ja nicht schlecht über die Toten sprechen, aber selbst er hat mitgekriegt, wie die Kleekuh von nebenan durch den Garten robbte und uns belauschte.»

«Das kann ich bestätigen», meinte Peter.

«Sie haben die Lampe an dem Schuppen absichtlich so angebracht, dass das Licht in unser Wohnzimmer fällt.»

«Du brauchst Trevor nicht unbedingt aufs Butterbrot zu schmieren, wie sehr dich das aufregt», murmelte Peter.

«Haben Sie versucht, mit Ihren Nachbarn zu sprechen, als sie mit dem Bau von diesem ...» Trevor warf einen Blick auf Deck und Schuppen, ohne die richtigen Worte zu finden. Er bemühte sich wahrlich um Unvoreingenommenheit, aber er musste zugeben, dass ihn solch ein Monstrum ebenfalls gestört hätte.

«Ich habe mir wirklich alle Mühe gegeben. Nur ist mir die Lust auf Diskussionen vergangen, als sie dann auch noch anfingen, mich zu beklauen.»

«Was wurde Ihnen denn gestohlen?»

«Zuerst nur Kleinigkeiten. Hinter meiner Garage haben sie ein Stück Zaun runtergerissen und all mein Pflanzen gemopst. Als ich sie zur Rede stellte, meinten sie, die Pflanzen wären abgestorben gewesen, was erstunken und erlogen war. Vor einiger Zeit bekam ich eine Lieferung Steinplatten, von denen ein paar Quadratmeter verschwanden. Irgendwann ist mir aufgefallen, dass einige von ihren Pflanzenkübeln auf meinen Platten stehen. Und als sie sich eins von meinen Toren samt Pfosten unter den Nagel gerissen haben, war das der berühmte Tropfen, der das Fass zum Überlaufen bringt.»

«Haben Sie die Polizei informiert?»

«Das soll doch wohl ein Witz sein», murmelte Peter.

«Ich tue mal so, als hätte ich das nicht gehört, Sergeant Collins», wies Trevor ihn zurecht, worauf Peter nichts entgegnete. Bei seinen Ermittlungen hielt Trevor sich immer streng an die Regeln.

«Die Community Police kam vorbei, hat das Tor und die Pfosten zurückgebracht und mich darauf hingewiesen, dass meine Nachbarn unbeirrbar sind und ich mit weiteren Scherereien rechnen müsse. Zu guter Letzt haben sie mir geraten, eine Überwachungskamera zu installieren.»

«Waren Sie mit den Mitarbeitern der Community Police zufrieden?»

«Ja. Ich habe sie auf Anraten von Peter kontaktiert. Als er und ich letzten Sommer einmal im Garten gesessen und etwas getrunken haben, hat Peter beobachtet, wie Kacy über den Boden robbte, aber das habe ich ja schon erzählt.»

«Wir führten gerade ein sehr vertrauliches Gespräch», merkte Peter an, ohne eine Miene zu verziehen.

Trevor ging auf seine Bemerkung nicht ein, denn er konnte sich sehr gut vorstellen, worüber die beiden Männer gesprochen hatten.

«Sie sagten, Ihre Nachbarin heißt Kacy?»

«Kacy Howells.»

«Hat einer von Ihnen etwas gesagt, als Sie Kacy gesehen haben?» Trevor beobachtete Peter und versuchte in der Dunkelheit, aus seinem Gesichtsausdruck schlau zu werden.

«Als wir sie gefragt haben, was sie da treibt, ist sie wortlos davongerannt.»

«Aus diesem Grund habe ich Alan auch geraten, sich an die ... Community Police zu wenden», erklärte Peter. «Alan ist stadtbekannt. Sein Foto und seine Kolumnen erscheinen in allen lokalen und überregionalen Tageszeitungen, und hin und wieder taucht er sogar im Fernsehen auf.»

Sarah Merchant gesellte sich zu ihnen.

«DC Merchant, Alan Piper», stellte Trevor die beiden einander vor.

Sarah schenkte Alan ein Lächeln. «Ich kenne Sie von dem Foto aus der Zeitung, Sir.»

«Da hörst du's», meinte Peter.

Sarah wandte sich an Trevor. «Ich habe mit einer Mrs. Walsh gesprochen, die direkt gegenüber von den Howells wohnt. Sie hat gesehen, wie George Howells heute Morgen mit den Kindern weggefahren ist. Die Howells sprechen kaum mit den anderen Anwohnern in der Straße, aber ihre Kinder spielen rund um die Uhr draußen. Das Jüngste hat Mrs. Walsh verraten, dass sie ein paar Tage bei ihrer Großmutter verbringen, weil der Vater beruflich verreisen muss.»

«Womit verdient er denn sein Geld?»

«Er ist Angestellter im öffentlichen Dienst.»

«Na super», lautete Peters abfälliger Kommentar.

«Mrs. Walsh hat uns gesehen und mich gefragt, was denn los ist. Ich erklärte ihr, dass wir hier ermitteln. Sie fragte, ob jemandem etwas zugestoßen wäre, und meinte: ‹Falls Kacy Howells etwas zugestoßen ist, wird ihretwegen keiner der Anwohner eine Träne vergießen. Diese Frau hat sich mit jedem irgendwann angelegt, und es wäre nur gut für die Kinder, wenn sich zur Abwechslung mal jemand um sie kümmern würde. Vielleicht eine Pflegefamilie, die die Kleinen nicht von früh bis spät auf der Straße herumturnen lässt.›»

«Dann konnte Mrs. Walsh das Opfer also genauso wenig leiden wie Sie, Alan.»

«Tja, manche Leute sind einem tot wesentlich lieber», ließ Peter verlauten.

KAPITEL VIER

Trevor hatte gerade mal zwei Stunden geschlafen, als er um acht Uhr das Revier betrat. Er ging in sein Büro, checkte seine E-Mails und die Nachrichten auf dem Anrufbeantworter und begab sich dann in den Ermittlungsraum, den Sarah organisiert hatte.

«Sind Sie überhaupt daheim gewesen?», fragte er Sarah, die an einem Computerarbeitsplatz saß.

«Ich bin nicht müde, Sir.»

«Im Büro können Sie mich ruhig mit meinem Vornamen anreden. Und ich warte immer noch auf eine Antwort auf meine Frage.»

«Chris und ich hielten es für besser, die Informationen, die wir gesammelt haben, einzugeben, bevor wir die anderen Anwohner vernehmen. Chris ist gerade in der Kantine.»

«Haben Sie etwas gegessen?»

«Ja.»

«Aber offenbar weniger als er.»

Sie drehte sich zu ihm um. «Ich stehe nicht auf Spiegeleier und Speck, Sir.»

«Dann wird aus Ihnen nie und nimmer eine richtige Polizistin.»

«Ich habe die Fotos heruntergeladen, die der Gerichtsmediziner uns gemailt hat, und sie zusammen mit den Aufnahmen vom Tatort ausgedruckt.»

«Danke.» Trevor nahm die Bilder, die sie ihm reichte.

«Gibt es in der Straße Mütter, die nicht berufstätig sind?»

«Nein, Sir. Und nur eine der Frauen ist halbtags beschäftigt.»

«Kacy Howells», riet Trevor.

«Sie hat zwanzig Stunden in der Woche bei derselben Behörde gearbeitet wie ihr Ehemann.»

«Nach der Vernehmung der Nachbarn gehen Sie und Chris nach Hause und legen sich aufs Ohr. Das ist ein Befehl.»

«Aber ...»

«Heute Abend um halb neun findet eine Fallbesprechung statt. Da rechne ich mit Ihrer Anwesenheit. Bis dahin müssten auch die Obduktionsergebnisse und der vorläufige Bericht der Spurensicherung vorliegen.»

«Ist gut.»

Dan Evans, Trevors direkter Vorgesetzter, kam mit Peter in den Raum. Obwohl Peter kräftig und eins sechsundachtzig groß war, wirkte er neben dem stattlichen Waliser wie ein Zwerg. Trotz seiner furchteinflößenden Statur war Dan der sanftmütigste Mensch, den Trevor kannte.

«Guten Morgen. Wie ich sehe, sind Sie schon informiert.» Trevor schlug die Mappe auf, die Sarah ihm gegeben hatte, und breitete die Fotos auf dem Tisch aus.

«Peter möchte nicht von dem Fall abgezogen werden. Haben Sie irgendwelche Einwände?»

«Wenn die da oben erfahren, dass er mit einem Zeugen verwandt ist, und es gutheißen, nicht.»

«Ich werde später mit ihnen darüber reden. Sind das die ersten Aufnahmen?» Dan spähte Trevor über die Schulter.

«Ein paar von denen hat uns Patrick zugemailt. Die Obduktion macht er heute Vormittag. Die anderen Aufnahmen wurden vergangene Nacht am Tatort gemacht.»

Trevor hängte ein paar Bilder an die Glaswand, wo Sarah schon eine maßstabsgetreue Skizze von dem Haus mit Garten, Schuppen und Holzdeck angebracht hatte.

«Wurden die Angehörigen informiert?», fragte Dan.

«Ja. Der Ehegatte war auf einem von diesen Teambuilding-Seminaren für Führungskräfte, die beim öffentlichen Dienst so beliebt sind, obwohl die Privatwirtschaft schon seit Jahren darauf verzichtet. Im Lake District. Wir haben die Telefonnummer vom Veranstaltungsort neben dem Apparat im Haus der Howells gefunden, was ein Glück war, da die Organisatoren des Seminars den Teilnehmern ihre Handys abgenommen haben. Ich habe die Kollegen vor Ort gebeten, ihn über den Tod seiner Frau zu informieren. Zwei Constables bringen ihn noch heute hierher.»

«Hat er ein Alibi für vergangene Nacht?», wollte Peter wissen.

«Ja, und es ist hieb- und stichfest», antwortete Trevor. «Er hat mit zwanzig Kollegen an einem der Seen gecampt.»

«Wäre bei dem Wetter nicht gerade mein Ding», meinte Peter.

«Meins auch nicht bei gutem Wetter», verkündete Dan in seinem walisischen Singsang. «Ich bin fürs Campen nicht geschaffen.»

«Die Kinder sind bei der Mutter des Opfers untergebracht. Man hat die Frau darüber in Kenntnis gesetzt, dass ihre Tochter ermordet wurde. Ein psychologisch geschulter Beamter kümmert sich um sie.»

«Wie alt sind die Kinder?», erkundigte sich Dan.

«Vier und sechs. Der Vater möchte es ihnen selbst sagen.»

«Arme Würmchen. Also, was haben wir?», fragte Dan.

«Wir kriegen hoffentlich bald etwas von Patrick und der Spurensicherung. Ich habe schon Termine gemacht.»

«Irgendwelche Verdächtigen?», hakte Dan nach.

«Dazu ist es noch zu früh, aber wir wissen, dass die direkten Nachbarn das Opfer nicht ausstehen konnten. Sie war nicht sonderlich beliebt ... so sieht es zumindest aus», schob Peter schnell nach, als Dan ihm einen scharfen Blick zuwarf.

«Wann findet die erste Besprechung statt?», fragte Dan.

«Heute Abend um halb neun.»

«Ich werde da sein.»

«Und ich dachte, Sie haben alle Hände voll zu tun mit den Opfern, die dieser Drogenkrieg fordert. Wie ich hörte, hat es schon sieben Tote gegeben.» Peter schob einen Stuhl vor die Glaswand.

«Vier Tote, drei Vermisste. Kann sein, dass die untergetaucht sind, was ich jedoch stark bezweifle. Aber ich kann Ihnen versichern, dass mich der Fall nicht davon abhalten wird, ein Auge auf die anderen Ermittlungen dieser Abteilung zu haben.»

Trevor warf einen kurzen Blick auf die Fotos vom Tatort. «Ich kann hier nichts erkennen, das mir vergangene Nacht entgangen wäre.» Er fischte die Aufnahmen heraus, die Patrick in der Leichenhalle gemacht hatte. «Die werde ich mit Patrick durchsprechen, sowie ich ihn treffe.»

«Falls Sie Hilfe brauchen, melden Sie sich», bat Dan und hielt auf die Tür zu.

«Viel Glück bei Ihrer Ermittlung.»

Dan nickte. «Wir werden die Verantwortlichen schon schnappen.»

Daran hatten Peter und Trevor keine Zweifel. Dan

Evans löste mehr Fälle als alle anderen Polizisten auf diesem Revier.

«Und wenn du auch helfen willst, dann mal los», sagte Trevor zu Peter, nachdem Dan den Raum verlassen hatte.

«Ich studiere gerade die Skizzen vom Tatort.»

«Mit geschlossenen Augen?»

«Ich wollte sie nur mal kurz schonen.»

«Lass es gut sein. Fahr mich zur Leichenhalle.»

«Na, das ist doch mal ein Angebot von einem Vorgesetzten, das kein Beamter ausschlagen kann», gab Peter zurück und klopfte, auf der Suche nach dem Autoschlüssel, seine Taschen ab.

* * *

Trevor hatte mit Patrick O'Kelly schon öfter zusammengearbeitet und schätzte seine Expertise. Immerhin war er einer der kompetentesten und versiertesten Gerichtsmediziner des Landes. Nichtsdestotrotz fiel es Trevor schwer, sich an Patricks Eigenheiten zu gewöhnen. Als er und Peter in die Leichenhalle kamen, saßen Patrick und Jenny, seine attraktive blonde Assistentin, auf einem Obduktionstisch, tranken Milchkaffee aus Bechergläsern und aßen Schokokekse.

«Kaffee?», fragte Patrick die beiden Polizisten, als sie sich zu ihnen gesellten.

«Nein, danke», antwortete Trevor.

«Seien Sie doch nicht so ängstlich. Leben Sie gefährlich. Jenny kann ein paar Becher ausspülen, die noch nicht benutzt wurden.»

«Ich habe schon gefrühstückt», weigerte Trevor sich standhaft. «Was können Sie uns erzählen?»

«Nicht viel mehr als heute Nacht. Wollen Sie die Tote nochmal sehen?»

«Was versprechen Sie sich davon?»

«Man kann ja nie wissen.» Er sprang von dem Obduktionstisch und öffnete eine Tür. In dem dahinterliegenden Raum mit den Kühlfächern war es eiskalt. Patrick warf einen Blick auf die Schildchen, ehe er eine riesige Schublade herauszog, das Tuch, mit dem die Leiche bedeckt war, zurückschlug und auf eine Kopfverletzung deutete. «Dieser Hieb war tödlich. Wie Sie sehen, hat er ihr den Schädel gespalten.»

«Wurde er mit Nachdruck ausgeführt?»

«Ja, davon gehe ich aus. Aber jetzt werfen Sie mal einen Blick auf die anderen Verletzungen.»

«Sie sind nicht ganz so tief ...»

«Das hier ist ein Streifhieb.» Patrick zupfte ein Paar Latexhandschuhe aus dem Karton, der auf den Kühlfächern stand, streifte sie über, fuhr mit den Fingern durch die Haare der Toten und legte eine Stelle an ihrem Kopf frei.

«Bedeutet das, dass der Angreifer nicht sonderlich kräftig war?», überlegte Peter laut.

«Jedenfalls sollten wir nicht davon ausgehen, dass er Gewichte stemmt», erwiderte Patrick vorsichtig.

«Dann könnte der Täter also auch weiblich sein?», schlussfolgerte Trevor.

«Oder er wollte uns glauben machen, dass er alt und gebrechlich ist, oder jung und ...»

«Gibt es überhaupt einen Personenkreis, den wir ausschließen können?», fragte Peter leicht entnervt.

«Ich bin kein Hellseher, Sergeant.»

«Das ist aber jammerschade.»

«Hätte ich diese Gabe, brauchten wir ja Sie und den Inspector nicht. Also, wie ich Ihnen heute Nacht schon sagte,

Trevor, wurde sie mit einem einzigen Axthieb getötet. Alle anderen waren vollkommen überflüssig.»

«Hat sie sich gewehrt?»

«Der einzige Beweis, dass sie Widerstand leistete, ist die abgetrennte Hand. Die blauen Flecken im Nacken wurden ihr zugefügt, als sie noch lebte. Das Muster der Hiebe und die Winkel der einzelnen Traumata deuten darauf hin, dass sie kniete, als sie starb. Ihre DNA wird im Labor untersucht. Und auch die, die wir auf dem Deck und im Schuppen gefunden haben. Wir haben kein Sperma gefunden und auch keine Anzeichen, dass sie sexuell misshandelt wurde. Der Täter ist brutal und alles andere als raffiniert.»

«Gibt die Axt etwas her?», wollte Trevor wissen.

«Ich habe nichts entdeckt, das Ihnen weiterhelfen könnte», antwortete Patrick. «Gehen Sie davon aus, dass der Mörder sie mitgebracht hat?»

«Das müssen wir noch klären.»

«Falls sie nicht den Howells gehörte, wären Sie schon einen großen Schritt weiter», stellte Patrick fest. «Andererseits geht ein Mann, der mit einer Axt herumläuft, ein ziemliches Risiko ein.»

«Falls sie den Howells gehörte und auf dem Deck lag, spricht einiges dafür, dass der Täter die Beherrschung verloren und spontan gehandelt hat», sinnierte Trevor. «Wo ist die Axt jetzt?»

«Bei der Spurensicherung», sagte Patrick, nachdem er in seinen Unterlagen nachgesehen hatte.

«Dort schauen wir als Nächstes vorbei.» Trevor warf einen letzten Blick auf Kacy Howells' Kopf, ehe Patrick ihn zudeckte.

«Sie haben uns ja mächtig weitergeholfen», murmelte Peter.

«Ich gebe mir Mühe. Falls Sie noch über weitere Leichen stolpern sollten, packen Sie sie in Ihren Wagen und schaffen sie hierher, ja?»

* * *

«Auf der Axt gibt es fünf unterschiedliche Fingerabdrücke», beantwortete Alison, die dienstälteste Mitarbeiterin im Labor, Trevors Frage. «Und wir haben auch ein paar Schlieren gefunden, die den Schluss nahelegen, dass sie von jemandem benutzt wurde, der Handschuhe trug. Patrick hat uns die DNA des Opfers und weitere Abdrücke geschickt, die wir so bald wie möglich mit denen des Gatten, der Kinder, anderer Familienmitglieder und Freunde abgleichen.»

«Vielleicht sollten wir auch von den Nachbarn Fingerabdrücke nehmen», schlug Peter vor.

Trevor nickte. «Sorg dafür, dass Sarah sich darum kümmert. Was haben Sie sonst noch gefunden?»

«Einen geheimen Alkoven im Schuppen, in dem das hier lag.» Alison führte sie zu einem Tisch in der Mitte des Raumes und zog eine dicke Plastikplane weg.

Peter legte die Hand über die Augen. «Für solche Spielsachen bin ich noch zu jung.»

«Da ich ahnte, dass Sie schnelle Ergebnisse brauchen, Trevor, wurde schon alles auf DNA und Fingerabdrücke überprüft. Sie können also getrost zulangen.»

«So viel Sexspielzeug findet man sonst nur bei Beate Uhse.» Trevor hob ein Paar Handschellen hoch.

«Zwei Paar von denen waren auf Knöchelhöhe an der Wand befestigt. Auf Hals- und Taillenhöhe haben wir Ledergurte gefunden. Und zudem welche auf Kopfhöhe, mit denen wahrscheinlich die Handgelenke fixiert wurden. Die Peitschen hingen daneben.»

Trevor legte die Handschellen auf den Tisch zurück. «Wie es aussieht, hatte Kacy Howells mindestens einen Sexualpartner, der auf S/M-Spielchen abfuhr.»

«Ich hatte keine Ahnung, dass es so viele verschiedene Dildos gibt. Ist das tatsächlich ein Hase?» Peter hielt einen roten Dildo hoch, der die Form eines Häschens hatte. «Und wozu braucht man diese Riesenohren?»

«Zehn von den Vibratoren waren noch unbenutzt und in der Originalverpackung», verkündete Alison.

«Und welche Schlüsse sollen wir daraus ziehen?», fragte Peter.

«Hatten Sie auch mit den Morden in dem Massagesalon zu tun, Alison?», wollte Trevor wissen.

«Ja. Und ich möchte Ihnen noch gratulieren, dass Sie den Kerl geschnappt haben.»

«Die Ehre gebührt Ihrer Abteilung. Immerhin haben Sie die DNA analysiert und uns den Täter auf dem silbernen Tablett serviert. Aber falls ich mich recht entsinne, gab es in dem Salon nicht so viel Sexspielzeug, obwohl dort ein Dutzend Mädchen arbeiteten.»

«Was fängt also eine ganz normale Hausfrau, die in der Vorstadt wohnt, mit all dem Zeug hier an?» Peter nahm zwei identische Sprühdosen in die Hand und las, was auf den Etiketten stand. «Eine Dose Nippelspray finde ich schon ziemlich bemerkenswert, doch gleich vierzehn sind echt abgedreht.»

«Sind Sie mit dem Schuppen fertig?», wollte Trevor von Alison wissen.

«Ja, wir haben alles mitgenommen, was uns wichtig erschien. Sie können sich jetzt ungestört dort umschauen, ohne irgendwelche Spuren zu vernichten. Wir haben das Deck zerlegt und die Bohlen samt Mobiliar und Kissen zur Untersuchung hierhergeschafft.»

«Und was ist mit dem Haus und dem Garten?»

«Da hat unser Team noch zu tun.»

«Sie werden uns ...»

«... die Ergebnisse faxen oder mailen, sobald wir mehr wissen. Constable Merchant hat uns gleich heute Morgen angerufen und Druck gemacht.»

Als Trevors Handy läutete, trat er beiseite und nahm das Gespräch an.

«Wir müssen aufs Revier», sagte er zu Peter, nachdem er das Telefonat beendet hatte. «Danke, Alison. Sie leisten großartige Arbeit.»

«Kriege ich einen Blumenstrauß, wenn Sie den Täter überführt haben?»

«Und eine Schachtel Pralinen», versicherte Trevor.

* * *

Sarah Merchant hatte ein von Amateuren gemachtes Pornomagazin und eine Website entdeckt, auf der eine Anzeige geschaltet war, die ihrer Meinung nach hochgradig interessant war. Sie machte Computerausdrucke von der Website und verteilte sie zusammen mit einigen Exemplaren des Pornohefts an die Kollegen, die dem Howells-Fall zugeteilt waren.

Peter schlug seine Ausgabe an der markierten Stelle auf. Dort war eine Fotomontage von Kacy Howells' Kopf auf einem nackten Frauenkörper zu sehen und der folgende Text abgedruckt:

Bist du auf Spaß aus? Dann lass mir ein Geschenk und deine Telefonnummer zukommen, und falls das Präsent meinen Vorstellungen entspricht, gehöre ich dir. Es kann auch ein flotter Vierer organisiert werden.

Unter der Anzeige stand eine Telefonnummer.

Trevor schaute von seiner Ausgabe auf. «Was soll das denn heißen?»

«Hat man dir das nie angeboten, als du mal mit Lyn im Pub warst?», fragte Peter.

«Nein.»

«Das überrascht mich aber, wo Lyn doch so absolut klasse aussieht. Ein flotter Vierer ist eine Umschreibung für Partnertausch.»

«Du liebe Zeit, woher weißt du denn so was?», wunderte sich Trevor.

«Weil ich, als ich noch verheiratet war, nicht alle Hoffnung fahren lassen wollte. Nicht dass es jemals so weit gekommen wäre, was mich allerdings nicht überrascht hat. Ein Blick auf meine Ex reichte, um jedes interessierte Paar zu verprellen.»

«Haben Sie die Telefonnummer überprüft?», wandte sich Trevor an Sarah, ehe Peter das Thema weiter auswalzen konnte. Obwohl Peter inzwischen seit sieben Jahren von seiner Frau geschieden war, setzte ihm die Erinnerung an seine Ehe immer noch schwer zu.

«Die gehört zu einem Fernsprechauftragsdienst, den die Zeitschrift anbietet, Sir.»

Diesmal verzichtete Trevor darauf, sie daran zu erinnern, ihn mit dem Vornamen anzusprechen. Da sich alte Gewohnheiten nur schwer ablegen lassen, musste er sich noch eine Weile gedulden. «Hat Kacy Howells diese Anzeige geschaltet?»

«Unsere Leute kümmern sich darum, Sir. Ich habe mit dem Herausgeber der Zeitschrift gesprochen. Er hatte den Auftrag, alle Nachrichten an Kacy Howells' Festnetzanschluss und auf ihr Handy weiterzuleiten. Die Nummern der beiden Anschlüsse gehören tatsächlich den Howells, aber das muss noch nichts heißen. Der Festnetzanschluss steht im Telefonbuch, und die Handynummer kennt jeder, der mal die Ansage des Anrufbeantworters gehört hat. Das Pornoheft geht auf Nummer sicher und besteht darauf, dass Anzeigen per Kreditkarte bezahlt werden. Der Name auf der Karte muss identisch sein mit dem Namen desjenigen, der die Anzeige schaltet.»

«Und ... traf das in diesem Fall auch zu?»

«Ja, Sir. Die Karte wurde erst vor einem Monat beantragt und wurde laut Kreditkartenfirma seitdem zweimal benutzt. Das erste Mal vor zwei Wochen, um die Anzeige zu bezahlen, die online aufgegeben wurde, und dann noch einmal, als übers Internet Sexspielzeug im Wert von mehr als zweihundert Pfund gekauft wurde. Das Soll auf der Karte wurde gestern am Bankschalter ausgeglichen. Ich habe die Bankangestellten gefragt, ob sie sich an die betreffende Person erinnern könnten, was nicht der Fall war. Daher habe ich darum gebeten, dass man uns die Bänder der Überwachungskamera aushändigt.»

«Dann sind Mr. und Mrs. Howells also Swinger», meinte Peter und ließ den Blick von Sarah zu Trevor wandern.

«Schon möglich, Sir.»

«Gibt es sonst noch etwas?», fragte Trevor.

«Sie haben ja das Sexspielzeug gesehen, das die Spurensicherung im Schuppen gefunden hat, Sir. Im Haus wurde noch mehr davon entdeckt, in der Originalverpackung, und Schokolade und Unmengen von Blumen.»

«Wann ist die Anzeige erschienen?»

«Diese Ausgabe ist seit drei Tagen auf dem Markt, Sir.»

«Heißt das, dass diese Frau der absolute Renner ist oder dass sie von jemandem in die Pfanne gehauen wird?», wollte Trevor von Chris, Sarah und Peter wissen.

«Könnte beides zutreffen», fand Peter. «Aber die Interessenten, die ihr Geschenke schickten, müssen gewusst haben, wo sie wohnt, denn in der Anzeige taucht ihre Adresse nicht auf. Der Herausgeber leitet die eingegangenen Nachrichten weiter, aber ich kann mir nicht vorstellen, dass er auch Pakete entgegennimmt und zustellt. Oder liege ich da falsch?», fragte Peter Sarah.

«Nein. Gleich als ich von dem Sexspielzeug erfuhr, habe ich den Herausgeber angerufen und dazu befragt.»

«Wie sind Sie überhaupt auf dieses Blatt gestoßen?», fragte Trevor und hielt das Heft hoch.

«Ich hatte eine Kollegin gebeten, der Behörde, bei der die Howells arbeiteten, einen Besuch abzustatten und ihre Schreibtische zu durchsuchen. Sie hat das gleich heute Morgen erledigt und das Heft in einem Müllsack entdeckt. Die Reinigungskraft konnte sich nicht mehr erinnern, aus welchem Papierkorb die Zeitschrift stammte, denn der Inhalt aller Papierkörbe wandert in denselben Sack. Insgesamt hat unsere Kollegin in dem Gebäude zwei Dutzend Exemplare gefunden.»

«Sagen Sie mir bitte nicht, dass sie von einem anonymen Absender geschickt wurden?» Trevor war schleierhaft, warum er das fragte, denn er kannte die Antwort schon.

«Laut dem Herausgeber wurden sie gleichzeitig mit der Anzeigenaufgabe geordert, gegen Gebühr zugestellt und mit derselben Kreditkarte bezahlt», bestätigte Sarah.

«In dem Fall kann es sich nur um einen schlechten Scherz handeln», schlussfolgerte Trevor. «Kein Angestellter im öffentlichen Dienst, der auf seinen guten Ruf bedacht ist, würde seine Frau in einem Pornoheft anpreisen, Partnertausch in Aussicht stellen und mehrere Ausgaben des Magazins im Büro verteilen. So etwas könnte beide den Job kosten, ganz zu schweigen von den spitzen Bemerkungen und dem Spott der Kollegen.»

«Was, wenn diese Idee auf dem Mist der anderen Mitarbeiter gewachsen ist?» Peter zog einen Stuhl unter dem Tisch hervor und setzte sich.

«Ist der Ehemann schon eingetroffen?», fragte Trevor.

«Er wurde bei seiner Schwiegermutter abgesetzt, Sir», informierte Sarah ihn. «Er wollte seine Kinder sehen.»

«Sorgen Sie dafür, dass er heute Nachmittag auf dem Revier erscheint. Ich möchte ihn hier vernehmen. Falls er Einwände hat, verklickern Sie ihm, dass wir ihm einen Skandal ersparen möchten. In der Zwischenzeit befragen wir die Nachbarn. Und als Erstes knöpfen wir uns deinen Cousin vor, Peter.» Er ging zur Tür und drehte sich um. «Ich dachte, ich hätte Ihnen und Chris befohlen, nach Hause zu gehen und zu schlafen, Sarah.»

«Ja, aber wir haben beschlossen durchzuarbeiten.»

Da es keinen Sinn ergab, sie zu etwas zu überreden, wozu sie keine Lust hatten, sagte Trevor: «Vergessen Sie nicht, die geleisteten Überstunden zu melden.»

«Keine Sorge, Sir.»

«Ich rufe jetzt Alan an», erbot sich Peter.

«Sag ihm, er soll um die Mittagszeit hierherkommen. Auf die Weise bleibt uns noch genug Zeit, die Informationen zu sichten, die Sarah und Chris zusammengetragen haben.»

«Super», sagte Peter mit sarkastischem Unterton.

«Vielleicht fangen Sie ja am besten damit an, Sir», schlug Sarah vor, schob einen Computerausdruck für Trevor über den Tisch und händigte Chris und Peter Kopien aus.

Trevor las den Namen, der ganz oben stand. «Mrs. Walsh?»

«Ich habe sie heute Morgen noch einmal gesprochen. Sie hat mir sehr weitergeholfen.»

«Sie hat uns ein Tagebuch überlassen, was mich allerdings einiges an Überzeugungskraft gekostet hat. Ich musste ihr versprechen, es zu kopieren und ihr so schnell wie möglich zurückzugeben. Und sie hat mich auch noch dazu überredet, ihr im Gegenzug ein neues Buch zu spendieren.» Chris reichte Trevor ein kleines rotes Büchlein. «Auf diesen Seiten ist ganz genau vermerkt, welcher Handwerker oder Vertreter bei welchem Nachbarn um welche Uhrzeit auftauchte und wie lange er sich in welchem Haus aufgehalten hat.»

Trevor blätterte das Verzeichnis durch. «Ist das hier das Original?»

«Ja, aber ich habe es schon kopiert», erklärte Sarah.

Trevor bemerkte, dass die Seiten datiert waren, und blätterte einen Tag zurück. «Wie ich sehe, hat der Zeitungsjunge die Hälfte der Häuser in der Straße beliefert, und KEIN MILCHMANN steht auf jeder Seite in Großbuchstaben.»

«Mrs. Walsh hat sich sehr darüber aufgeregt, dass er in Rente gegangen ist, denn er hat sie früher nicht nur mit Milch und Milchprodukten, sondern auch mit frischem Gemüse beliefert.»

«Wann hat er aufgehört zu arbeiten?»

«Vor fünf Jahren.»

Trevor konnte sich nicht erinnern, wann er das letzte Mal einen Milchwagen gesehen hatte. Bestellten inzwischen alle Leute ihre Lebensmittel per Internet und ließen sich diese nach Hause liefern wie Lyn?

«Der Fensterputzer hat bei sieben Familien in der Straße seine Dienste angeboten und war neunzig Minuten im Haus der Howells.»

«Deren Fenster müssen ja ziemlich dreckig gewesen sein», stellte Peter fest.

«Der Fensterputzer ist nicht der Einzige, der sich so lange bei den Howells aufhielt, Sir. Wenn Sie weiter zurückblättern, werden Sie feststellen, dass die vermerkten Besuche des Postboten, des Fischlieferanten und der anderen Zusteller von dreißig Minuten bis zu zwei Stunden dauerten.»

«Wie zuverlässig ist diese Mrs. Walsh?», fragte Trevor.

«Hundertprozentig, würde ich sagen. Selbst als wir bei ihr waren, hat sie sich Notizen gemacht. Außerdem benutzt sie eine Stoppuhr und schreibt nicht nur das auf, was sich bei den Howells tut. Sie beobachtet alle Nachbarn und notiert, wann wer kommt und geht. Der Journalist Alan Piper, der gleich neben den Howells wohnt, gehört auch dazu. Piper hat anscheinend vor kurzem seine Frau verloren und trifft sich seit ihrem Tod mehrmals pro Woche mit einer geschiedenen Frau, die in derselben Straße lebt.»

Trevor warf Peter einen Blick zu. «Das ist ein Thema, über das du mit Alan reden solltest.»

KAPITEL FÜNF

Peter marschierte durch den Flur, klopfte an Trevors Bürotür und trat ein. «Ich habe eine Nachricht auf der Mailbox von Alans Handy hinterlassen. Aber da er bei der Königin ist, wird er sie wohl erst in ein paar Stunden abhören.»

Trevor, der am Computer saß und die Protokolle der Vernehmungen las, die Sarah schon mit den Nachbarn der Howells durchgeführt hatte, drehte sich um. «Bei welcher Königin?»

«Soweit ich weiß, haben wir nur eine. Sie wohnt im Buckingham Palace, Windsor Castle und Balmoral ...»

«Dieser Fall erfordert wirklich meine ganze Energie. Erspar mir also deine Liste extravaganter königlicher Behausungen, für die wir armen Steuerzahler aufkommen müssen.»

Vor einiger Zeit hatte Peter einen Artikel darüber gelesen, wie viele gekochte Eier sich Prinz Charles während der Jagdsaison in seinem Landhaus servieren ließ, ehe er sich für das entschied, das seinen Wünschen entsprach, und dann ausgerechnet, dass die Kosten dafür seiner jährlichen Steuerschuld entsprachen.

«*Deine* Königin eröffnet ein Krankenhaus, das seit sechs Monaten in Betrieb ist. Alan berichtet für lokale und überregionale Zeitungen über dieses Ereignis. Anlässlich der Eröffnungsfeierlichkeiten hat das Gesundheitsministerium veranlasst, dass alle Operationen, die nicht oberste Priorität haben, verschoben werden und die Ambulanz vorübergehend dichtgemacht wird, was die Patienten auf der Warteliste sicherlich gefreut haben dürfte. Aber wir dürfen ja auf keinen Fall zulassen, dass Ihre Majestät mit normalen oder gar kranken Sterblichen in Berührung kommt, oder?»

«Bist du eigentlich nur gekommen, um mir zu sagen, dass du Alan nicht erreichen kannst?»

«Nein. George Howells ist hier und hat zugestimmt, dass wir von ihm und seinen Kindern eine DNA-Probe bekommen, nachdem wir ihm erklärt haben, dass wir die brauchen, um sie als Täter auszuschließen. Die von Kacys Eltern und ihrem Bruder haben wir auch.»

«Und was ist mit George Howells' Eltern?»

«Die sind beide tot, und der Bruder hat seit Georges Hochzeit das Haus nicht betreten.»

«Gab es da Probleme?»

Peter zuckte mit den Achseln. «George und Kacy haben sich mit ihm und seiner Frau nicht gut verstanden.»

«Und wie geht es George Howells?»

«Der Mann ist wie erstarrt. Ein psychologisch geschulter Kollege betreut immer noch seine Schwiegermutter und die Kinder. Sarah kümmert sich um ihn.»

«Falls sie nicht aufpasst, kriegt sie noch ein Burn-out-Syndrom.»

«Du weißt ja, wie die Jungspunde auf diesem Revier ticken. Sie strampeln sich ab wie Ratten in Abwasserkanälen und denken nur an ihre Beförderung. Als ich aus Verhörraum drei ging, hat sie George Howells gerade mit Tee, Keksen und mitfühlenden Worten aufgepäppelt.»

Trevor erhob sich widerwillig von seinem Schreibtisch. Wann immer er Verwandte eines Mordopfers vernehmen musste, fühlte er sich plötzlich inkompetent und unzulänglich. Nüchtern betrachtet, waren Schuldgefühle völlig fehl am Platz. Weder er noch seine Kollegen waren in der Lage, Morde zu verhindern. Dan Evans und seine eigenen Erfahrungen hatten ihn gelehrt, bei Tatortbesichtigungen oder Besuchen im Leichenschauhaus seine Empfindungen in Schach zu halten. Seine Aufgabe war es, Beweise zu sammeln, die vor Gericht standhielten, und dies erforderte einen vorurteilsfreien und analytischen Blick auf die Dinge. Nur so konnte man sichergehen, dass der Schuldige verurteilt wurde und dem Opfer Gerechtigkeit widerfuhr. Das Gespräch mit betroffenen Verwandten verlieh einer Ermittlung einen persönlichen Aspekt. Es erinnerte ihn an seine eigene Sterblichkeit und an die seiner nächsten Angehörigen. Und seit der Geburt seines Sohnes vermied er es erst recht, über den Tod nachzudenken.

Peter stellte sich neben Trevor, der vor dem Verhörraum verharrte und durchs Fenster blickte. Ein schmächtiger, unscheinbarer Mann mit hellen Haaren und wässrig-blauen Augen saß vornübergebeugt am Tisch, auf dem eine Tasse Tee und ein Teller mit Keksen stand. Sarah saß mit teilnahmsvoller Miene neben ihm.

«Sieht mir nicht wie ein Typ aus, dessen Frau es mit jedem treibt, oder?», meinte Peter.

«Dass sie das getan hat, ist noch nicht eindeutig geklärt.»

«Ach, komm schon. Denk nur an das Sexspielzeug. Und sag jetzt ja nicht, sie hätte die Sachen nur angeschafft, um ihn zu becircen.»

«Das Äußere eines Menschen verrät nichts darüber, was in seinem Innern vorgeht.»

«Normalerweise bist du es doch, der schnell ein Urteil fällt», meinte Peter. «Howells ist nicht der Typ für einen flotten Vierer. Swinger sind normalerweise stark gebräunte

Aufschneider in grellen Klamotten mit Designersonnenbrillen, vollem Haar oder Toupets ...»

«Und woher weißt du das?» Trevors Blick ruhte immer noch auf George Howells.

«Aus Erfahrung», antwortete Peter ungeniert. «Aber nachdem ich seine bessere Hälfte gesehen habe, finde ich, dass sie auch nicht der richtige Typ dafür ist. Kein Nagellack, kein Make-up, geschweige denn sexy Spitzenhöschen.»

«Ich kann mich wirklich glücklich schätzen, dass ich einen Experten für Partnertausch im Team habe.»

«Er kommt nicht wie ein Hetero rüber.»

«Ich kann dir nicht folgen.»

«Der Bursche ist vom anderen Ufer», erklärte Peter mit Nachdruck.

«Selbst wenn es nur einen Blick brauchte, um zu entscheiden, ob jemand schwul ist oder nicht, muss ich dich daran erinnern, dass das schon lange nicht mehr strafbar ist.»

«Und dafür sei den Herren gedankt, die die Gesetze machen. Aber seine Neigung muss sich doch auf seine Ehe ausgewirkt haben. Immerhin hatte Kacy Howells Unmengen von Dildos. Vielleicht hat sie die ja angeschafft, weil er auf Typen steht.»

«Wer sagt denn, dass sie die Vibratoren gekauft hat? Hast du eins von diesen Pornoheftchen dabei? Ich habe mein Exemplar im Büro vergessen.»

Peter zog das Blatt aus seiner Jackentasche und reichte es Trevor.

«Tu mir einen Gefallen. Geh nochmal die Aussagen durch, die Chris und Sarah aufgenommen haben, und achte darauf, ob dir etwas ungewöhnlich erscheint.»

«Du kannst das gern lassen.»

«Was denn?»

«Du musst nicht jedes Mal ‹Tu mir einen Gefallen› sagen, wenn du etwas von mir willst. Machen wir uns doch nichts vor: Ich bin dein Untergebener.» Peter grinste. «Vergiss aber bitte nicht, dass ich mit einer Ärztin zusammen bin und du mit einer Krankenschwester. Da dürften sich unsere Haushaltseinkommen nicht groß voneinander unterscheiden.»

Trevor musste schmunzeln. «Dann bist du also nur mit Daisy zusammen, weil sie so gut verdient?»

«Na, was denkst du denn? Hast du eine Vorstellung davon, wie viel diese Frau nach Hause bringt? Tja, leider kann ich hier nicht den ganzen Tag rumstehen und plaudern, denn mein Boss hat mir eine Aufgabe übertragen.»

Trevor schaute Peter kurz hinterher und betrat dann den Verhörraum. Sein Erscheinen veranlasste Sarah und George Howells dazu, aufzuspringen.

«Mr. George Howells, Sir», stellte Sarah vor. «Mr. Howells, das hier ist Detective Inspector Trevor Joseph, der Leiter dieser Ermittlung.»

Trevor streckte die Hand aus, die George schüttelte. Georges Handfläche war feucht und sein Händedruck schlapp.

«Inspector.»

«Ich möchte Ihnen mein Beileid für Ihren tragischen Verlust aussprechen, Mr. Howells.»

George schnäuzte in ein Taschentuch, das er anschließend in den Ärmel seines kamelfarbenen V-Ausschnitt-Pullovers schob. «Danke», erwiderte er mit hoher Piepsstimme.

«Bitte, setzen Sie sich.» Trevor nahm ihm gegenüber Platz.

«Ich besorge jetzt frischen Tee. Möchten Sie auch einen, Sir?» Sarah sammelte die Tassen ein.

«Möchten Sie noch Tee, Mr. Howells?», fragte Trevor.

«Nein, danke. Seit die Polizei heute Morgen auf dem Campingplatz aufgetaucht ist, scheine ich nichts anderes zu tun, als in einem fort Tee zu trinken.»

«Es tut mir leid, dass ich Sie in dieser schweren Stunde befragen muss, Mr. Howells, aber bei einer Mordermittlung müssen wir leider Gas geben.» Trevor holte einen Notizblock und Bleistift heraus und schaltete den Kassettenrecorder ein. Nachdem er Datum, Uhrzeit und Fallnummer angegeben hatte, begann er ganz formell mit der Befragung.

«Wann haben Sie Ihre Ehefrau zum letzten Mal gesehen, Mr. Howells?»

«Gestern Morgen. Wir haben mit den Kindern gefrühstückt, wie wir das immer tun. Dann habe ich mein Gepäck und die Kinder in den Wagen verfrachtet, die Kleinen bei meiner Schwiegermutter abgesetzt und bin ins Büro gefahren. Da wartete schon ein Bus, der mich und die anderen Seminarteilnehmer in den Lake District bringen sollte.»

«Um welche Uhrzeit haben Sie das Haus verlassen?»

«Gegen halb acht. Eine halbe Stunde vor Schulbeginn. Und der Bus sollte um acht abfahren, doch wir sind später los. Ein paar Kollegen können einfach keine Termine einhalten und trödeln immer.» Er redete sehr schnell, und Trevor registrierte, dass er Dinge erwähnte, die eigentlich unwichtig waren.

«Verbringen Ihre Kinder viel Zeit bei Ihrer Schwiegermutter?»

«Nein, eigentlich nicht, aber ich musste dieses Seminar besuchen. Und außerdem war es ein Ehre, dafür vorgeschlagen zu werden. Ein Großteil der anderen Teilnehmer hatte einen höheren Dienstgrad als ich. Kacy ... wir beide haben gleitende Arbeitszeiten und bringen die Kinder abwechselnd zur Schule. Um ehrlich zu sein, Kacy bringt ... brachte sie öfter dorthin, weil sie weniger Stunden arbeitet ... arbeitete als ich, obwohl das für sie stressiger ist, weil sie nicht Auto fährt. Sie hat noch nie hinter dem Steuer gesessen und war auch nicht erpicht darauf. Es fehlte ihr an Selbstvertrauen.» Jedes Mal, wenn er von der Gegenwart in die Vergangenheit wechselte, zitterte seine Stimme. «Da Kacy nur halbtags arbeitet, wollte sie, während ich weg bin, ein paar Überstunden machen, um danach mehr Zeit mit den Kindern zu haben.»

«Wäre es nicht sinnvoller gewesen, Ihre Frau hätte weniger gearbeitet, wenn die Kinder nicht in der Schule waren?»

«Die Familie ging Kacy über alles. Und wenn es uns gelingt, früher nach Hause zu kommen, können wir mehr Zeit miteinander verbringen.»

In diesem Moment musste Trevor an das denken, was Mrs. Walsh zu Sarah gesagt hatte.

Falls Kacy Howells etwas zugestoßen ist, wird keiner der Anwohner eine Träne vergießen. Diese Frau hat sich mit jedem irgendwann angelegt, und es wäre nur gut für die Kinder, wenn sich zur Abwechslung mal jemand um sie kümmern würde. Vielleicht eine Pflegefamilie, die die Kleinen nicht von früh bis spät auf der Straße herumturnen lässt.

Da man sich als Polizist zu Anfang einer Ermittlung mit zu vielen widersprüchlichen Informationen herumschlagen musste, war es schwierig zu entscheiden, wem man eigentlich glauben sollte.

«Wie lange dauerte das Seminar, an dem Sie teilgenommen haben?»

«Vier Tage.»

«Wussten Sie, dass Ihre Frau gestern nicht zur Arbeit gehen wollte?»

«Ja.» George hob seine leere Tasse und starrte hinein. «Sie hatte sich vorgenommen, im Haus mal richtig Ordnung zu schaffen, damit alles blitzblank ist, wenn wir nach Hause kommen. Ich hatte versprochen, die Kinder nach meiner Rückkehr am Donnerstagabend abzuholen.» Als er das feuchte Taschentuch aus seinem Ärmel zupfte, wartete Trevor einen Augenblick, bis er sich wieder gefasst hatte.

«Wie würden Sie das Zusammenleben mit Ihrer Frau und Ihren Kindern beschreiben, Mr. Howells?»

«Es war ganz normal. Kacy arbeitete halbtags. Wir haben ein schönes Heim, das abbezahlt ist. Ich habe eine Hälfte des Hauses von meiner Mutter geerbt und die andere Hälfte meinem Bruder abgekauft. Wir haben Kinder ...»

«Sind Sie schon lange verheiratet?», fiel Trevor ihm ins Wort.

«Seit sieben Jahren.»

«Und Ihre Frau war ...», Trevor warf einen Blick auf Sarahs Notizen, «... fünfzig und somit neun Jahre älter als Sie.»

«Stimmt.»

«Wo haben Sie sich kennengelernt?»

«Bei der Arbeit.»

«Sie haben geheiratet, als sie dreiundvierzig Jahre alt und Sie selbst vierunddreißig waren?»

«Ja.»

«Haben Sie schon vor der Hochzeit zusammengelebt?»

«Ein paar Wochen. Wir kannten uns erst ein paar Monate.»

«Wie lange genau?»

«Drei, denke ich», antwortete George.

«Das ist nicht lange. Und trotzdem haben Sie schon nach so kurzer Zeit geheiratet?»

«Kacy wurde ja auch nicht jünger, und sie wollte unbedingt Kinder.»

Trevor musste an Peters Kommentar denken. Wäre er George Howells in einem Pub über den Weg gelaufen, hätte er ihn – wie Peter – für schwul gehalten. Eigentlich interessierte ihn die sexuelle Ausrichtung eines Menschen nicht, es sei denn, es bestand die Möglichkeit, dass es zwischen der Neigung seines Gegenübers und dem Mordfall einen Zusammenhang gab. Angesichts des Sexspielzeugs, das die Kollegen im Schuppen der Howells gefunden hatten, durfte er Kacys und Georges Sexualleben nicht außer Acht lassen. Zu dumm, dass er noch nicht wusste, welche Rolle dieser nicht unbedeutende Punkt spielte.

Im Geist machte er sich eine Notiz, den Tag der Eheschließung und den Geburtstermin des ältesten Kindes in Erfahrung zu bringen. Immerhin war es möglich, dass Kacy eine Affäre mit jemandem gehabt hatte, den sie nicht heiraten wollte oder konnte. Falls das zutraf, hatte sie sich dann, als sie merkte, dass sie schwanger war, aus finanziellen Gründen für George, den Hausbesitzer, entschieden?

«Hatten Sie oder Ihre Frau vor Ihrer Eheschließung eine längere Beziehung mit einem anderen Partner?», wollte Trevor wissen.

«Was hat das denn mit Kacys Ermordung zu tun?», fragte George und lief rot an.

«Bislang kennen wir das Tatmotiv noch nicht. Ihre Frau wurde auf dem Holzdeck in Ihrem Garten mit einer Axt erschlagen. Sie war nackt ...»

«Nackt? Das verstehe ich nicht», entgegnete George entgeistert.

«Wir auch nicht, Mr. Howells. Da der Gerichtsmediziner, der die Obduktion durchführte, keine Anzeichen eines sexuellen Übergriffs gefunden hat, muss ich Sie nach früheren Lebensgefährten Ihrer Frau fragen. In der jetzigen Situation dürfen wir nichts ausschließen und müssen nachtragende und eifersüchtige Liebhaber oder ehemalige Partner in Betracht ziehen.»

«Ich verstehe.» George starrte zu Boden.

Dass George nicht protestierte und einwandte, dass nach sieben Jahren kaum mit der Rachsucht eines eifersüchtigen Liebhabers zu rechnen war, kam Trevor ziemlich merkwürdig vor. «Sind Sie vor Kacy mit jemandem liiert gewesen, Mr. Howells?»

«Nein ... nein ... nicht wirklich.» Er errötete noch mehr, was eigentlich kaum möglich war. «Ich meine, ich bin schon mit anderen Frauen ausgegangen und so, aber das war nie etwas Ernstes.»

Trevor war versucht, ihn zu fragen, was er mit «und so» meinte, doch er hielt sich zurück.

«Und Ihre Gattin?»

«Sie hat mit jemandem zusammengelebt.»

«Wie lange ging das?»

«Achtzehn Jahre.»

«Wie heißt der Mann?»

«John Evans.»

«Kennen Sie ihn?»

«Er arbeitet in derselben Abteilung wie wir», erklärte George und fügte überflüssigerweise hinzu: «Er ist auch Angestellter im öffentlichen Dienst.»

«Haben die beiden sich im Guten getrennt?»

«Eher nicht. Kacy ist aus dem Haus ausgezogen, das sie

gemeinsam bewohnt haben. Er hat ihr etwas Geld gegeben, aber nicht den ganzen Anteil ausbezahlt. Dagegen konnte sie nichts machen, weil das Haus auf seinen Namen lief. Sie hat einen Rechtsanwalt konsultiert, der sie darüber aufklärte, dass die Rechtslage schwierig sei, da John Evans das Haus gekauft hatte, bevor sie bei ihm eingezogen war. John behauptete, sie wäre nie mehr als eine Mieterin in seinem Haus gewesen, was natürlich gelogen war. Kaum geht es ums liebe Geld, zeigt sich die wahre Natur des Menschen.»

Trevor hatte den Eindruck, dass George Howells ihm ungefiltert Kacys Version der Geschichte auftischte.

«Ein paar Wochen nach Kacys Auszug hat er eine andere Kollegin aus der Abteilung geheiratet.»

«Sind er und Kacy Freunde geblieben?»

«Wie hätte das denn funktionieren sollen?», empörte sich George. «Kacy hat seit der Heirat kein Wort mehr mit ihm oder seiner Angetrauten gewechselt. Und ich auch nicht.»

«Dann war die Stimmung im Büro bestimmt nicht so toll.»

George straffte die Schultern. «Kacy und ich verhalten uns unauffällig und tun unsere Arbeit. Und unsere Vorgesetzten sind mit unserer Leistung mehr als zufrieden.»

Trevor, der heilfroh war, dass er nicht mit George zusammenarbeiten musste, zückte seinen Stift. «Kennen Sie John Evans' Adresse?»

«Sie treffen ihn im Büro an. Wo er wohnt, kann ich Ihnen nicht sagen.»

«Ich dachte, Sie hätten gesagt, Ihre Frau habe früher bei ihm gewohnt.»

«Das ist sieben Jahre her. Und ich habe ja schon erwähnt, dass ich nicht mit ihm spreche.»

«Was machen Sie so in Ihrer Freizeit, Mr. Howells?»

«Ich treibe gern Sport und fahre Fahrrad. Im Winter gehe ich auf den Sportplatz und schaue mir Fußball- oder Rugbyspiele an. Im Sommer Cricket. Und aufgrund meines Jobs bin ich in mehreren Ausschüssen», referierte George Howells, als säße er in einem Bewerbungsgespräch.

«Mit wem treffen Sie sich?»

«Mit Freunden.»

«Sind das Kollegen oder Nachbarn?»

«Manchmal sowohl als auch», antwortete George ausweichend.

«Und Ihre Frau?»

«Seit die Kinder da sind, bleibt ihr nicht viel Freizeit, zumal sie ja auch berufstätig ist. Leider kann ich sie nicht so unterstützen, wie ich es gern täte, und der Garten verlangt ihr auch einiges an Energie ab ...» Er vergrub das Gesicht in seinem Taschentuch.

Trevor musste daran denken, welchen Eindruck der Garten vergangene Nacht auf ihn gemacht hatte, und an die Fotos, die bei Tageslicht von dem Areal gemacht worden waren. Dort deutete nichts auf einen engagierten Gärtner hin. Ganz im Gegenteil – dem Aussehen nach zu urteilen war er vor gut dreißig Jahren angelegt und seit damals vernachlässigt worden. Nur das Holzdeck und der Schuppen schienen neueren Datums zu sein.

«Dann kümmert sich Ihre Frau also um Haus und Garten, während Sie auf dem Sportplatz sind?»

«Sie wollte das so.» Nach kurzem Zögern schob er nach: «Manchmal nehme ich die Kinder mit.»

«Das war nicht als Kritik gemeint, Mr. Howells. Ich versuche nur, mir einen Eindruck vom Alltag Ihrer Gattin zu verschaffen. Wie steht es mit Freunden?»

«Ab und an traf sie sich mit ihren Eltern und ihrem Bruder, aber da wir beide arbeiten, bleibt uns nicht viel Zeit, neben ihrer Familie noch andere Personen zu treffen.»

«Und was ist mit Ihrer Familie, Mr. Howells?»

«Ich habe nur einen Bruder und ein paar Cousins, die ich eher selten sehe.»

«Wohnen sie weit weg?»

«Nein. Aber mit Kindern ist es nicht so einfach, den Kontakt aufrechtzuerhalten.»

«Hatte Ihre Frau eigene Freunde oder Freundinnen?»

«Nein, eigentlich nicht.»

Trevor schlug das Pornoheft auf und blätterte zu der Seite vor, auf der die Collage von Kacy Howells' Kopf und dem nahezu obszön wirkenden nackten Körper abgedruckt war. Er drehte das Blatt um, damit George das Bild besser sehen konnte. «Was können Sie mir darüber verraten, Mr. Howells?»

Da wurde George urplötzlich aschfahl. Wie gebannt starrte er auf die Seite. «Das ist ... das ist widerwärtig.» Er schlug das Heft zu und schob es über den Tisch.

«Haben Sie das schon einmal gesehen?»

«Im Büro. Jemand hat ein paar Ausgaben ins Amt geschickt und eine auf meinen Schreibtisch gelegt.»

«Haben Sie mit Ihrer Frau darüber gesprochen?»

«Nein, ich hielt es für einen schlechten Scherz.»

«Und trotzdem haben Sie nicht mit Ihrer Frau darüber geredet?», hakte Trevor fassungslos nach.

«Ich hielt es für besser, kein Aufheben darum zu machen.»

«Haben Sie eine Ahnung, auf wessen Konto dieser schlechte Scherz gehen könnte?»

«Nein.»

«Solch eine Anzeige in einem Pornomagazin kann man als Verleumdung werten und strafrechtlich verfolgen.

Wollten Sie denn denjenigen, der die Anzeige aufgegeben hat, nicht zur Verantwortung ziehen?»

George rutschte nervös auf seinem Stuhl herum. «Wie ich eben schon sagte, wollte ich kein Aufheben darum machen.»

«Ist so etwas früher schon mal passiert, Mr. Howells?»

«Nein!», rief Howells.

«Das Heft ging vor drei Tagen in Druck. Hatte Ihre Frau während der letzten Wochen mit jemandem Streit und, falls ja, wollte der Betreffende es ihr dann mit dieser Anzeige heimzahlen?»

«Nein. Kacy hatte nie Streit.»

Trevor ging auf diese Lüge nicht ein.

«Es ist nur ein Schmierenblättchen», jammerte George. «Ich bin davon ausgegangen, dass es bald eingestampft wird und dann in Vergessenheit gerät.»

«Lesen Ihre Arbeitskollegen dieses Heft regelmäßig?»

«Falls ja, habe ich es nicht mitgekriegt.»

«Entschuldigung, Sir», meldete sich Sarah zu Wort. «Ich bin mir nicht sicher, ob Mr. Howells weiß, dass die Anzeige auch auf einer Internetseite veröffentlicht wurde.»

«Nein, davon hatte ich keine Ahnung», räumte George ein. «Aber ich surfe auch nicht im Netz. Das ist in meinen Augen reine Zeitverschwendung.»

«Wollen Sie damit sagen, dass es in Ihrem Haushalt keinen Computer gibt?»

«Doch, zwei. Kacy hat einen ... mit Lernprogrammen für die Kinder. Und ich habe einen für die Buchhaltung und für geschäftliche und persönliche Korrespondenz.»

«Und Sie können mit keinem der Geräte ins Internet gehen?», fragte Trevor.

«Selbstverständlich haben wir einen Internetzugang, aber den benutzt nur Kacy ... für Online-Bestellungen.»

«Die beiden Beamten, die Ihr Haus durchsucht haben, sind auf mehrere Blumensträuße und Pralinenschachteln gestoßen, die Ihrer Frau postalisch zugestellt wurden.»

«Was meinen Sie mit ‹mehrere›?», wunderte sich George und wirkte plötzlich kleinlaut.

«Sie wussten nichts davon?»

«Als ich gestern das Haus verlassen habe, ist der Postbote noch nicht da gewesen. Und wenn das, was Sie sagen stimmt, hat Kacy die Lieferungen bestimmt für jemand anderen angenommen.» Georges Tonfall wurde zunehmend ungehalten.

«Es tut mir leid, dass ich Ihnen diese Fragen stellen muss, Mr. Howells», meinte Trevor. «Wir sind auf diese Informationen angewiesen, sonst können wir denjenigen, der für den Tod Ihrer Frau verantwortlich ist, nicht fassen. Sind Sie und Ihre Frau Anhänger von Partnertausch?»

«Wie können Sie es wagen!»

«Ich untersuche den Mord an Ihrer Gattin, Mr. Howells», erinnerte Trevor ihn mit Nachdruck.

«Kacy und ich sind ... waren ... ein ganz normales Paar, Inspector. Ich weiß wirklich nicht, wo Sie Ihre dreckigen Ideen hernehmen.»

Trevor nahm das Pornoheft zur Hand, schlug erneut die Seite auf, auf der Kacy Howells abgebildet war, und tippte mit dem Zeigefinger auf den Text.

Bist du auf Spaß aus? Dann lass mir ein Geschenk und deine Telefonnummer zukommen, und falls das Präsent meinen Vorstellungen entspricht, gehöre ich dir. Es kann auch ein flotter Vierer organisiert werden.

Trevor schob George das Blatt unter die Nase.

George schnitt eine Grimasse und musste sich schwer beherrschen, um nicht laut aufzustöhnen.

«Könnte es sein, dass Ihre Frau diese Anzeige ohne Ihr Wissen aufgegeben hat?»

«Keine Ahnung.»

«Hatte Ihre Frau Geheimnisse vor Ihnen?»

«Wir waren ja nicht rund um die Uhr zusammen. Sie war daheim und ich bei der Arbeit, was völlig normal in einer Ehe ist, wenn man Kinder hat.»

«Wissen Sie, was sich hinter ‹flotter Vierer› verbirgt?»

«Nein.»

«Das ist eine Umschreibung für Partnertausch. Führten Sie und Ihre Frau eine offene Ehe, Mr. Howells?»

«Ich verstehe nicht, worauf Sie hinauswollen?»

«Hatten Sie und Ihre Gattin Sex mit anderen Partnern?», wurde Trevor konkreter.

«Nein, unter aller Garantie nicht.»

«Dann können wir davon ausgehen, dass sie – falls sie die Anzeige selbst geschaltet hat – von einem anderen Mann sprach, als sie den Partnertausch in Aussicht stellte?»

«Wie können Sie es wagen! Wie können Sie nur ...»

«Ich denke, wir sollten jetzt eine Pause einlegen», sagte Trevor und schaltete das Aufnahmegerät ab. «Constable Merchant, würden Sie Mr. Howells bitte eine Tasse Tee besorgen?»

KAPITEL SECHS

Peter wartete vor der Tür auf Trevor.

«Denkst du, George Howells wusste wirklich nichts von dem Sexspielzeug seiner Frau?», fragte er ihn.

«Das kann ich genauso wenig beurteilen wie du.»

«Ich wette, er hatte keinen Schimmer. So jemand wie der weiß doch gar nicht, was man mit solchem Kram anstellt.»

«Hast du dir die Zeugenaussagen angeschaut?»

«Ja, aber nur die, die Sarah schon in den Computer eingegeben hat.» Peter öffnete die Flurtür. «Und die geben nicht viel her.»

«Mal wieder quergelesen, was?»

«Willst du damit andeuten, ich hätte etwas übersehen?», hakte Peter nach.

«Nein, ich bin zu demselben Ergebnis gekommen», räumte Trevor taktvoll ein. «Am Anfang einer Ermittlung fühle ich mich immer richtig mies.»

«Weil wir, während wir auf die Ergebnisse warten, nichts unternehmen können», pflichtete Peter ihm bei.

«Dass ich nicht weiß, in welche Richtung ich ermitteln soll, macht mich echt fertig.»

«Dann stehst du wohl nur auf die paar aufregenden Minuten, wenn du alle Verdächtigen in einem Raum um dich geschart hast und sagen kannst: ‹Einer von Ihnen ist der Mörder›?»

«Du hast wohl in letzter Zeit zu viele Agatha-Christie-Aufführungen im Theater gesehen?», zog Trevor ihn auf.

«Wirst du George als Nächstes zur Kreditkarte seiner Frau befragen?»

«Haben wir ihre Kontoauszüge und persönlichen Dokumente?», wollte Trevor wissen.

«Die Hausdurchsuchung ist noch nicht abgeschlossen. George Howells hat uns schriftlich die Erlaubnis erteilt, dass wir alles mitnehmen können, was wir brauchen, aber das war vor deinem Disput mit ihm.»

«Das war eine Vernehmung und kein Disput.» Trevor trat in sein Büro, wo Sarah Merchant gerade damit beschäftigt war, auf seinem Schreibtisch Platz für ein Tablett mit Tee und Keksen freizuschaufeln.

«Sarah, Sie sind wirklich ein Engel, und zum Dank dafür lade ich Ihnen nur noch mehr Arbeit auf. Bitte, machen Sie mit den Eltern und dem Bruder von Kacy Howells Termine ab, ja? Und auch mit allen anderen, die je im Haus der Howells waren.»

«Wann möchten Sie sie denn sehen, Sir?»

«Morgen früh. Bei Kacy Howells' Eltern kann ich auf dem Weg hierher einen Zwischenstopp einlegen. Sorgen Sie dafür, dass der Bruder auch da ist.»

«Wird erledigt.» Sarah verließ das Büro und schloss die Tür hinter sich.

«Es wäre gut, wenn du bei Alans Vernehmung dabei wärst. Oder willst du, dass das Gespräch inoffiziell bleibt?», fragte Peter.

«Nein, ich komme mit, wir müssen uns an die Spielregeln halten.» Trevor legte die Füße auf den Schreibtisch. «Ich brauche jetzt eine kurze Pause, denn ich muss ein Privatgespräch führen. Könntest du bitte verschwinden?»

«Bedeutet das etwa, dass ich auch mal mit meiner Liebsten telefonieren darf?» Peter warf einen Blick auf seine Uhr. «Daisy müsste inzwischen auf dem Flughafen sein.»

«Tu dir keinen Zwang an.»

«Bestell Lyn und Marty Grüße von mir.»

«Schließ die Tür.»

Ehe Trevor die Nummer wählen konnte, läutete sein Telefon. Er nahm den Hörer ab: «Trevor Joseph.»

«Ihr Lieblingsgerichtsmediziner ist an der Strippe.»

«Patrick. Haben Sie neue Infos für mich? Der Todeszeitpunkt ...»

«Könnt ihr verfluchten Bullen auch mal an was anderes denken als den Todeszeitpunkt?», beklagte sich Patrick.

«Wenn ich den wüsste, wäre ich einen Riesenschritt weiter ...»

«Da müssen Sie sich noch etwas gedulden. Ende der Diskussion.»

«Und aus welchem Grund haben Sie mich dann angerufen?»

«Jenny ist – Gott sei Dank – ein sehr gründlicher Mensch und macht alle möglichen unnötigen Tests, um sich mehr Wissen anzueignen und Erfahrungen zu sammeln.»

«Geht es um Kacy Howells?»

«Nein, um Jack the Ripper», spottete Patrick. «Was meinen Sie denn, von wem ich rede. Jenny hat also ein Stück von ihrem Gehirn eingefroren, es aufgeschnitten und untersucht. Für eine Fünfzigjährige war das Ergebnis ziemlich bemerkenswert.»

«Muss ich rüberkommen und die Information aus Ihnen herausprügeln?»

«In bestimmten Regionen wurden Hirnatrophie, erhöhter Wassergehalt in der weißen Substanz und Spuren von grauer Substanz im Temporallappen nachgewiesen. Der Wert des apparenten Diffusionskoeffizienten im Hippocampus ist erhöht und der Corpus callosum ...»

«Könnten Sie vielleicht so reden, dass ich Sie verstehe, Patrick», flehte Trevor.

«Wir sind uns nicht hundertprozentig sicher, aber Jennys Ergebnisse deuten darauf hin, dass Kacy Howells sich in einem frühen Stadium von Alzheimer oder Demenz befand.»

Trevor versuchte sich an das zu erinnern, was er über Alzheimer wusste. «Das Kurzzeitgedächtnis funktioniert nur noch eingeschränkt ...»

«Zwangsstörungen, aggressives Verhalten ...»

«Danke, Patrick. Jetzt kennen wir wenigstens den Grund für ihre ruppige Art.»

«Falls wir noch mehr rausfinden, lasse ich es Sie wissen.»

Trevor legte den Hörer auf die Gabel, musterte seine Tasse, beschloss, den Tee nicht zu trinken, und kehrte in den Verhörraum zurück.

George Howells saß mit hochrotem Gesicht und feuchten Augen auf seinem Stuhl, doch er wirkte ein bisschen ruhiger, nachdem Sarah sich seiner angenommen hatte.

Trevor nahm Platz, schaltete den Kassettenrecorder ein, nannte die Uhrzeit und führte die Vernehmung mit einer unverfänglichen Frage fort. «Erzählen Sie mir von den Ausschüssen, denen Sie angehören.»

«Das sind Ausschüsse von sozialen Einrichtungen, die Freizeitgruppen organisieren, Cricket-Teams coachen ...»

«Und aus diesem Grund sind Sie mehrmals pro Woche abends nicht daheim?»

«Ich nehme fünf Termine wahr, doch sie dauern nur ein, zwei Stunden.»

«Wusste Ihre Gattin, wann Sie das Haus verlassen und wieder heimkommen?»

«Ja, aber dieses widerwärtige Heftchen ist doch nur Schund ...» Als George mit der Hand auf das Blatt schlug, hinterließ er einen feuchten Abdruck. «Wir sind ... waren ... sehr glücklich.»

«Haben Sie wirklich keine Ahnung, wer diese Anzeige aufgegeben haben könnte?» Als George Howells gequält die Miene verzog, tat es Trevor leid, dass er das Thema nicht ruhen lassen konnte.

«Nein.»

«Bezahlt wurde sie mit einer Kreditkarte, die auf den Namen Ihrer Frau ausgestellt wurde.»

«Kacy war eine gute Frau ... eine gute Mutter. Sie hasste alles, was anstößig war. Sie schaute sich ja nicht mal ...»

«Was denn, Mr. Howells?», drängte Trevor, als er nicht weitersprach.

«... schmutzige Filme im Fernsehen an.»

«Und was verstand sie unter ‹schmutzig›?»

«Alles, was mit Sex und nackten Körpern zu tun hatte ... Sie wissen schon.» George versuchte, sein feuchtes Taschentuch aufzufalten.

Sarah fischte eine Packung Papiertaschentücher aus ihrer Tasche und reichte George eins davon.

Trevor wandte sich an Sarah. «Constable, würden Sie die Fotos holen, die wir von der Spurensicherung bekommen haben? Die, auf denen die Gegenstände abgelichtet sind, die im Schrank, in der Kiste und in der Geheimkammer im Schuppen verstaut waren.»

Sarah verließ den Verhörraum.

George tupfte sich Augen, Nase und Mund mit dem Taschentuch ab.

«Fällt Ihnen ein Grund ein, weshalb jemand Ihre Gattin hätte töten wollen, Mr. Howells?»

«Nein.»

Trevor hatte den Eindruck, dass George kurz vor einem Nervenzusammenbruch stand. «Bitte, überlegen Sie nochmal. Hatten Sie Feinde? Gab es jemanden, den Sie oder Kacy irgendwie verprellt haben?»

«Dazu fällt mir gar nichts ein.»

Trevor fand es höchst merkwürdig, dass George Howells den Dauerstreit mit Alan Piper nicht erwähnte, zumal sich Peters Cousin deswegen sogar an die Community Police gewandt hatte. «Ihre Frau wurde mit einer Axt getötet. Besitzen Sie eine Axt?»

«Kacy hat viel Werkzeug für den Garten angeschafft.»

«Auch eine Axt?»

«Sie hackte gern Holz. Wir haben einen kleinen Ofen, den wir mit Scheiten beheizen, aber wir werfen ihn nicht oft an, weil er ziemlich raucht. Und sie hat auch eine Elektrosäge, mit der sie die Bäume in unserem Garten stutzt.»

«Ihre Bäume, Mr. Howells?»

«Man darf Bäume beschneiden, deren Äste in den eigenen Garten ragen, wenn man das Holz aufbewahrt und auf Nachfrage dem Eigentümer aushändigt», verkündete er, als wiederhole er eine Regel, die er auswendig gelernt hatte.

«Und war der Besitzer des Grundstückes, das an das Ihre grenzt, damit einverstanden?»

«Keine Ahnung, wem das Grundstück hinter unserem Haus gehört. Kacy ...» George biss sich auf die Lippe.

Trevor musste an Alans Bemerkung denken, dass Kacy Howells ein Stück des Zauns zwischen seinem und ihrem Grundstück niedergerissen und versucht hatte, sich einen Teil von seinem Land unter den Nagel zu reißen.

«Jeder, der ein Stück Land sieben Jahre bewirtschaftet, kann ganz offiziell Anspruch darauf erheben», behauptete George lahm. «Und beim Grundbuchamt ist kein Besitzer eingetragen.»

«Daraus folgt jedoch nicht, dass es auch niemandem gehört, Mr. Howells. Nun ... wir haben über Äxte gesprochen. Haben Sie nun eine oder nicht?»

«Ja, wenn ich mich recht entsinne. Wegen der Kinder schließt sie das Werkzeug in einer Kiste im Gartenhaus ein.»

«Gartenhaus?», fragte Trevor irritiert.

«Auf dem Holzdeck im Garten.»

«Sie meinen den Holzschuppen.»

«Kacy sprach immer vom Gartenhaus.»

«Wären Sie in der Lage, die Axt zu identifizieren, wenn ich sie Ihnen zeigen würde?»

George schüttelte den Kopf. «Ich benutze Kacys Werkzeug nicht, und außerdem sieht für mich eine Axt wie die andere aus.»

«Sie haben Ihrer Frau also nicht bei der Gartenarbeit geholfen?»

«Hin und wieder habe ich den Rasen gemäht, doch um alles andere kümmerte sie sich.»

«Sie haben nie den Schuppen betreten? Oder die Kiste oder das Fach hinter der Wandverkleidung geöffnet?»

«Nein, aber ich weiß, dass sie ihr Werkzeug in der Kiste und in dem Fach in der Wand aufbewahrt.»

«In dem Schuppen gibt es auch eine Geheimkammer, in der kein Werkzeug war.»

«Ich weiß nicht, wovon Sie reden.» George suchte Trevors Blick. In seinen rotgeäderten Augen standen Tränen.

«Sie haben mich schon richtig verstanden.»

«Wie ich schon sagte ... ich hatte keinen Grund, den

Schuppen zu betreten. Der Rasenmäher steht in der Garage.»

Sarah kehrte zurück, schloss die Tür und reichte Trevor eine Mappe, die er öffnete. Er nahm mehrere Fotos heraus und legte sie George vor.

«Auf diesen Aufnahmen sehen Sie die Gegenstände, die wir in der Geheimkammer im Schuppen gefunden haben.»

«Ich habe Ihnen doch schon gesagt, dass das kein Schuppen ist», entgegnete George mit schriller Stimme.

«Also gut ... dann eben in Ihrem Gartenhaus.» Trevor war nicht gewillt, sich auf eine Diskussion über dieses Thema einzulassen, das schon zwischen den Howells und Alan Piper zum Streit geführt hatte.

George ließ sich von Trevor nicht beirren. «Ich verstehe das alles nicht.»

«Wir auch nicht, Mr. Howells», pflichtete Trevor ihm bei. «Und ich bezweifle stark, dass man in einem Sexshop so viel Sexspielzeug findet wie in Ihrem Gartenhaus. War Ihre Frau Männern sexuell gefällig und hat sie dafür Geld genommen?»

«Ihre Unterstellungen sind widerwärtig ...»

«Von diesem Wort scheinen Sie ja sehr angetan zu sein, Mr. Howells. Aus Ihrer Antwort schließe ich, dass Sie nicht wussten, dass Ihre Frau sexuelle Dienste anbot.»

«Das hat sie nicht getan. Und Sie sind *widerwärtig.*»

Trevor beschloss, ihm jetzt eine weniger provokative Frage zu stellen. «Hatte Ihre Gattin eine Kreditkarte?»

George war immer noch aufgebracht. «Ja», entgegnete er wütend.

«Hat jeder von Ihnen eine eigene Karte, oder haben Sie eine Haupt- und eine Partnerkarte mit demselben Referenzkonto?»

«Beides trifft zu.»

«Wieso haben Sie sich für beide Möglichkeiten entschieden?»

«Mit der Haupt- und Partnerkarte bezahlen wir alles, was wir für den gemeinsamen Haushalt anschaffen. Und mit den eigenen Karten begleichen wir persönliche Einkäufe.»

«Einkäufe, von denen der andere nichts erfahren soll?», hakte Trevor nach.

«Inspector, Ihre Anspielungen gefallen mir gar nicht», regte George sich auf.

«Die meisten Paare mit festen Einkünften entscheiden sich für eine Haupt- und eine Partnerkarte, weil das praktischer ist.»

«Auch wenn man verheiratet ist, hat man doch ein Anrecht auf Privatsphäre.»

«Nach meiner Erfahrung gilt das nicht für Finanzen ... es sei denn, beide Ehepartner verdienen sehr viel.»

«Auf Kacy und mich trifft das sicher nicht zu.»

«Die Nummern der beiden Kreditkarten im Geldbeutel Ihrer Frau wurden mit der Nummer der Karte verglichen, mit der die Anzeige bezahlt wurde. Da wir keine Übereinstimmung entdeckt haben, müssen wir davon ausgehen, dass Ihre Gattin entweder eine dritte Karte besaß oder dass jemand eine auf ihren Namen beantragt hat, was selbstverständlich strafbar ist.»

«Sie haben die Handtasche und den Geldbeutel meiner Frau durchsucht?»

«Sie haben uns schriftlich die Erlaubnis dazu gegeben, Mr. Howells», erinnerte ihn Trevor. «Hatte Ihre Frau noch weitere Karten?»

«Nein, nur die beiden Kreditkarten und eine EC-Karte.»

«Fällt Ihnen sonst noch etwas ein? Irgendeine Kleinigkeit, die uns weiterhelfen könnte? Eine Freundin oder ein Verwandter, dem sich Ihre Frau vielleicht anvertraut hat?»

«Wie oft muss ich denn noch sagen, dass wir ein ... ein ... ein ...» Da verlor George die Beherrschung und begann, unkontrolliert zu schluchzen.

«Soll ich einen Arzt rufen, Sir?», fragte Sarah Merchant.

George winkte ab.

Sarah und Trevor warteten, bis er sich wieder einigermaßen unter Kontrolle hatte.

«Ich will jetzt zu meinen Kindern», sagte George, als er endlich wieder sprechen konnte.

«Constable Merchant wird sich darum kümmern, dass Sie jemand dorthin fährt. Ich möchte mich noch einmal dafür entschuldigen, dass ich Ihnen so kurz nach dem Tod Ihrer Frau diese Fragen stellen muss, Mr. Howells. Aber wir haben es mit einem brutalen und gefährlichen Täter zu tun und müssen ihn schnappen, ehe er wieder zuschlägt.»

George hob zwar den Blick, doch er schaffte es nicht, Trevor in die Augen zu schauen.

«Wenn uns die Auswertung der Beweismittel vorliegt, die die Mitarbeiter der Spurensicherung in Ihrem Haus und Garten gefunden haben, müssen wir leider noch einmal miteinander sprechen», warnte Trevor ihn vor.

George murmelte etwas Unverständliches.

«Ich möchte Ihnen jedoch versichern, dass wir alles in unserer Macht Stehende tun werden, um denjenigen zu fassen, der für den Tod Ihrer Frau verantwortlich ist. Des Weiteren muss ich Sie darauf hinweisen, dass bei einer Mordermittlung das Zurückhalten von Informationen strafrechtlich verfolgt werden kann und ich nicht zögern werde, dies zu tun, falls es erforderlich sein sollte.»

George verließ in Begleitung von Sarah den Verhörraum.

* * *

Trevor kehrte in sein Büro zurück und ließ sich hinter seinem Schreibtisch nieder. Er schaltete gerade mit einer Mausbewegung den Bildschirmschoner aus, als jemand an seine Tür klopfte. «Herein.»

«Mittagessen, Sir», verkündete Chris Brookes und trat mit einem Tablett ein.

«Ich habe nichts bestellt.»

«Wir haben in der Kantine Sandwiches bestellt, und Peter ... Sergeant Collins ... hat auch etwas für Sie geordert. Er dachte, dass Sie dafür in der ganzen Hektik bestimmt keinen Kopf haben.»

«Ach ja?» Trevor nahm das oberste Sandwich und klappte es auf. «Schinken und Salat. Danke. Gibt es irgendetwas Neues?»

«Noch nicht, Sir. Wir haben allerdings die Fingerabdrücke der Familienmitglieder an die Spurensicherung weitergeleitet.»

«Ich habe mir die Aussagen angesehen, die Sarah in den Computer eingegeben hat. Haben die Teams, die die Nachbarn befragten, irgendetwas herausgekriegt, das uns weiterhilft?»

«Nicht viel, Sir. Niemand hat etwas gesehen oder gehört, das aus dem Rahmen fiel.»

Trevor kostete von seinem Sandwich.

«Was soll das heißen?»

«Der Farmer, dem das Grundstück hinter dem der Howells gehört und der auf dem Hügel wohnt, sagte, er hätte Mrs. Howells' Elektrosäge um die Mittagszeit gehört. Als er aus dem Fenster schaute, sah er, dass sie auf seinem Land Bäume fällte. Er wollte sie noch darauf ansprechen.»

«Und sich bei ihr dafür bedanken, dass sie sich so hingebungsvoll um die Dezimierung seines Baumbestandes kümmert?»

«Nein. Laut dem Polizisten, der ihn befragt hat, wollte er ein ernstes Wörtchen mit ihr reden. Offenbar hat Kacy Howells auf seinem Land geschaltet und gewaltet, wie es ihr gefiel, und konnte nicht die Finger davon lassen. So wie er es sieht, war sie der irrigen Annahme, sie dürfe das Areal bewirtschaften und könnte es dann irgendwann für sich beanspruchen, wenn er es brachliegen ließ. Anscheinend interessierte sich Kacy Howells über Gebühr für das Leben ihrer Nachbarn und beklaute sie hin und wieder.»

«Das stimmt mit Alans Einschätzung überein», sagte Peter, der mit einem Sandwich und einem Becker Kaffee zu ihnen stieß.

«Hat du Alan endlich erreicht?», wollte Trevor wissen.

«Er ist schon unterwegs. Da die Königin ihn nicht zum Mittagessen eingeladen hat, kam er leider nicht in den Genuss eines fünfgängigen, vom Steuerzahler finanzierten Lunchs.»

«Bitten Sie Sarah, für uns einen Verhörraum zu organisieren, ja?», bat Trevor Chris.

«Selbstverständlich, Sir», sagte Chris und verließ – da er wusste, wann er unerwünscht war – den Raum.

Peter deponierte seinen Kaffee und sein Sandwich auf Trevors Schreibtisch, ließ sich auf den Besucherstuhl fallen und legte die Füße auf den Papierkorb.

«Du hast die zweite Hälfte der Befragung mitgekriegt», sagte Trevor zu Peter.

«Ja.»

«Und ... irgendwelche Ideen?»

«Ein paar schon. Irgendetwas an dieser Ehe stört mich. Dass sie ganz normal gewesen sein soll, was George steif und fest behauptet, kaufe ich ihm nicht ab. Lassen wir den Mord mal kurz außer Acht. Wieso hat er sie geheiratet? Aus Einsamkeit? Ein anderer Grund fällt mir nämlich nicht ein. Weshalb sollte ein ungebundener Junggeselle wie er sich denn sonst mit so einer launischen grauen Maus wie ihr zusammentun?»

«Was ihre Unberechenbarkeit angeht, hat Patrick mir eine Erklärung geliefert.» Trevor berichtete von dem Anruf, den er von dem Gerichtsmediziner erhalten hatte.

«Trotzdem fällt es mir schwer, Mitleid mit dieser Frau zu haben. Immerhin wurde Alan geraten, sich eine Videokamera zuzulegen und dieser aggressiven Person besser aus dem Weg zu gehen.»

«Aber wenn sie im Frühstadium von Alzheimer war ...»

«Ja, und?»

«Vielleicht wollte George Howells noch mehr Kinder.» Trevor verschlang den Rest seines Sandwichs und trank einen Schluck Kaffee.

«Dann hätte er sich eine jüngere Frau zulegen sollen. Die beiden hatten ohnehin schon Glück. Normalerweise werden Frauen in ihrem Alter nicht mehr so leicht schwanger. Und wenn ihm so viel an Kindern lag, hätte er welche adoptieren, sich eine nette und unterwürfige Thailänderin zulegen oder ein Kind in Pflege nehmen können.»

«Womöglich ist ihm zu Ohren gekommen, dass Ehen mit Frauen, die man sich im Internet ausgesucht hat, nur so lange Bestand haben, bis die Angetraute die britische Staatsbürgerschaft erhält. Dann reicht sie die Scheidung ein und fordert die Hälfte des Vermögens.»

«Sir.» Chris Brookes klopfte an. «Die Ergebnisse der Spurensicherung sind da, und wir dachten, Sie möchten sie sofort sehen.»

Trevor nahm einen Computerausdruck in Empfang, den Chris ihm reichte. «Danke. Falls noch etwas Interessantes reinkommt, lassen Sie es mich wissen, ja?»

«Aber sicher, Sir.»

Trevor überflog die erste Seite.

«Jetzt rück endlich raus mit der Sprache», drängte Peter ihn ungeduldig.

«Das sind die vorläufigen Ergebnisse der Untersuchung der Fingerabdrücke. Erinnerst du dich, wie ich dir sagte, dass Abdrücke von vier verschiedenen Personen auf der Axt waren?»

«Ja.»

«Eine dieser Personen war Kacy Howells.»

«Was ja zu erwarten war, wo die Axt ihr gehörte.»

«Zwei Personen sind uns noch nicht bekannt.» Trevor sah zu Peter hinüber. «Und die vierte Person ist dein Cousin.»

KAPITEL SIEBEN

In seiner Funktion als Journalist war Alan Piper schon des Öfteren auf diesem Polizeirevier gewesen. Er meldete sich am Empfang an, nannte seinen Namen und reagierte ziemlich überrascht, als er hektisch in einen Verhörraum geführt wurde, wo Trevor und Peter bereits auf ihn warteten.

«War das Treffen mit der Queen nett?», wollte Peter wissen.

«Sehr komisch. Du musstest doch schon oft genug bei solchen Anlässen für Sicherheit sorgen, um zu wissen, wie die Mitglieder der königlichen Familie sind. Man steht viel rum, beobachtet das ganze Händeschütteln und darf dann endlose Ansprachen über sich ergehen lassen.»

«Tee?», unterbrach Peter Alans Redefluss.

«Du kennst mich doch», entgegnete Alan.

«Mit Wein, Wodka oder Bier können wir leider nicht aufwarten.»

«Na, dann nehme ich halt einen Kaffee.»

Peter öffnete die Tür und rief seine Bestellung durch den Flur.

«Habt ihr Fortschritte gemacht?» Alan zog Notizbuch und Stift aus seiner Brusttasche.

«In gewisser Hinsicht», antwortete Trevor ausweichend und warf Peter einen Blick zu.

«Das kannst du wegstecken», meinte Peter zu seinem Cousin. «Ich schalte jetzt den Kassettenrecorder ein.»

«Ein bisschen förmlich, oder?», wunderte sich Alan.

«Du bist ein wichtiger Zeuge in einem Mordfall und hast die Leiche gefunden. Daher die Förmlichkeit.» Peter nannte Datum, Uhrzeit und Fallnummer.

«Mr. Piper, schildern Sie uns bitte ganz genau, wann Sie Kacy Howells' Leichnam entdeckt haben», bat Trevor.

Alan gab dieselbe Geschichte zum Besten wie in der vergangenen Nacht. Dafür, dass er nicht im Geringsten von seiner ersten Version abwich, gab es nach Trevors Erfahrung zwei mögliche Erklärungen. Entweder sagte Alan Piper die Wahrheit, weil er keine Veranlassung hatte zu lügen, oder er hatte einen triftigen Grund, ihnen etwas vorzugaukeln und eine Geschichte aufzutischen, die er sich ausgedacht und Wort für Wort eingeprägt hatte.

«Du hast erwähnt, die Community Police hätte wegen deines Streits mit den Howells eine Akte angelegt. Möchtest du dem, was dort vermerkt ist, noch etwas hinzufügen?,» hakte Peter nach.

«Wie bitte?» Alan warf ihm einen fragenden Blick zu.

«Vielleicht hast du damals aus Schusseligkeit nicht alles angeben?», schlug Peter vor.

«Ich habe mir alle Vorfälle notiert. An welchem Tag um wie viel Uhr sie mir was gestohlen haben. Und ich habe auch festgehalten, wann Kacy Howells mir auflauerte ...»

«Diese Unterlagen brauchen wir», meinte Peter.

«Und was wollt ihr noch?» Alans Blick wanderte von Peter zu Trevor, der seinen Stuhl etwas vom Tisch weggerückt und die Arme vor der Brust verschränkt hatte.

«Was kannst du uns über die Ehe der Howells erzählen?»

«Du vergisst wohl, dass sie mich ausspioniert und mir das Leben zur Hölle gemacht haben, nicht umgekehrt», erwiderte Alan tonlos.

«Warst du überrascht, als George Howells heiratete?»

«Ja.»

«Warum?»

«Weil ich wie alle anderen in der Straße, die ihn von klein auf kannten, vermutete, dass er homosexuell ist.»

«Hast du ihn jemals mit einem Mann gesehen?»

«Ja, sogar häufiger. Und bevor er anfing, sich an den Wochenenden mit Kacy zu treffen, nie mit einer Frau.»

«Wie war dein Eindruck von Kacy Howells, als du sie kennengelernt hast?»

«Ich hielt sie für schüchtern, schweigsam, farblos.» Alan verzog das Gesicht. «Was mal wieder beweist, wie leicht ich mich täuschen lasse. Es dauerte allerdings nicht lang, bis ich merkte, dass sie eine richtig böse, diebische, neidische ...»

«Hexe war?», beendete Peter den Satz für ihn.

«Diese Befragung wird aufgezeichnet», erinnerte Trevor die beiden.

«Bist du irgendwann mal im Garten der Howells gewesen?»

«Seit Georges Mutter vor neun Jahren gestorben ist, nicht mehr. Nach dem Tod ihres Mannes habe ich ihr den Rasen gemäht und bin ihr bei den schweren Arbeiten zur Hand gegangen.»

«Warum hat das nicht George Howells gemacht?»

«Weil er zwei linke Hände hat.»

«Hast du damals die Geräte und das Werkzeug von Mrs. Howells benutzt oder dein eigenes?»

Alan runzelte die Stirn. «Manchmal meins, manchmal ihrs. Ich erinnere mich nicht so genau. Immerhin liegt das viele Jahre zurück. Was soll das alles, Peter? Weißt du etwas, was ich nicht weiß?»

Peter warf Trevor einen Blick zu, der so tat, als bemerke

er ihn nicht. «Auf der Axt, mit der Kacy Howells erschlagen wurde, haben wir deine Fingerabdrücke gefunden.»

Alan starrte Peter eine ganze Weile schweigend an.

«Kannst du uns das erklären?», drängte Peter ihn.

«Nein ... nein, warte mal. Erinnerst du dich, wie wir gestern zusammen im Pub Mittag gegessen haben? Bei der Gelegenheit habe ich dir doch erzählt, dass die Howells am Morgen eine Axt vor meinen Wagen gelegt hatten. Ich musste sie wegräumen, bevor ich losfuhr. Und du hast mich noch gefragt, wieso ich nicht einfach darübergefahren bin.»

«Und du hast daraufhin gesagt, du hättest Angst gehabt, deine Reifen könnten Schaden nehmen. Oder so etwas in der Art.»

Trevor rückte mit seinem Stuhl näher an den Tisch heran. «Stimmt das?»

«Ja», riefen Alan und Peter wie aus einem Mund.

«Und was haben Sie dann mit der Axt gemacht?», fragte Trevor und fixierte Alan.

«Ich habe sie woandershin gelegt.»

«Wohin genau?»

Alan überlegte kurz. «Auf ihre Seite der gemeinsamen Zufahrt. Diese Leute werfen ihren Müll immer vor meinen Wagen. Normalerweise hebe ich ihn auf und schaffe ihn auf ihre Mauer, aber ich weiß noch ganz genau, dass ich fürchtete, die Axt könnte herunterfallen, und eins der Kinder könnte sich daran verletzen. Ihre Kleinen treiben sich dauernd draußen rum.»

«Was verstehst du unter Müll?», fragte Peter.

«Na, alles, was sie nicht mehr brauchen. Gartenabfälle, Äste, Laub. Kaum sind ihre Müllsäcke voll, stapeln sich ihre leeren Dosen und Flaschen einfach auf der gemeinsamen Zufahrt.»

«Wie hast du die Axt weggeräumt?»

«Wie? ... Na so, wie man eben eine Axt wegräumt», antwortete Alan.

«Hast du sie am Blatt oder am Griff angefasst?»

«Auf keinen Fall am Blatt ... es sah ziemlich scharf aus.»

«Denk nach, Alan. Das ist jetzt sehr wichtig», betonte Peter.

«Ich erinnere mich nicht mehr so genau», raunzte Alan ihn ungehalten an. «Ich habe die Axt gesehen, war genervt, habe sie aufgehoben und woandershin gelegt.»

«Wir brauchen eine Axt», meinte Trevor und schaltete den Kassettenrecorder aus. «Kannst du mal nachsehen, ob wir hier auf dem Revier eine haben?»

«Wo denn? Unter deinem Schreibtisch?» Peter zog eine Augenbraue hoch.

«Versuch's mal im Fundbüro», schlug Trevor vor.

Knapp fünf Minuten später tauchte Peter mit einer Axt auf. «Die hier ist kleiner als die Axt, mit der Kacy Howells getötet wurde, aber für unsere Zwecke taugt sie allemal.»

Trevor musterte die Axt amüsiert. «Wo hast du die denn aufgetrieben?»

«Das verrate ich lieber nicht.»

Trevor bombardierte ihn mit Blicken.

«Sie stammt aus dem Kofferraum des Kantinenkochs.»

«Wozu braucht er sie denn?»

«Vielleicht zerlegt er damit die Tiere, die ihm vors Auto laufen. Die Qualität des Fleisches, das er uns auftischt, war mir schon immer verdächtig.»

Trevor legte die Axt vor Alan auf den Tisch und schaltete den Kassettenrecorder wieder ein.

Alan betrachtete die Axt, legte eine Hand um den Griff und die andere auf die Blattkante.

«Alan Piper nimmt die Axt in die Hand», sprach Trevor

auf Band. «Haben Sie die Axt, die vor Ihrem Wagen lag, auch so angefasst?»

«Durchaus möglich. Schließlich wusste ich in dem Moment nicht, dass das später wichtig sein könnte.» Alan legte die Axt weg.

Trevor nickte Peter zu. «Fahren Sie mit der Vernehmung fort, Sergeant Collins.»

«Kennst du deine Nachbarin, Mrs. Walsh?»

«Jeder in unserer Straße kennt Mrs. Walsh.»

Peter kannte schon die Antwort auf seine nächste Frage, aber er musste sie dennoch stellen. «Wie das?»

«Diese Frau beobachtet ganz genau, wer wann kommt und geht.»

«Sie hat uns auch erzählt, wann du dich mit der geschiedenen Frau triffst, die gegenüber von Mrs. Walsh wohnt.»

«Judy Mason.»

«So heißt die Dame?»

«Ja. Sie war mit Joy befreundet und hat uns jeden Tag besucht, als Joy im Sterben lag. Sie hat uns unterstützt, für uns gewaschen, gekocht und sauber gemacht. Und jetzt essen wir manchmal zusammen. Mal spendiere ich die Steaks, dann wieder sie. Und ich steuere immer den Wein bei. Sie ist die Einzige, mit der ich über Joy reden kann, aber meine Beziehung zu Judy ist rein freundschaftlich und hat nichts mit Mary Walsh oder den Howells zu tun», behauptete Alan.

«Weiß Judy Mason von den Problemen, die du mit den Howells hast?»

«Sie ist die einzige Nachbarin, die Bescheid weiß. Kurz vor Joys Tod habe ich sie ein paarmal nach draußen auf die Terrasse gebracht. Judy hat mir dabei geholfen. Und Kacy Howells saß dann immer auf ihrem Deck und hat uns keine Sekunde aus den Augen gelassen, was Joy gar nicht behagte. Ich habe dann einen Paravent aufgestellt. Der schöne Blick war damit leider futsch, aber wir konnten wenigstens in Ruhe draußen sitzen.»

«Was ist mit den anderen Nachbarn? Hatten die auch Streit mit den Howells?»

«Keine Ahnung. Über das Thema habe ich nur mit Judy gesprochen, und das auch erst, als sie mitkriegte, dass Kacy Howells Joy und mich andauernd beobachtete.»

«Dann weißt du also nicht, wie das Verhältnis deiner Nachbarn zu den Howells war?»

«Ich sehe sie ja kaum. Seit Joys Tod verbringe ich die meiste Zeit bei der Arbeit oder im Pub.»

«Oder mit Judy Mason», merkte Trevor an.

«Wir treffen uns ein-, zweimal die Woche», räumte Alan ganz selbstverständlich ein. «Und was geschieht jetzt, wo meine Fingerabdrücke auf der Axt gefunden worden sind?»

«Wir überprüfen deine Aussage, die Resultate der anderen Untersuchungen, die die Spurensicherung gemacht hat, und das Beweismaterial.»

«Und was ist mit mir?» Alans Blick wanderte von Peter zu Trevor.

«Wir werden dich garantiert noch einmal befragen müssen», beendete Peter das Gespräch und schaltete den Kassettenrecorder aus.

«Und wir müssen Sie bitten, die Stadt nicht zu verlassen», fügte Trevor hinzu.

* * *

Als Trevor die Teambesprechung beendete, warf Peter einen Blick auf seine Uhr. «Halb zehn. War ein langer Tag, Kinder.»

«Hoffentlich liefert uns die Spurensicherung morgen etwas, das uns weiterhilft», sagte Trevor.

Chris und Sarah nahmen ihre Jacken von den Stuhllehnen.

«Sie beide brauchen morgen nicht vor neun hier aufzutauchen», bot Trevor ihnen an. «Ich komme auch erst ins Büro, wenn ich mit den Eltern des Opfers gesprochen habe. Sarah, Sie haben doch einen Termin für mich um halb neun abgemacht, oder?»

«Ja, Sir. Im Haus der Eltern. Und der Bruder wird auch kommen.»

«Danke.»

Als sich der Raum leerte, lehnte Peter sich zurück und legte die Füße auf den Tisch. «Dan muss etwas dazwischengekommen sein. Sonst hätte er das Meeting nie und nimmer sausen lassen.»

«Vielleicht der Durchbruch, auf den er gewartet hat.» Trevor öffnete seine Aktentasche und steckte ein paar Mappen hinein.

«In einem Drogenkrieg?», wunderte sich Peter. «Dealer reden doch nicht, die haben viel zu viel Angst, dass man ihnen Betonschuhe anlegt und sie in die Bucht wirft.»

«In dem Fall können wir nur hoffen, dass kein weiterer Mord geschehen ist.»

«Hast du Lust auf einen Drink?», fragte Peter.

«Daheim warten meine Frau und mein Sohn. Jetzt sag nur nicht, dass du dich schon wieder mit Daisy in die Wolle gekriegt hast.» Peters Beziehung zur der Frau, die er «die große Liebe seines Lebens» nannte, war ziemlich turbulent.

«Sie ist nach New York gereist, falls du dich erinnerst. Oder bist du schon so alt, dass dich dein Gedächtnis langsam im Stich lässt? Sie hat doch gestern Abend davon gesprochen. Und ich habe es beim Mittagessen erwähnt ...»

«Tut mir leid, aber ich habe gerade viel um die Ohren.» Peters traurige Miene ließ Trevor schmunzeln. «Sie hat irgendetwas über eine Medizinerkonferenz erzählt, aber vielleicht ist das ja nur eine Ausrede. Wenn ich mit dir zusammen wäre, bräuchte ich hin und wieder auch eine kleine Verschnaufpause.»

«Sehr witzig.»

«Und jetzt, wo du vorübergehend zum Junggesellendasein verdammt bist, erwartest du, dass auch ich leide.» Trevor schloss seine Aktentasche.

«Das Single-Dasein war früher doch ganz okay, oder?»

Trevor lachte. «Du klingst, als wärst du auf dem Weg ins Leichenschauhaus.»

«Tja, ich muss die Nachteile, die eine Ehe mit sich bringt, in Kauf nehmen, und alles, was daran positiv ist, bleibt mir verwehrt.»

«Stört es dich, dass ihr nicht verheiratet seid? Oder dass Daisy weg ist?»

«Dass Daisy weg ist. Und ich rate dir, jetzt deine Zunge zu hüten.»

«Ich wollte mich ja gar nicht über dich lustig machen. Ich bin auch nicht gern allein.»

«Wann warst du denn das letzte Mal allein?», wollte Peter wissen.

«Als Lyn bei ihren Eltern übernachtet hat. Zum Glück kommt das eher selten vor. Seit wir zusammengezogen sind, mag ich es gar nicht, wenn daheim keiner auf mich wartet, obwohl ich viele Jahre allein gewohnt habe.»

«Und ich dachte, das ginge nur mir so. Der Gedanke, in einer leeren, mucksmäuschenstillen Wohnung zu sitzen, ist so grauenvoll, dass ich lieber ...»

«... den ganzen Abend im Pub abhänge», unterbrach ihn Dan, der sich zu ihnen gesellte, seine Jacke abstreifte und sich auf einen Stuhl fallen ließ.

«Heißt das, dass Sie Ihre Abende in der Kneipe verbringen?», hakte Peter nach.

«Nein, aber ich kenne Sie und Ihre Neigungen.»

«Seit ich mit Daisy zusammenlebe, bin ich wie ausgewechselt.»

«Ist uns auch schon aufgefallen, obwohl mir immer noch schleierhaft ist, wie du die rumgekriegt hast.»

«Habe ich alles meinem Charme zu verdanken.»

«Zu dumm, dass uns der bislang verborgen geblieben ist», entgegnete Trevor.

«Tut mir leid, dass ich mich verspätet habe», entschuldigte Dan sich jetzt bei Trevor.

«Sie sehen aus, als müssten Sie mal eine Woche lang durchschlafen. Harter Tag?»

«Ich habe mich von falschen Spuren an der Nase herumführen lassen und viel Zeit vergeudet.» Dan reckte und streckte sich. «Das, was wir an Beweisen zusammengetragen haben, hält vor Gericht nicht stand. Wir wissen, was Sache ist, können es aber nicht beweisen. Aus seiner behaglichen Gefängniszelle heraus heuert der White Baron Auftragsmörder an. Und wir wissen auch, dass der Red Dragon genauso verfährt, ohne dass wir es ihm nachweisen können. So kommen wir einfach keinen Schritt weiter. Die Auftragskiller sind echte Profis, und dank der vielen Fernsehdokumentationen und Krimiserien wissen sie auch, wie die Spurensicherung arbeitet, und sehen sich dementsprechend vor. Wir haben eine ziemlich konkrete Vorstellung davon, wer diese Killer sind, doch viel mehr haben wir leider nicht. Ich habe es wirklich mit allem versucht: Druck, Bestechung, Belohnung, Drohungen, Immunität. Und was ist dabei rausgekommen ... *nada.* Der White Baron sitzt in seiner Zelle, wird – soweit wir wissen – von seiner Liebsten besucht und erhält Privilegien, die eigentlich gar nicht zulässig sind, doch auch das können wir nicht beweisen. Wer und wo der Red Dragon ist, wissen wir nicht. Und auf den Straßen sind inzwischen noch mehr Drogen im Umlauf als früher, als der White Baron den Markt beherrschte und jeder kleine Dealer, den wir verhörten, sich auf den fünften Verfassungszusatz berufen hat, bis wir ihn darüber aufklärten, dass der in Großbritannien nicht gilt und nur in amerikanischen Fernsehkrimis vorkommt.»

«Interessanter Fall.» Peter nahm die Füße vom Schreibtisch. «Bin gottfroh, dass ich damit nichts zu tun habe.»

«Vor einer Stunde wurden zwei weitere Leichen aus dem Fluss gezogen. Beide hatten eine Kugel im Hinterkopf.»

«Professionelle Exekutionen», merkte Trevor an.

«Inzwischen haben wir sechs Tote, und drei Personen werden noch vermisst. Dieser Drogenkrieg ist völlig außer Kontrolle geraten. Nach der Verurteilung des White Baron dachte ich, die Lage würde sich entspannen, aber es ist noch schlimmer geworden, weil jetzt seine Lieutenants und der Red Dragon um sein Imperium kämpfen. Wie es aussieht, hält der White Baron immer noch die Zügel in der Hand.»

«Hat sich denn schon irgendjemand bei Ihnen gemeldet und ausgeplaudert, wie der Red Dragon mit bürgerlichem Namen heißt?» Trevor wusste, dass Dan die Nachricht in Umlauf gebracht hatte, dass derjenige, der die wahre Identität des Red Dragon preisgäbe, mit einer beachtlichen Belohnung rechnen durfte.

«Nein», antwortete Dan knapp. «Man könnte denken, der Red Dragon wäre nur ein Geist.»

«Oder ‹Der Schatten›.» Peter nahm seine Jacke und suchte in der Tasche nach dem Autoschlüssel.

«Wie bitte?», fragte Dan.

«Haben Sie als Kind keine Comics gelesen? Der Schatten agiert manchmal als Held und dann wieder als Schurke, je nachdem, welche Version man liest. Und man nimmt ihn nur als Schatten wahr.»

«Ich verstehe», meinte Dan müde.

«Sie haben als Kind wahrscheinlich nur so erbauliche Literatur wie *Krieg und Frieden* gelesen.»

«Nein, forensische Handbücher und Berichte von Rechtsmedizinern. Ich war ein ziemlich schräges Kind.» Dan warf Trevor einen Blick zu. «Wie steht es bei Ihnen?»

«Wir warten auf die Resultate der Spurensicherung.»

«Keine Verdächtigen?»

«Im Moment ist jeder verdächtig.»

«Wie ich hörte, wurden Alan Pipers Fingerabdrücke auf der Mordwaffe gefunden.»

«Na, sieh mal an, Sie schauen uns also doch auf die Finger.» Peter fand endlich seinen Schlüssel.

«Alan hat Peter erzählt, die Axt hätte vor seinem Wagen gelegen. Da er Probleme mit den Howells hatte, nahm er an, sie hätten sie dort deponiert. Er hat sie weggeschafft und ist dann fortgefahren.» Trevor griff nach seiner Aktentasche.

«Ist das passiert, bevor der Leichnam gefunden wurde?», fragte Dan.

«Ja», antwortete Peter. «Und obwohl Alan diese Frau nicht ausstehen konnte, hat er Kacy Howells nie und nimmer getötet. Ich kenne ihn. Er ist sehr wohl in der Lage, über Leute, die ihm in die Quere kommen, in seinen Artikeln herzuziehen, doch Mord ... dazu fehlt ihm das entsprechende Rüstzeug.»

«Würden Sie für diese These Ihr Leben aufs Spiel setzen?» Dan musterte ihn fragend.

«Nein, aber meinen Job», erwiderte Peter.

Trevor hielt auf die Tür zu. «Warten wir ab, was der morgige Tag bringt. Danke, Dan, dass Sie noch vorbeigekommen sind.»

«Ich habe zwar den Eindruck, dass ich bei meiner eigenen Ermittlung in einer Sackgasse gelandet bin; und ich zweifle auch ernsthaft daran, anderen von Nutzen sein zu können, aber falls Sie mich brauchen, rufen Sie mich bitte an.»

«Willst du morgen mitkommen zur Befragung der Familienangehörigen?», wollte Trevor von Peter wissen.

«Ganz wie der Chef wünscht.»

«Gut. Hol mich um acht bei mir zu Hause ab.»

«Wieso muss ich den Fahrer spielen?», murrte Peter.

«Weil ich dann noch mit meiner Frau und meinem Sohn frühstücken kann», rief Trevor über die Schulter hinweg und trollte sich.

«Klasse, reib uns einsamen Junggesellen nur deine häuslichen Freuden unter die Nase», brüllte Peter ihm hinterher.

Nachdem Trevor gegangen war, erhob sich Dan von seinem Stuhl. «Lassen Sie uns etwas trinken gehen, Peter. Man kann ja nie ausschließen, dass man irgendwo einen Spitzel trifft, der es nicht erwarten kann, einem etwas zu stecken.»

«Ich rechne eigentlich immer mit dem Schlimmsten, wenn ich ein Pub betrete, aber wenn der Chef vom Chef mich auf einen Drink einlädt, kann ich das wohl nicht ausschlagen, oder?»

* * *

Dan und Peter gingen ins Platform 10, ein ehemaliges Bahnhofsgebäude und Dans Lieblingspub. Das Platform 10 war die letzte Kneipe in der Stadt, die noch eine Außentoilette hatte. Dass das Lokal dennoch so gut besucht war, sagte viel über die Qualität des Biers aus, das dort ausgeschenkt wurde. An diesem Abend war die Kneipe rappelvoll und die Luft so stickig, dass man kaum Luft bekam. Alle Tische und Sitzplätze waren belegt.

«Ich besorge uns ein Bier», erbot sich Dan.

«Und ich suche einen Tisch.» Peter schaute sich nach einem vertrauten Gesicht um, entdeckte drei Bekannte und arbeitete sich zu dem Tisch vor, an dem sie saßen. Er baute sich vor ihnen auf, verschränkte die Arme vor der Brust und starrte sie an. Innerhalb von drei Minuten hatten sie ihre Gläser geleert und verschwanden.

«Die Bezahlung lässt zwar zu wünschen übrig, aber ein paar Vorteile bringt unser Job schon mit sich», meinte Peter, setzte sich und nahm das Bier in Empfang, das Dan ihm reichte.

«Einbrecher?», fragte Dan.

«Steht ihnen ins Gesicht geschrieben, was? Zwei von diesen Jungs verdingen sich auch als Hehler und einer als Schläger.» Peter ließ den Blick durch das Lokal schweifen. «Ist ja geradezu unheimlich, wie viele normale Leute unter den Gästen sind.»

«Deshalb mag ich diese Pinte. Und weil sie gleich bei mir um die Ecke ist. Hier schaue ich fast jeden Abend rein.» Dan trank einen Schluck Bier.

«Seit ich mit Daisy zusammenwohne, mache ich zwar öfter früher Schluss, aber ins Pub gehe ich nur noch selten.»

«Weil Sie Ihre Freizeit lieber mit ihr verbringen?»

«Sie ist eben einfach hübscher als die meisten Ganoven.»

«Die Freuden des Ehelebens», sagte Dan mit wehmütigem Unterton.

«Sie sprechen nie über Ihre Frau», stellte Peter fest, der sehr wohl wusste, dass Dan Witwer war. Dans Frau war gestorben, bevor er seinen Dienst in ihrem Revier angetreten hatte.

«Da gibt es nicht viel zu sagen, und das wenige, was ich erzählen könnte, geht niemanden etwas an», sagte Dan in einem Ton, der Peter klarmachte, dass er über dieses Thema nicht sprechen mochte. «Sachte.» Dan umklammerte den Arm eines schwergewichtigen Mannes mittleren Alters, der sich entweder nicht mehr auf den Beinen halten konnte oder geschubst worden war.

«Ich bin nicht besoffen.» Der Mann richtete sich auf.

«Hat ja auch niemand behauptet», beschwichtigte ihn Dan.

Der Mann warf Peter einen vielsagenden Blick zu, ehe er auf die Tür zusteuerte, die in den Hof und zum Außenklo führte.

«Gutes Bier hier», sagte Peter laut zu Dan.

«Der Besitzer versteht sich auf sein Geschäft», pflichtete Dan ihm bei.

Zwei Männer kamen durch die Tür, die zum Außenklo führte. Peter, der bislang nicht auf das Kommen und Gehen geachtet hatte, beschloss, einmal einen Blick in den Hof zu werfen, und trank sein Bier aus. «Ich muss mal für kleine Jungs. Auf dem Rückweg hole ich uns Nachschub.»

* * *

Der Mann, der an Peters und Dans Tisch vorbeigetorkelt war, wartete vor der Männertoilette auf Peter.

«Sie haben sich aber Zeit gelassen», flüsterte er.

Peter beäugte die beiden leeren Kabinen und den Waschraum. Hinter der Holzwand, die das Männerklo von der Frauentoilette trennte, stieß jemand ein hohes Kichern aus. Peter ging nacheinander in die beiden Kabinen, spülte, trat vor die Waschbecken und drehte beide Hähne auf. Wie erwartet, machte das Wasser, das aus den alten Leitungen strömte, einen höllischen Lärm.

«Hast du was für mich, Snaggy?», fragte er so leise, dass sein Gegenüber ihn kaum verstand.

«Es geht um die vom Red Dragon in Auftrag gegebenen Morde.»

«Ist nicht mein Fall, aber ich kann die Info weiterleiten.»

«Ich will dafür einen Riesen.»

«Kohle fließt nur, sofern deine Tipps was bringen.»

«Ich brauche das Geld, und zwar sofort.»

«Wen hast du denn übers Ohr gehauen?»

«Geht Sie nichts an.»

Als die Tür aufging, beugte Snaggy sich über das Becken und tat so, als wasche er sich die Hände. «Lofty schmeißt nur so mit Kohle um sich. Wie es heißt, hat der Red Dragon ihn für einen Job fürstlich entlohnt.»

«Was für einen Job?» Peter erinnerte sich, wie Dan ihm von den Leichen erzählt hatte, die sie aus dem Fluss gezogen hatten.

«Gestern Nacht.»

Ein Mann kam herein. Wie von der Tarantel gestochen, stürmte Snaggy aus der Toilette, während Peter sich in aller Seelenruhe die Hände wusch und wartete, bis er wieder allein war. Snaggy kam nicht zurück, tauchte allerdings neben Peter auf, als er an der Theke zwei Bier bestellte.

«Wir treffen uns morgen hier. Selbe Zeit. Bringen Sie die

Kohle», flüsterte er Peter ins Ohr. «Ich werde versuchen, mehr in Erfahrung zu bringen.»

Peter tat so, als hätte er nichts gehört, reichte der Kellnerin eine Zehnpfundnote, grinste und sagte: «Ich möchte noch zwei Tüten Chips, Herzchen. Mit Salz und Essig, wenn's geht.»

* * *

«Wie ich sehe, ist Snaggy also auch einer von Ihren Informanten», sagte Dan, als Peter ein frisches Bier vor ihn stellte.

«Der Bursche versorgt doch jeden auf dem Revier mit Tipps. Er meinte, er brauchte dringend Geld. Meiner Meinung nach kann man sich nicht auf ihn verlassen, wenn er klamm ist.» Peter versuchte, in dem Gedränge seinen Stuhl unter dem Tisch hervorzuziehen.

«Hatte er etwas Interessantes zu vermelden?»

«Könnte Ihnen vielleicht weiterhelfen.» Peter rückte näher an Dan heran. «Anscheinend schmeißt Lofty mit Geld nur so um sich. Es heißt, er hätte einen Job für den Red Dragon erledigt, der dafür offenbar einen Haufen Kohle abgedrückt hat.»

Dan schüttelte den Kopf. «Sie haben recht. Snaggy geht mit Märchen hausieren. Nach dem, was uns zu Ohren gekommen ist, gehen zwei von den Toten, die wir heute aus dem Wasser gezogen haben, auf das Konto der Nape-Brüder.»

«Tja, so läuft es mit Snaggy nun mal.» Peter drückte eine der Chips-Tüten Dan in die Hand. «Für den ersten Hunger. Was halten Sie davon, wenn wir nachher irgendwo ein Curry essen gehen?»

KAPITEL ACHT

«Kaffee, Orangensaft und ein Croissant?», begrüßte Lyn Peter am nächsten Morgen.

«Dafür reicht die Zeit nicht, Liebling», sagte Trevor, gab ihr einen Kuss und verließ die Küche.

«Ich wollte das freundliche Angebot gerade annehmen», beschwerte sich Peter.

«Komm doch morgen zum Frühstück zu uns. Neuerdings gibt es hier immer Croissants», bot Lyn ihm an. «Das ist einer der Vorteile, wenn man einen Zwerg hat, der einen Tag für Tag um sechs aus dem Bett schmeißt.»

«Gut, dann komme ich morgen früh eine halbe Stunde eher», versprach Peter.

«Wer sagt denn, dass du mich morgen wieder abholst?» Trevor schnappte sich seinen Hausschlüssel.

«Ist das der richtige Schlüsselanhänger für einen Kriminalbeamten?» Peter zeigte auf den fünf Zentimeter großen silbernen Teddybären, der am Schlüsselring hing.

«Den hat meine Mutter Trevor zu Martys Geburt geschenkt», erklärte Lyn.

«Ihr beide braucht gar nicht so zu grinsen. Ich kann meine Schwiegermutter doch nicht vor den Kopf stoßen und ihre Geschenke zurückweisen.»

«Manchmal wäre das allerdings eine kluge Entscheidung», fand Peter.

Trevor küsste Lyn noch einmal. «Lasst es euch gutgehen.»

«Das werden wir. Vielleicht kann ich ja noch in aller Ruhe eine Tasse Kaffee trinken, bevor Marty wieder aufwacht.»

«Pass auf dich auf und nimm Marty nicht jedes Mal auf den Arm, sobald er weint.»

«Soll ich ihn etwa schreien lassen, bis er keine Luft mehr kriegt?» Lyn brachte Trevor und Peter nach draußen, wartete auf der Terrasse, bis sie wegfuhren, und winkte ihnen hinterher.

«Ach, es geht doch nichts über ein glückliches Familienleben! Auf der anderen Seite gibt es nichts Erhebenderes, als in aller Herrgottsfrühe als Erstes die gerührte Miene seines Vorgesetzten zu erblicken.» Peter nahm an der Straßenkreuzung den Fuß vom Gas.

«Bist du eifersüchtig, weil du die Nacht allein verbringen musstest?»

«Darauf kannst du Gift nehmen.» Peter bog ab. «Also, was möchten wir von Kacy Howells' Familie erfahren?»

«Egal, was sie uns erzählen, ich kann nur hoffen ...»

«... dass es uns weiterhilft», beendete Peter den Satz für ihn.

* * *

Kacy Howells' Eltern wohnten in einem schäbigen Reihenhaus am Stadtrand. Trevor stieg aus und suchte nach der richtigen Hausnummer, während Peter den Wagen parkte. Das baufällige Arbeiterhäuschen stand auf einem Grundstück, das auch landwirtschaftlich genutzt wurde. Die Fensterrahmen und Türen brauchten dringend einen neuen Anstrich, das Dach musste erneuert werden, und die Vorhänge waren vergilbt. In dem langen, schmalen Vorgarten türmten sich verrostete Geräte und verblichene Plastikspielsachen.

«Trautes Heim, Glück allein», tönte Peter.

«Denk daran ...»

«... dass sie in Trauer sind», schnitt Peter ihm das Wort ab. «Keine Sorge. Aber du weißt ja, dass ich großen Wert auf Ordnung und Sauberkeit lege.»

In diesem Moment erinnerte sich Trevor an seinen ersten Besuch bei Peter zu Hause. Ganz spontan war er davon ausgegangen, dass in Peters Wohnung Chaos herrschte, der Wäschekorb überquoll und überall Bierdosen herumstanden. Zu seiner Überraschung wirkte Peters Apartment so ordentlich und unpersönlich wie eine Mönchszelle, ganz anders als sein Arbeitsplatz auf dem Revier, wo sich die Akten stapelten, Getränkedosen herumstanden und jede Ablage von Schokoriegelverpackungen übersät war.

Auf dem Weg zum Hauseingang musste Trevor einem alten Automotor und mehreren Rasenmähern ausweichen. Da es weder eine Klingel noch einen Türklopfer gab, schlug er mit der flachen Hand mehrmals gegen das Türblatt.

Kurz darauf öffnete George Howells die Tür. Seine wässrigblauen Augen war immer noch rotgerändert und von dunklen Schatten eingerahmt. Er war leichenblass und hatte offenbar vergessen, sich zu kämmen.

«Inspector. Gibt es irgendetwas Neues?»

«Nein, noch nicht, Mr. Howells. Ich bin gekommen, um mit den Eltern und dem Bruder Ihrer Frau zu sprechen.»

George wich ein paar Schritte zurück. «Von dem Pornoheft und den Fotos mit den Dingen, die Sie im Gartenhaus gefunden haben, wissen sie noch nichts ...»

«Sie meinen das Sexspielzeug, auf das unsere Kollegen in Ihrem Schuppen gestoßen sind», korrigierte ihn Trevor. Er sprach mit gesenkter Stimme, machte George allerdings unmissverständlich klar, dass er entschied, welche Fragen er den Angehörigen stellte.

«Meine Schwiegermutter ist gebrechlich und alt ...»

«Wir untersuchen den Mord an Ihrer Frau, Mr. Howells. Aus diesem Grund befragen wir jeden, der mit Ihrer Gattin zu tun hatte, und selbstverständlich auch ihre Familie.»

«Ich glaube nicht, dass sie Ihnen helfen können ...»

«Das wird sich zeigen», sagte Trevor und warf ihm einen scharfen Blick zu. «Dürfen wir jetzt reinkommen?»

George führte sie in ein winziges, schmuckloses Wohnzimmer mit Mobiliar, das schon vor vierzig Jahren aus der Mode gekommen war. «Ich hole jetzt meine Schwiegereltern.»

Ein schlammfarbenes Zweisitzersofa aus Kunstleder stand einem rosa gefliesten Gaskamin gegenüber, der von zwei dazu passenden Kunstledersesseln eingerahmt wurde. Vor dem Fenster gab es zwei Stühle, auf denen Trevor und Peter Platz nahmen. Trevor legte seine Aktentasche auf den Schoß, zog eine Mappe heraus, schloss die Tasche und stellte sie neben seine Füße.

In diesem Moment kamen Kacy Howells' Eltern und ihr Bruder in dem Raum. George stellte die Anwesenden einander vor. Im Zimmer nebenan spielten Kinder, die laut schrien.

«Meine Schwägerin kümmert sich um ihre und meine Kinder. Mein Sohn und meine Tochter sind ziemlich durcheinander» erklärte George.

«Wissen sie, was passiert ist?»

«Wir haben ihnen gesagt, dass ihre Mutter jetzt bei den Engeln im Himmel ist.» Kacys Mutter schluchzte in ihr Taschentuch.

«Wir möchten Ihnen unser Beileid aussprechen, Mrs. und Mr. Jenkins.»

Kacys Mutter, eine ausgemergelte, gramgebeugte Frau

mit dünnen grauen Haaren, gelblichem Teint und zahllosen Falten, wirkte wesentlich älter als siebzig. Auf den ersten Blick schien ihr Gatte deutlich jünger zu sein. Es war nicht leicht, sein wahres Alter zu erraten, denn er hatte die ledrige Haut und die drahtige Statur eines Mannes, der im Freien arbeitet. Kacys Bruder war klein und hatte den gleichen Körperbau wie sein Vater. Seine Haare waren fettig, seine Hände schmutzig und von Schrammen und Schrunden überzogen. Seine Fingernägel, unter denen sich der Schmutz abgesetzt hatte, waren eingerissen und brüchig. Nach Trevors Einschätzung verdiente er seinen Lebensunterhalt als Automechaniker oder bastelte an dem Schrott herum, der den Vorgarten zumüllte.

Trevor legte sein Notizbuch auf die Mappe auf seinem Schoß. «Sollten meine Fragen Sie irritieren, bitte ich Sie, dies zu entschuldigen. Je mehr wir erfahren, desto größer ist die Chance, dass wir den Mörder Ihrer Tochter fassen. Gleich vorweg möchte ich Sie, Mrs. und Mr. Jenkins, fragen, wo Sie vorgestern Nachmittag und Abend waren?»

Mrs. Jenkins antwortete. «Mark hat mich, Jen und die Kinder gegen Mittag zum Strand gefahren. Dort haben wir gegrillt und sind erst gegen neun Uhr abends zurückgekommen.»

«Gibt es dafür Zeugen?»

«Unsere Nachbarn», meldete Mark Jenkins sich zu Wort. «Da im Moment Ferien sind, waren vier Familien aus unserer Straße am Meer. Kacys und Georges Kinder sind manchmal zu viel für Mutter allein.» Mark warf George einen Blick von der Seite zu. «Deswegen helfen Jen und ich aus, wenn die Kleinen hier sind.»

«Ihre Schwester war nicht eingeladen?», wunderte sich Trevor.

«Sie hätte ohnehin keine Lust gehabt, und außerdem

war bei drei Erwachsenen und vier Kindern kein Platz mehr für sie im Minibus.»

«Mark hat den Bus gekauft, damit er Dad und mich auf Ausflüge und Spritztouren mitnehmen kann, denn Dad hat keinen Führerschein. Mark lässt sich immer etwas einfallen, womit er die Kinder überraschen kann.» Mrs. Jenkins wischte sich mit dem Handrücken ein paar Tränen weg.

«Nach unserer Rückkehr hat Jen meiner Mutter geholfen, die Kinder ins Bett zu bringen, während ich telefonisch etwas zu essen bestellt habe ...»

«Haben Sie die Bestellung abgeholt?», fiel Trevor ihm ins Wort.

«Nein, sie wurde geliefert. Dann haben wir gegessen und dabei einen Film angeschaut.»

«Um welche Uhrzeit sind Sie nach Hause gegangen?»

«Wir wohnen gleich nebenan und sind etwa um elf Uhr rübergegangen.»

Trevor wandte sich an Kacys Vater. «Sie waren nicht mit Ihrer Familie am Strand, Mr. Jenkins?»

«Nein, ich musste am Nachmittag zu einer Versammlung der Kirchenältesten.»

«Wann hat sie stattgefunden?»

«Von zwei bis vier Uhr.»

«Und hinterher?»

«Nach dem Treffen sind ein paar von uns geblieben, um die Kirche zu streichen. Das war dringend nötig.» Kacys Vater steckte sich einen Finger in den Hemdkragen. Er war ganz rot im Gesicht und schwitzte.

Trevor fragte sich, warum er so nervös war. «Wann waren Sie mit den Malerarbeiten fertig?»

«Kurz vor elf. Hinterher war ich noch bei einem der anderen Kirchenältesten, er heißt Matthew Clarke. Seine

Frau ist vor ein paar Monaten gestorben. Er ist sehr einsam und hat mich auf einen Tee eingeladen. Ich konnte sein Angebot nicht ausschlagen.»

«Um wie viel Uhr sind Sie nach Hause gekommen?» Trevor schrieb eifrig mit.

«Gegen Mitternacht. Da hat meine Frau schon geschlafen.»

«Wann haben Sie Ihre Tochter das letzte Mal gesehen?»

«Sonntag vor einem Monat», antwortete Mark. «Das war der Tag, an dem mein Sohn seinen neunten Geburtstag feierte. Meine Frau hat am Nachmittag alle zum Kaffee eingeladen.»

«Haben Sie sich oft als ganze Familie getroffen?»

«So kann man das nicht sagen», erwiderte Kacys Vater. «Kacy und George arbeiten und haben immer viel um die Ohren.»

«Wann waren Sie zuletzt bei Kacy und George zu Hause?»

Kacys Mutter warf ihrem Mann einen fragenden Blick zu.

«Vergangene Weihnachten.» Mark schielte zu George hinüber. «Man hat uns erlaubt, die Geschenke vor ihre Haustür zu legen.»

«Sie haben das Haus nicht betreten?»

«Nein, das war uns im Winter nicht gestattet. Schließlich hätten wir mit unseren dreckigen Schuhen und unserer ungehobelten Art nur für Chaos gesorgt. Im Sommer war das anders. Wenn Kacy Hilfe brauchte, rief sie mich und Vater an. Nachdem sie sich mit ihrem Nachbarn zerstritten hatte, durften wir den Zaun errichten. Und wir haben auch das Deck und den Schuppen gebaut. Betreten durften wir sie jedoch nicht. Unsere Kacy hatte mit George einen guten Fang gemacht und ihre gesellschaftliche Stellung verbessert, Inspector Joseph. Und da wollte sie nicht, dass wir bei ihr auftauchen und sie, George und die Nachbarn daran erinnern, aus was für einem Stall sie kommt.»

«Das ist unfair», protestierte George. «Kacy hat sich immer über euren Besuch gefreut ...»

«Deshalb hat sie uns auch so oft eingeladen. Wenn ich mal mit Mutter, Vater, Jen und den Kindern unangemeldet aufgetaucht bin, habt ihr uns nie reingelassen.»

«Weil wir gerade was anderes vorhatten ...»

Trevor, der keine Lust darauf hatte, Zeuge eines Familienkrachs zu werden, beeilte sich, zum eigentlichen Thema zurückzukehren. «Dann haben Sie sich also nicht häufig gesehen?»

«An Weihnachten, an Geburtstagen und wenn George und Kacy ihre Kinder bei Mutter oder Jen und mir abgeliefert haben.»

Trevor machte sich eine Notiz. «Könnten Sie mir die Namen und Adressen von Kacys Freunden nennen?»

«Kacy hatte keine Freunde», brach es aus Mark heraus.

«Mark, bitte», wies seine Mutter ihn zurecht. «Kacy hatte viel um die Ohren, und ihr beiden habt euch noch nie verstanden.»

«Ach, Mutter, mach dir doch nichts vor. Kacy war bösartig und hochnäsig. Selbst als sie noch zur Schule ging, hielten ihre Freundschaften nie länger als ein, zwei Monate. Dann bekam sie die Stelle auf dem Amt und wohnte jahrelang mit diesem Typen zusammen, was nur funktioniert hat, weil er sich von ihr schikanieren ließ. Und als er eine Frau traf, die er heiraten wollte, und sich endlich von ihr trennte, ist Kacy erst bei ihm ausgezogen, als er sich bereit erklärte, ihr Geld zu geben, obwohl sie keinen einzigen Penny in sein Haus gesteckt hat ...»

«Wie kannst du es wagen!», rief George mit hochrotem Kopf. «Wie kannst du so über deine Schwester sprechen, wo sie noch nicht mal unter der Erde ist ...»

«Also soll ich deiner Meinung nach damit warten bis nach der Beerdigung?», bot Mark ihm die Stirn. «Mein Gott, sie hat sich aus gutem Grund für dich entschieden. Du bist eine Lusche, die sich herumkommandieren lässt. Und du hast dich darauf eingelassen, weil die Ehe für dich eine Fassade war, hinter der du deine Homosexualität verstecken konntest. Nicht dass ich etwas gegen Schwule hätte. Mein bester Kumpel ist vom anderen Ufer. Aber du musstest es ja geheim halten, du verfluchter Heuchler, weil dein Pfarrer Homos nicht duldet und du dann in der Kirche nichts mehr zu sagen gehabt hättest ...»

George sprang auf. «Dass Kacy auf Distanz zu dir gegangen ist, kann ich gut verstehen, Mark. Ein Giftzwerg bist du. Und du warst neidisch auf uns.»

«Neidisch!», höhnte Mark. «Wie lange hat es denn gedauert, bis sie einen Keil zwischen dich, deinen Bruder und den Rest deiner Familie getrieben hat, hm? Wann war es so weit? Eine Woche nach der Hochzeit? Oder zwei? Ich erinnere mich noch ganz genau, wie sie über deinen Bruder gesprochen hat. Und dass er sich weigerte, ihr nach dem Tod eurer Mutter die Antiquitäten zu überlassen. Sie war sogar auf den Schmuck deiner Mutter scharf, obwohl die arme Frau schon gestorben ist, ehe ihr beide euch über den Weg gelaufen seid. Mann, sie war eine gierige und habsüchtige ...»

«Wie kannst du nur ...»

«Mann, du bist ein richtiger Blödmann, der nicht sieht, was sich vor seiner Nase abspielt. Kacy war ein Flittchen, das mit jedem ins Bett sprang, der es mit ihr treiben wollte. Nicht dass die Männer Schlange gestanden hätten ...»

Peter sprang auf und packte Georges erhobene Faust, ehe sie Marks Gesicht berühren konnte. «Mr. Jenkins, Mr. Howells, das alles bringt uns keinen Schritt weiter.»

Trevor bemerkte, wie Peter sich innerlich wappnete, doch Mark wich zurück. Peter wartete noch ein paar Sekunden, bis er Georges Faust losließ.

«Sie haben völlig recht. Das alles bringt wirklich nichts. Wie ich schon sagte, ich wohne nebenan. Falls Sie mit mir sprechen wollen, kommen Sie bitte rüber. Ich habe in der Garage zu tun. Dauert das hier noch lange?» Mark ging auf die Tür zu.

«Hoffentlich nicht», antwortete Trevor. «Wieso?»

«Ich möchte nicht, dass meine Holde länger als nötig auf seine Gören aufpasst», sagte Mark mit einem Blick auf George und stürmte aus dem Wohnzimmer. Sie hörten, wie er nebenan mit den Kindern sprach.

«Mark und Kacy sind nie gut miteinander ausgekommen», sagte Mrs. Jenkins und wischte sich die Tränen aus den Augen. «Doch das ist wahrscheinlich normal, wenn die Schwester älter als der Bruder ist. Kacy glaubte immer, sich um ihn kümmern zu müssen, und er mochte es nicht, wenn sie ihm sagte, was er tun sollte.» Sie schaute zu Trevor auf. «Sie war eine wunderbare Ehefrau und Mutter.»

«Wunderbar», pflichtete Mr. Jenkins seiner Frau wenig überzeugend bei.

Trevor warf einen Blick auf George, der im Sessel saß, seine Fingernägel inspizierte und nicht in das Loblied seiner Schwiegereltern einstimmte.

* * *

«Das ist ja ekelhaft.» Mrs. Jenkins schleuderte das Pornoheft, das Trevor ihr gegeben hatte, von sich. Das Magazin fiel auf den Boden und landete so, dass die Seite, auf der Kacy abgelichtet war, aufgeschlagen war. Mrs. Jenkins wandte sich ab und brach in Tränen aus. «Unsere Kacy würde so etwas niemals machen», presste sie zwischen zwei Schluchzern hervor. «Bei unserer Erziehung haben wir großen Wert auf Anstand gelegt.» Sie starrte zu George hinüber. «Du ...»

«Ich habe der Polizei schon gesagt, dass Kacy damit nichts zu tun hatte, Mary.»

Mr. Jenkins bückte sich, hob die Zeitschrift auf und betrachtete wie gebannt das Foto. Das Ganze dauerte nur ein paar Sekunden, aber schon das war für seine Frau zu viel.

«Wie kannst du dir nur so etwas Obszönes anschauen? Wie kannst du nur? Reicht es nicht, dass man sie kaltblütig ermordet hat? Und jetzt leidet auch noch ihr guter Ruf! Das ist ja fast noch schlimmer, als sie umzubringen. Das ist doch Verleumdung ... es verändert die Art und Weise, wie man sich an sie erinnern wird.»

«Gott schützt die Unschuldigen», sagte Mr. Jenkins ganz automatisch. Trevor bezweifelte stark, dass Kacys Vater überhaupt klar war, was er da redete.

«Gott hat Kacy nicht vor ihrem Mörder beschützt», entgegnete Mrs. Jenkins, trotz ihrer Erregung und Verbitterung mit sanfter Stimme. Nach Trevors Einschätzung war sie eine gutmütige Person, der von klein auf beigebracht worden war, sich unterzuordnen und nichts zu hinterfragen.

«Es gibt mehr zwischen Himmel und Erde, als wir vermuten. Unser irdisches Dasein ist kurz, während das Leben nach dem Tod ewig dauert ...»

«Bitte», flehte Mrs. Jenkins. «Ich kann heute keine Bibelzitate gebrauchen. Unsere Tochter ist tot. Weißt du, was das bedeutet, Dad? Kacy ist tot. Wir werden sie nie mehr sehen. Nie mehr ...» Mrs. Jenkins holte kurz Luft und verlor dann die Beherrschung, woraufhin ihr Mann den Arm um ihre Schulter legte.

«Selbstverständlich werden wir sie wiedersehen, Mutter. Und dann ist sie frei von Sünde und weilt im Paradies.»

George Howells erhob sich. «Inspector, Sergeant. Ich möchte Sie bitten, jetzt zu gehen.»

Trevor nahm das Magazin und steckte die Fotos von dem Sexspielzeug in seine Mappe. Er hatte keine Gelegenheit gehabt, sie Kacys Eltern zu zeigen.

«Ich hatte Sie doch gebeten, ihnen die Zeitschrift nicht zu zeigen», beklagte sich George, als er Trevor und Peter zur Tür brachte.

«Sollen wir die Suche nach dem Mörder Ihrer Frau etwa einstellen, Mr. Howells?», verteidigte Peter Trevors Vorgehen.

George errötete. «Nein.»

«Dann helfen Sie uns bitte bei unseren Ermittlungen. Wenn wir einen Mordfall aufklären wollen, müssen wir nun mal das Leben des Opfers durchleuchten.» Trevor trat einen Schritt zurück, damit George die Tür öffnen konnte.

«Dieses Schundheft hat aber nichts mit Kacys Leben zu tun», behauptete George.

«O doch.» Trevor folgte Peter in den Garten. «Jemand hat die Anzeige aufgegeben, Mr. Howells. Jemand, der Zugang zu einem Computer, Kacys Fotos und einer auf ihren Namen ausgestellten Kreditkarte hat. Wer immer das sein mag – und wir haben uns von der Möglichkeit, dass es Ihre Frau selbst war, noch nicht verabschiedet –, war clever genug, es so aussehen zu lassen, als wäre die Anzeige vom

Ausland aus geschaltet worden. Falls das nicht auf das Konto Ihrer Frau geht, müssen wir herausfinden, wer der Schuldige ist und wieso er es auf Kacy abgesehen hatte. Falls unsere Vorgehensweise Ihnen nicht behagt, sollten Sie doch bedenken, dass es unsere Pflicht ist, den Mörder zu fassen, ehe er noch einmal zuschlägt.»

«Falls Sie nochmal mit meinen Schwiegereltern oder mit mir sprechen müssen ... die Kinder und ich werden in den nächsten ein, zwei Wochen hier wohnen, Inspector», sagte George und schloss die Tür.

«Der Typ hat ein Problem, und damit meine ich nicht, dass seine Frau ermordet wurde. Und wir haben hier unsere Zeit verschwendet, Joseph», fand Peter.

«Nicht ganz», widersprach Trevor. «Immerhin wissen wir jetzt, dass Kacy Howells es nicht mochte, wenn ihre Familie sie in ihrer Vorstadtidylle besuchte, weil sie – wie ihr Bruder behauptet – ein Snob war und sich für ihre Herkunft schämte. Des Weiteren haben wir gelernt, dass die Eltern Ausreden für ihre Unhöflichkeit finden. Und mein Instinkt rät mir, das Alibi des Vaters zu überprüfen.»

«Na, ein Familienmensch ist er offenbar nicht. Sonst würde er mit den Kindern an den Strand gehen und nicht Kirchenversammlungen besuchen und die Farbrolle schwingen, oder?»

«Ist dir aufgefallen, dass er kein Wort über Kacys Foto in dem Heft verloren hat?»

«Aber sicher.»

«Er konnte den Blick nicht abwenden, aber schockiert wirkte er nicht.»

«Kam mir fast so vor, als hätte er es schon einmal gesehen», meinte Peter. «Außerdem sind mir Eheleute, die sich nach der Geburt ihrer Kinder gegenseitig mit ‹Mum› und ‹Dad› anreden, immer verdächtig. Und es geht mir auch gegen den Strich, wenn jemand behauptet, er würde seinen ermordeten Angehörigen im Himmel wiedersehen.»

«Dieser Kommentar zeigt mal wieder, welche Aversionen Religion bei dir auslöst.»

«Da hast du ins Schwarze getroffen. Und zwar alle Religionen.»

«Versuch doch bitte, während dieser Ermittlung deine Abneigung im Zaum zu halten», bat Trevor.

«Du siehst ja, was religiöser Eifer bringt. Nahe standen sie sich nicht. Kacys Eltern haben die hochnäsige Art ihrer Tochter und ihres Schwiegersohnes geschluckt. Und das, was Mark Jenkins empfindet, ist nicht Feindseligkeit zwischen Geschwistern, sondern Hass.» Peter spähte auf das Gelände nebenan, das noch unordentlicher war als der Garten der alten Jenkins. Mark Jenkins hockte neben einem aufgebockten Fahrzeug und versuchte, die Radmuttern zu lösen.

KAPITEL NEUN

Trevor ging den Pfad entlang und trat durch ein Tor, das nur noch aus verrosteten Pfosten bestand.

Mark, der nicht von seiner Arbeit aufschaute, als Trevor auftauchte, deutete mit einer Kopfbewegung auf das Haus seiner Eltern. «Ich vermute mal, dass *er* sich dort drüben einnistet.»

«Falls Sie von Ihrem Schwager George Howells sprechen ... er meinte, wir könnten ihn während der nächsten ein, zwei Wochen hier antreffen», berichtete Trevor.

«Für das Haus, das ihm jetzt gehört, haben sich seine Eltern krumm und bucklig geschuftet, und wenn man Kacy und ihn darüber reden hörte, hätte man meinen können, sie bewohnten eine Villa. Da wundert es mich natürlich, dass er nicht lieber dort übernachtet.»

«Die Mitarbeiter der Spurensicherung haben das Haus noch nicht freigegeben», erklärte Trevor.

«Immer prahlt er damit, wie viel Kohle er hat. Warum steigt er dann nicht in einem Hotel ab?»

«Vielleicht hält er es für besser, wenn seine Kinder eine Weile bei Ihrer Mutter sind.»

«Natürlich sind Kacys Kinder bei Mutter besser aufgehoben. Eigentlich wollte meine Schwester nie Nachwuchs. Keine Ahnung, warum sie nicht abgetrieben hat. Diese Frau hatte überhaupt nichts Mütterliches. Und was George angeht ... dem ist alles recht, solange es nichts kostet. Keiner weiß, wie viel er verdient, aber ich könnte wetten, dass er sich und die Kleinen jetzt wieder von Mutter kostenlos durchfüttern lässt.»

Trevor schlug eine Mappe auf und nahm das Pornoheft heraus. «Ich möchte, dass Sie sich das hier einmal ansehen, Mr. Jenkins. Ihren Eltern und George habe ich das auch gezeigt, und es hat sie ziemlich verstört. Die Anzeige wurde drei Tage bevor Ihre Schwester ermordet wurde, aufgegeben und auch im Internet veröffentlicht. Wie Sie sich denken können, müssen wir dem nachgehen.»

Mark reckte den Kopf und warf einen Blick auf das Foto, ohne das Blatt in die Hand zu nehmen. «Sieh mal einer an! Meine große Schwester hat also endlich ihr wahres Gesicht gezeigt.»

«Ihr wahres Gesicht?», wiederholte Peter.

«Bei Mum und Dad hat sie immer das brave Mädchen gespielt und ist, bis sie auszog, sogar zweimal pro Woche mit den Eltern in die Kirche gegangen. Doch ich wusste, wie sie in Wahrheit tickt. Da führte gar kein Weg dran vorbei. Man hat mich ihretwegen ständig gehänselt. Als sie in die sechste Klasse kam, nannte man sie nur noch die ‹Höschen-runter-Kacy›. Und als sie angefangen hatte zu arbeiten, wurde es noch schlimmer. Nach dem zu urteilen, was die Leute mir im Pub erzählten, war sie sich für nichts zu schade. Mir oder meiner Angetrauten gegenüber hat sie natürlich immer so getan, als wäre nichts.»

«Können Sie mit dem Begriff ‹flotter Vierer› etwas anfangen?», wollte Trevor wissen.

«Klar, aber mir ist nie zu Ohren gekommen, dass Kacy und George auf Partnertausch stehen. Ihr würde ich das schon zutrauen, aber George?» Mark widmete sich wieder seinen Muttern. «Wenn ich ehrlich bin, kann ich mir nicht vorstellen, dass irgendeine Frau es lieber mit ihm als mit ihrem Ehemann macht.»

«Sie schätzen Ihren Schwager nicht?»

«Er ist geizig und schnorrt andauernd Geld bei meinen Eltern. Bei jeder Gelegenheit haben er und Kacy die Kinder bei meiner Mutter abgeliefert. Aber am meisten nervt mich, dass er Kacy immer nach dem Mund redet. Bei unserer ersten Begegnung dachte ich, er wäre schwul. Ich bin nie dahintergekommen, wie er eigentlich tickt. Irgendwann habe ich dann geschnallt, dass er, bevor er sich mit Kacy zusammengetan hat, ein unbeschriebenes Blatt war. Der Typ hat einfach keine eigene Meinung. Und kaum waren sie verheiratet, hat er sich ihre Meinung zu eigen gemacht. Kacy war schon immer leicht exhibitionistisch veranlagt, aber ob sich George auch auf perverse Spielchen eingelassen hat, kann ich nicht beurteilen.»

«Was verstehen Sie unter ‹perversen Spielchen›?» Peter, der jahrelang bei der Sitte gearbeitet hatte, wusste, das jeder etwas anderes unter «pervers» verstand.

«Als Schülerin hat Kacy es manchmal an einem Abend mit einem halben Dutzend Jungs im Orchesterpavillon im Park getrieben. Ein Kumpel von mir, Jason White, ging eine Weile mit ihr und hat mir erzählt, dass sie richtig darauf abfuhr, wenn man ihr dabei zusah. Sie machte ihn überall an und fasste ihm in den Hosenschlitz. Im Zug, im Supermarkt, auf dem Fußballplatz, im Kino oder in der Disco wollte sie es mit ihm treiben. Je öffentlicher, desto besser. Zuerst fand er das aufregend, doch irgendwann nervte es ihn, beobachtet zu werden, zumal es manchmal vorkam, dass jemand die Polizei verständigte. Da hat er sich eine andere Freundin zugelegt, ein nettes, anständiges Mädchen. Aber in Wirklichkeit wollen wir das ja alle.»

«Ein nettes, anständiges Mädchen?», hakte Peter nach.

«So wie ich es sehe, wollen am Ende alle Typen dasselbe. Sie gehen zwar mit ihren Kumpels in Striptease-Schuppen, blättern ein paar Scheine für einen Lap-Dance hin und tun so, als fänden sie das ganz super, aber nach einer Weile kommen sie auf den Trichter, dass Sex kein Zuschauersport ist und es mehr Spaß macht, es unter Ausschluss der Öffentlichkeit zu tun.»

«Glauben Sie, dass Kacy nach der Heirat ihre Meinung in diesem Punkt geändert hat?», fragte Trevor.

«Jedenfalls nicht, als sie mit ihrem letzten Freund zusammenlebte ...»

«Sie meinen John Evans?»

«Genau. Der hat sich prima mit Mum und Dad verstanden. Und Jen und ich mochten ihn auch sehr gern. Bei unserer letzten Begegnung vertraute er mir an, er habe jahrelang versucht, Kacy loszuwerden. So wie er es darstellte, ist sie nur ausgezogen, weil er ihr ein paar tausend Pfund gegeben hat. Und das, obwohl sie umsonst bei ihm wohnte und er sie immer bedrängen musste, wenigstens ihren Anteil der Gas- und Stromrechnung zu übernehmen. Trotzdem fand er, dass das Geld gut angelegt war, denn irgendwann kam er mit ihren Eskapaden einfach nicht mehr zurecht.»

«Was für Eskapaden leistete sie sich denn?»

«Sie vögelte mit irgendwelchen Typen im Garten, sodass er und die Nachbarn es mitkriegten. Das war ihre Spezialität auf Grillpartys. Kaum hatte sie ein paar Wodka intus, ließ sie jeden ran.»

«Das Holzdeck, das sie in ihrem Garten errichtet hat, ist sehr hoch», stellte Peter fest.

«Da sehen Sie's.» Mark war es endlich gelungen, alle Muttern zu lösen, und er konnte nun das Wagenrad abnehmen.

«Glauben Sie, dass Kacy George betrogen hat?», wollte Trevor wissen.

«Das glaube ich nicht, Inspector. Das weiß ich.»

«Kennen Sie die Namen von einem ihrer Liebhaber?»

«Ihr Fensterputzer prahlt gern im Pub damit. Und es gibt bestimmt noch mehr. Da brauchen Sie nur einen Blick in die Gelben Seiten zu werfen. Falls sie so weitergemacht hat wie damals, als sie mit John Evans zusammen war, kommt jeder Mann zwischen sechzehn und sechzig in Frage, den sie kannte.»

«Und was ist mit Jason White?», fragte Trevor, der sich den Namen notiert hatte.

«Er ist vor zwei Jahren nach Kanada gezogen. Jason und seine Holde sind dort überglücklich. Die E-Mails und Fotos, die sie uns schicken, haben mich und Jen ins Grübeln gebracht. Vielleicht sollten wir auch auswandern.»

* * *

«Jetzt sind wir schlauer. Mrs. Jenkins hatte Angst vor ihrer Tochter, der Bruder konnte sie nicht ausstehen ...»

«Weil sie wahllos herumgevögelt hat und hochnäsig war. Nur ist das noch lange kein Grund, jemanden umzubringen», fand Trevor.

«Und wir müssen dringend das Alibi ihres Vaters überprüfen.»

«Kannst du das übernehmen?»

«Nein, das macht besser eine Kollegin. Du kennst mich und meine Einstellung zu männlichen Kirchenältesten. Und bevor du mich noch weiter drängst, lass dir gesagt sein, dass Kirchenälteste durch die Bank männlich sind, denn von Gleichberechtigung haben diese Leute noch nie etwas gehört. Schick Sarah. Sie werden sie zwar wie eine Zweijährige behandeln, ihr dafür aber auch Dinge erzählen, über die sie mit einem Mann niemals sprechen würden.»

«Dann knöpfst du dir Kacys Liebhaber vor. Erstell eine Liste und überprüfe die Alibis der Herren.»

«Klasse, jetzt weiß ich endlich, womit ich die nächsten zehn Jahre beschäftigt sein werde», spottete Peter.

«Hoffentlich nicht. Je schneller wir diesen Fall ad acta legen können, desto eher kann ich mit Lyn und Marty nach Cornwall fahren.»

«Du bist und bleibst ein Optimist. Je schneller wir diesen Fall unter Dach und Fach bringen, desto eher landet der nächste auf unserem Schreibtisch.»

* * *

«Die Ergebnisse der Spurensicherung sind da, Sir», wurde Trevor von Sarah begrüßt, als er und Peter in den Verhörraum kamen. «DNA und Fingerabdrücke. Ich habe Ihnen eine Kopie auf den Schreibtisch gelegt.»

Als Trevor sich setzte, brachte Peter ihm einen Becher Kaffee. «Ich höre.»

«Auf dem Axtgriff sind DNA-Spuren und die Fingerabdrücke von Kacy Howells, Alan Piper, von ihrem Vater und von ihrem ältesten Sohn.»

«Ach ja? Hat man uns nicht gesagt, das Werkzeug wäre weggesperrt worden, damit die Kinder nicht drankommen?», warf Peter ein.

«Außerdem wurden auf dem Griff ein paar verwischte Abdrücke gefunden und Kacy Howells' Blut.»

Mit spitzen Fingern hob Trevor den heißen Kaffeebecher hoch. «Stammen die verwischten Abdrücke von Handschuhen?»

«Latex, laut dem Labor.»

«Also hat der Täter womöglich Latexhandschuhe getragen. Könnte er irgendwelche DNA-Spuren hinterlassen haben?»

«Vorausgesetzt, dass der Mörder ein paarmal ferngesehen, sich an uns ein Beispiel genommen hat und in Stiefeln, Schutzanzug und mit Haarnetz aufgetaucht ist, wohl eher nicht.»

«Unsere Oberaufseherin, Mrs. Walsh, hat niemanden gesichtet, der in so einer Montur die Straße entlanggelaufen oder aus dem Auto gestiegen ist», verkündete Peter.

«Und so etwas wäre ihr nie und nimmer entgangen.» Sarah blätterte ihre Notizen durch. «Auf dem Holzdeck wurde ein gebrauchtes Papiertaschentuch mit Alan Pipers DNA und Blut gefunden.»

Trevor blickte zu Peter hinüber, der auf einmal merkwürdig still wirkte.

«DNA und Blut», wiederholte Trevor. «Könnte da vielleicht ein Irrtum vorliegen?»

«Auf gar keinen Fall, Sir», versicherte Sarah. «Es wurde auch ein Kaugummi entdeckt, ebenfalls mit Alan Pipers DNA. Und Kacy Howells' und Alan Pipers Fingerabdrücke sind auf verschiedenen Steinplatten und mehreren Blumentöpfen.»

«Wie steht es mit Abdrücken auf dem Deck, der Werkzeugkiste und der Geheimkammer mit dem Sexspielzeug?», hakte Trevor nach.

«Einmal abgesehen von der Familie ...»

«Wenn Sie von Familie sprechen, meinen Sie nur Kacy, George und die Kinder, oder auch ihre Eltern und ihren Bruder?», wollte Peter sich vergewissern.

Sarah überflog die Akte. «Auf dem Deck und im Haus wimmelte es nur so von Fingerabdrücken von Kacy, ihrem Ehemann, den Kindern und ihrem Vater. Auf den Stühlen auf dem Holzdeck wurden welche von ihrer Mutter lokalisiert, die jedoch schon neun Monate alt sind. Keine Abdrücke vom Bruder, dessen Frau und Kindern.»

«Waren die Abdrücke des Vaters auch so alt?» Trevor trank den Kaffee aus und warf den Becher in den Papierkorb.

«Nein, ganz frisch.»

Trevor warf Peter einen Blick von der Seite zu.

«Ich werde Chris veranlassen, das Alibi des Vaters zu checken.» Peter sprang auf und ging zu Chris, der in der gegenüberliegenden Ecke an seinem Schreibtisch saß und arbeitete.

«Was ist mit dem Sexspielzeug?», fragte Trevor.

«Obwohl alles gereinigt wurde, konnten Spuren von Mrs. Howells' DNA und zwölf unbekannten Personen nachgewiesen werden.»

«Auch die von George Howells?»

«Nein, Sir.»

«Rufen Sie Alan Piper an und bitten Sie ihn, sofort hierherzukommen. Haben Sie Zeit für eine Vernehmung?»

«Ich, Sir?», wunderte sich Sarah.

«Ich werde die Fragen stellen.»

«Gut, Sir.»

«Bis er auftaucht, helfen Sie Peter, eine Liste der Personen zu erstellen, die die Howells besucht haben. Wir brauchen DNA-Proben von ihnen, die das Labor dann mit denen vergleichen soll, die auf dem Sexspielzeug gefunden wurden. Falls mich jemand braucht, ich bin in meinem Büro.»

Trevor wurde ganz blass um die Nase, als er den Berg der Zeugenvernehmungen sah, die Sarah ausgedruckt und auf seinen Schreibtisch gelegt hatte. Er musste sich den Stapel, der nicht einmal mehr in seinen Ablagekorb passte, gleich vornehmen. Immerhin bestand die Möglichkeit, dass er in den Aussagen auf einen wichtigen Hinweis stieß. Er nahm hinter seinem Schreibtisch Platz, schaltete den Computer ein und erstellte eine Chronologie der Ereignisse.

Der Farmer hatte beobachtet, wie Kacy Howells gegen Mittag auf seinem Land Bäume gefällt hatte. In Patrick O'Kellys Obduktionsbericht stand, dass das Opfer bei seinem Eintreffen am Tatort um Viertel vor zwölf mindestens seit drei oder vier Stunden tot gewesen war.

Trevor widmete sich wieder der Chronologie. Mit Bestimmtheit wusste er nur Folgendes: Nach Auskunft des Farmers war Kacy Howells um die Mittagszeit noch am Leben und wahrscheinlich bekleidet gewesen und hatte laut Patrick spätestens um Viertel vor neun ihren letzten Atemzug getan. Er hatte also ein Zeitfenster von neun Stunden, und das musste schnellstens verkleinert werden.

Als sein Telefon läutete, nahm er den Hörer ab.

«Mr. Piper ist eingetroffen, Sir.»

«Danke, Sarah.»

«Verhörraum zwei ist frei, Sir.»

«Ich komme gleich.»

Vor dem Verhörraum lungerte Peter herum.

«Diesmal führe ich die Vernehmung mit Sarah durch», kam Trevor Peters Anliegen zuvor.

«Stört es dich, wenn ich nach nebenan gehe und zuhöre?»

«Bist du so interessiert, weil Alan dein Cousin und Freund ist?»

«Vielleicht fällt mir ja etwas auf, was dir und Sarah entgeht.»

«Du betrittst den Raum nur, wenn ich dich rufe», warnte Trevor ihn und stieß die Tür auf. Sarah hatte zwei

Kopien von dem Bericht der Spurensicherung, eine Kanne Kaffee und drei Becher organisiert.

«Guten Tag», wurde Trevor von Alan begrüßt. «Wird jeder, der ein Mordopfer findet, zweimal befragt, oder habe ich eine Glückssträhne?»

«Wir müssen noch ein paar Punkte klären.» Trevor setzte sich und schaltete den Kassettenrecorder ein, ehe er den Bericht aufschlug. Sarah hatte glücklicherweise alle relevanten Stellen mit einem Leuchtmarker angestrichen.

«Ihre Fingerabdrücke waren auf den Steinplatten, auf denen Kacy Howells' Blumentöpfe standen. Können Sie uns erklären, wie sie dorthin gekommen sind, Mr. Piper?»

«Wie ich gestern schon sagte, hat Kacy Howells mich seit längerem bestohlen und sich ungefähr zwei Quadratmeter Platten unter den Nagel gerissen.»

«Wie kommen Sie darauf, dass es ungefähr zwei Quadratmeter waren?»

«Weil mir zwei Quadratmeter fehlten, als ich den Weg in meinem Garten anlegen wollte. Ich hatte genau berechnet, wie viel Material ich brauchte, und die entsprechende Menge bestellt. Und als ich mich umsah, musste ich feststellen, dass sie die Platten auf ihr Deck geschafft hatte.»

«Gestern haben Sie uns erklärt, wie Ihre Fingerabdrücke auf die Axt gelangt sind. Und Sie sagten auch, Sie wären seit Jahren nicht mehr im Garten der Howells gewesen.»

«So ist es. Seit dem Tod der alten Mrs. Howells war ich nicht mehr drüben.»

Trevor hob den Kopf und schaute Alan Piper in die Augen. «Auf dem Deck, wo Kacy Howells ermordet wurde, lagen ein Papiertaschentuch und ein Kaugummi mit Ihrer

DNA. Können Sie uns sagen, wie diese Dinge dorthin gekommen sind, Mr. Piper?»

* * *

Die Stille im Raum war nahezu greifbar; die Atmosphäre wurde von Minute zu Minute angespannter. Trevor fixierte Alan Piper immer noch.

«Ich habe keine Ahnung», meinte Alan schließlich.

«Kauen Sie Kaugummi?» Trevor warf einen Blick auf den Bericht, um zu verhindern, dass ihm ein Fehler unterlief. «Das war ein Nikotinkaugummi.»

«Ich habe zwanzig Jahre lang stark geraucht», führte Alan aus. «Als meine Frau erfuhr, dass sie Krebs hatte, hörte ich damit auf. Jetzt rauche ich nur hin und wieder eine Zigarre. Und manchmal brauche ich einen von diesen Nikotinkaugummis.»

«Wie lange führen Sie sich das Nikotin schon auf diese Weise zu?»

«Seit achtzehn Monaten.»

«Und wann haben die Howells das Holzdeck errichtet?» Trevor achtete ganz genau auf Alans Reaktionen.

«Vor drei ... vier Jahren.»

«Werfen Sie manchmal Ihren Müll in den Garten Ihrer Nachbarn?»

«So etwas mache ich nicht», behauptete Alan im Brustton der Überzeugung. «Ich wollte auf gar keinen Fall, dass die Sache eskaliert. Meine Frau und ich haben lange genug unter dem unsozialen Verhalten der Howells gelitten. Hätten wir ihnen nur den geringsten Anlass geboten, hätten sie sich garantiert noch schlimmer aufgeführt, auch wenn mir gerade nichts einfällt, was sie uns noch hätten antun können.»

«Auf dem Taschentuch war Blut ... Ihr Blut», stellte Trevor unmissverständlich klar. «Wie kommt es Ihrer Meinung nach da hin?»

«Es kommt gelegentlich vor, dass ich Nasenbluten bekomme, mir in den Finger schneide oder mich irgendwo stoße ... wie bei allen anderen Menschen auch.»

«Auch in letzter Zeit?»

«Nicht, dass ich mich entsinne, aber ich notiere mir ja auch nicht jede kleine Verletzung, um mich irgendwann vor der Polizei dafür rechtfertigen zu können.»

Trevor lehnte sich zurück. Alans Fingerabdrücke auf der Axt, mit der Kacy Howells erschlagen worden war, die DNA, die die Spurensicherung an dem Kaugummi und dem Taschentuch auf dem Deck nachgewiesen hatte, und sein dürftiges Alibi warfen ein schlechtes Licht auf ihn, aber all das würde vor Gericht nicht standhalten. «Schildern Sie uns den Zwist mit den Howells bitte etwas ausführlicher.»

«Ich habe der Community Police ein Tagebuch gegeben, das ich wegen der Howells angelegt habe.»

Sarah machte sich eine Notiz. «Ich werde die Community Police bitten, uns eine Kopie davon zu machen, Sir.»

«Falls sie es dort verbummelt haben, kann ich Ihnen auch behilflich sein», bot Alan an. «Die Datei ist noch auf meinem Computer.»

«Wie schnell können wir sie kriegen?», wollte Trevor wissen.

«Wenn ich nachher ins Büro fahre, kann ich sie Ihnen per Mail schicken.»

Trevor überflog den Bericht erneut, blieb an einer markierten Stelle hängen und las sie ein zweites Mal, ehe er sie Sarah zeigte, die nickte. Trevor schaltete den Kassettenrecorder aus. «Bitte entschuldigen Sie uns einen Moment, Mr. Piper, wir müssen kurz mit unseren Kollegen reden.»

«Wenn das Band nicht läuft, brauchen Sie nicht so förmlich zu sein», beschwerte sich Alan. «Auch wenn ich unter Verdacht stehe, bin ich doch ein menschliches Wesen.»

«In diesem Stadium der Ermittlung muss ich mich an die Spielregeln halten. Ich würde gern Ihr Haus durchsuchen. Leider dauert es eine Weile, bis ich die Erlaubnis dazu erhalte.»

Alan zog einen Schlüsselbund aus der Tasche, nahm einen Schlüssel ab und reichte ihn Trevor. «Nur zu.»

Trevor steckte den Schlüssel ein. «Möchten Sie noch einen Kaffee?»

«Ich habe ja eh nichts Besseres zu tun. Obwohl ... ich könnte ja kurz losgehen und die Datei besorgen, wenn Sie möchten?»

«Erst mal nicht. Danke», lehnte Trevor sein Angebot ab.

Wie Trevor erwartet hatte, stand Peter vor der Tür. Trevor ging voran, und Peter folgte ihm in den Ermittlungsraum. Nachdem er einen Constable gebeten hatte, Alan einen Kaffee zu bringen, schloss Trevor die Tür.

«Wieso wissen wir nicht, ob Alan Piper an dem Tag, als der Mord verübt wurde, mehrmals in der Straße gesichtet wurde? Hat denn keiner etwas mitgekriegt?», fragte er Sarah.

«Wir haben Mrs. Walshs Notizen, die sie an jenem Nachmittag gemacht hat, erst heute Morgen erhalten», antwortete sie.

«Sie sagten doch, Sie hätte Ihnen das Tagebuch am nächsten Morgen bei der Befragung gegeben.»

«Sie bringt es jeden Tag auf den neusten Stand. Wir haben das Tagebuch am Morgen nach dem Mord erhalten, aber sie hatte die Notizen, die sie sich am vergangenen Nachmittag gemacht hatte, noch nicht eingetragen. Erst heute Morgen ist mir aufgefallen, dass die Eintragungen am Tag des Mordes gegen Mittag endeten. Ich habe Mrs. Walsh angerufen und mich erkundigt, ob sie sich hinterher auch noch Notizen gemacht hat. Da dem so war, sind wir hingefahren, und sie hat uns ihre Rohfassung gezeigt ...»

«Rohfassung?», wunderte sich Peter.

«Das ist ein billiges Schulheft, in dem sie alles festhält. Später überträgt sie die Notizen in das Tagebuch. Manchmal um die Mittagszeit, wie an dem Tag, als Kacy Howells gestorben ist, manchmal am Abend, ‹wenn es nichts im Fernsehen gibt›, und manchmal in aller Herrgottsfrühe, wenn sie nicht schlafen kann.»

«Versucht die Frau etwa, in Samuel Pepys' Fußstapfen zu treten?», spekulierte Trevor.

«Wer ist Samuel Pepys?», fragte Peter.

«Du gehst mir auf den Wecker», herrschte Trevor ihn an. «Und Mrs. Walsh ist sich ganz sicher, dass sie gesehen hat, wie Alan Piper an diesem Tag um Viertel nach vier nach Hause gekommen ist?»

«So steht es in der Rohfassung und in dem Notizbuch, das wir ihr für das Tagebuch, das wir mitgenommen hatten, geben mussten.»

«Warum überträgt sie die Informationen überhaupt?», fragte Trevor.

«Weil sie alles, was sie beobachtet, in Kurzschrift festhält. Ich habe hier eine Kostprobe.» Sarah zog eine Mappe aus ihrem Ablagekorb und reichte sie Trevor.

«Ist das Steno?», wunderte sich Trevor.

«Nein, ihre eigene Kurzschrift. Sie hat mir alles erläutert. Das auf dem Kopf stehende V ist Mr. Piper, das A der Zeitungsjunge, das Quadrat Mr. Howells und der Kreis Mrs. Howells.»

«Ist Ihnen klar, dass irgendein armer Hund die ganze Rohfassung lesen, übersetzen und anschließend mit Mrs. Walshs Reinschrift abgleichen muss?»

«Ja, Sir.» Sarah seufzte resigniert.

«Veranlassen Sie, dass ein paar Constables sich daranmachen, die bisherigen Aussagen im Computer abzuspeichern, während Sie sich auf die Übersetzung konzentrieren. Doch zuvor leiten Sie diesen Schlüssel an die Spurensicherung weiter.» Er gab ihn Sarah. «Die sollen Alan Pipers Haus und Garten durchsuchen.»

«Das ist doch wohl nicht dein Ernst?», protestierte Peter.

«Alan hat mir den Schlüssel aus freien Stücken überlassen, als ich ihn darauf hinwies, dass ich einen Durchsuchungsbeschluss beantrage. Wenn du meinst, er hätte einen Fehler gemacht, steht es dir selbstverständlich frei, ihn eines Besseren zu belehren.»

Peter schüttelte den Kopf.

«Und wenn die von der Spurensicherung von mir wissen wollen, worauf sie achten sollen, Sir?», fragte Sarah.

«Sagen Sie den Jungs dort, sie werden schon schnallen, was wichtig ist und was nicht. Ich muss jetzt mit Mrs. Walsh sprechen. Haben Sie nicht erwähnt, sie wäre ans Haus gefesselt?»

«Richtig, Sir.»

«Rufen Sie dort an und geben Sie ihr Bescheid, dass wir kommen.»

«Wir?» Peter sprang auf.

«Chris begleitet mich.»

Obwohl Peter enttäuscht war, erhob er keine Einwände. «Und was ist mit Alan?»

«Spendier ihm noch einen Kaffee. Ich beeile mich.»

KAPITEL ZEHN

Chris fuhr im Schritttempo in die Sackgasse. Die Straße wirkte in der Mittagshitze wie ausgestorben. Trevor, der auf dem Beifahrersitz saß, ließ das Fenster herunter. In den Gärten hinter den Häusern herrschte Totenstille. Nur das entfernte Rattern eines Hubschraubers war zu hören und irgendwo das Geräusch eines Rasenmähers.

«Kaum ist der Frühling ausgebrochen, mäht Mrs. Walshs Sohn den Rasen», meinte Chris, als er vor das Haus am Ende der Sackgasse fuhr.

Trevor stieg aus, wandte Mrs. Walshs Haus den Rücken zu und schaute die Straße hinunter.

«Ich würde nur zu gern wissen, ob sie extra in dieses Haus gezogen ist, weil man von hier aus alle Nachbarn ausspionieren kann.» Chris schloss die Autotür ab.

«Könnte schon sein. Oder sie hat sich dieses Hobby erst zugelegt, als sie die eigenen vier Wände nicht mehr verlassen konnte.» Trevor drehte sich um und nickte Mick Walsh zu, der sofort den Rasenmäher ausschaltete.

«Guten Tag, Constable Brooke», grüßte Mick in dem schleppenden Tonfall eines Gehirngeschädigten.

«Hallo, Mr. Walsh. Schöner Tag zum Rasenmähen.»

«Sie sagen es.»

«Aber ziemlich anstrengend bei der Hitze.»

«Seit meinem Unfall rät mir die Ärztin ständig, mich zu beschäftigen, um fit zu bleiben. Sie behauptet, körperliche Anstrengung wäre gut für den Muskelaufbau.»

«Und ... trifft das zu?», fragte Trevor. Mrs. Walshs Sohn redete und bewegte sich wie ein Mensch mit einer geistigen Behinderung.

«Ich denke schon.» Voller Stolz spannte Mick Walsh, der die Statur eines Bodybuilders hatte, die Oberarmmuskeln an. «Jemand hat angerufen und gesagt, Sie möchten nochmal mit meiner Mutter reden.»

«Richtig. Ist sie im Haus?», fragte Chris.

«Seit Mrs. Howells gefunden wurde, schläft sie sehr schlecht. Da sie ein schwaches Herz hat, nimmt diese Sache sie ziemlich mit.»

«Ich bin Inspector Trevor Joseph, Mr. Walsh», stellte Trevor sich vor, was längst überfällig war. «Ich werde Ihre Mutter nicht über Gebühr strapazieren. Wir müssen nur ein paar Punkte abklären, die sie in ihrem Tagebuch vermerkt hat.»

«Heißt das, dass Ihnen Mutters Tagebuch die Arbeit erleichtert?»

«Jede Zeugenaussage ist für uns von Nutzen, Mr. Walsh. Auch wenn sie uns nur hilft, potenzielle Verdächtige von unserer Liste zu streichen.»

«Mum meinte immer, die Leute würden irgendwann schon begreifen, wie wichtig so ein Tagebuch ist.» Mick Walsh öffnete die Tür und rief: «Mum! Die Polizei ist da.»

Mrs. Walsh saß in ihrem Sessel vor dem Wohnzimmerfenster. Trevor vermutete, dass sie bereits das Kennzeichen des Dienstwagens und die Uhrzeit ihres Eintreffens notiert hatte.

«Brauchen Sie mich noch?», fragte Mick.

«Nein.»

«Möchten Sie Tee und Kekse? Um diese Uhrzeit mache ich für meine Mutter immer Tee.»

«Danke, wir nehmen Ihr Angebot gern an», antwortete Trevor.

Mrs. Walshs Sessel war so positioniert, dass sie die ganze Straße und die Häuser und Gärten ihrer Nachbarn im Blickfeld hatte. Auf einem kleinen Beistelltisch lag ein Fernglas.

«Mrs. Walsh, ich möchte mich dafür bedanken, dass Sie uns bei unserer Ermittlung in diesem Mordfall so tatkräftig unterstützen. Ich bin Inspector Trevor Joseph.»

«Nett, Sie kennenzulernen, Inspector.» Sie drehte den Kopf so langsam, als bereite die Bewegung ihr große Schmerzen. Als sie ihn durch ihre Brillengläser musterte, war Trevor heilfroh, dass er sich für ein Reihenhaus am Meer entschieden hatte. Einer seiner Balkone ging auf den Strand hinaus, und wenn einen jemand von dort aus beobachtete, merkte man das sofort, während Mrs. Walsh, die hinter ihrer Jalousie lauerte, von der Straße aus nicht zu sehen war. «Sind Sie der Kriminalbeamte, der diese Ermittlung leitet?»

«Ja.»

Aufgrund ihrer blaugetönten Brillengläser konnte Trevor Mrs. Walshs Blick nicht deuten, aber da er von ihrer voyeuristischen Neigung wusste, fühlte er sich in ihrer Gegenwart unbehaglich.

«Diese nette junge Dame, die hier war ...»

«Constable Merchant.»

«Genau. Sie ist in Begleitung dieses jungen Mannes gekommen.» Mrs. Walsh zeigte auf Chris. «Die beiden machen einen sehr tüchtigen Eindruck.»

«Das trifft hoffentlich auch auf die anderen Mitglieder meines Teams zu», entgegnete Trevor.

«Nehmen Sie doch Platz, Inspector, Constable. Mick», rief sie durch die offene Tür. «Du bringst doch diese leckeren belgischen Schokoladenkekse, ja?»

«Aber sicher, Mum.» Mick schob einen altmodischen Servierwagen mit einer silbernen Teekanne, Porzellangeschirr und einer silbernen Keksschale herein.

«Milch, Zucker, Inspector?», fragte Mick.

«Weder noch. Danke.» In Wahrheit hatte Trevor nicht viel für Tee übrig und trank ihn nur selten. Fasziniert beobachtete er, wie der eins neunzig große und hundertdreißig Kilo schwere Mick Walsh wie eine gutgeschulte Kammerzofe agierte und seiner Mutter aufs Wort gehorchte. Peter, der auf «politische Korrektheit» pfiff, hätte sich sofort über Micks hündische Ergebenheit lustig gemacht.

«Mick, achte darauf, dass du die Tasse des Inspectors nicht zu voll machst, sonst läuft sie über. Gib ihm einen Teller und reich ihm die Kekse.»

Trevor nahm einen Schluck Tee und schüttelte den Kopf, als Mick ihm die Kekse anbot.

«Sind Sie sicher, Inspector? Sie sind nämlich sehr gut. Von Harrod's. Wir kriegen einmal pro Monat eine Lieferung. Constable, Sie nehmen Ihren Tee mit Milch und zwei Stück Zucker, oder?»

«Sie haben ja ein ausgezeichnetes Gedächtnis, Mrs. Walsh.»

«So ist es ... auch wenn das ein wenig überheblich klingen mag», räumte sie ein.

«Ihr Gedächtnis und Ihre Tagebücher sind der Grund unseres Kommens, Mrs. Walsh.» Trevor stellte seine Teetasse auf einen silbernen Untersetzer, den Mick Walsh für ihn auf den auf Hochglanz polierten Mahagonibeistelltisch gelegt hatte. Das Wohnzimmer war auf traditionelle Weise hübsch eingerichtet, mit Perserteppichen auf dem Holzboden und antiken Möbeln. Bei den Gemälden an der Wand handelte es sich nicht um Drucke, sondern um

Originale. Auf einmal fragte Trevor sich, wie Mrs. Walsh sich diesen Luxus leisten konnte.

«Du kannst deinen Tee in der Küche trinken, Mick», sagte Mrs. Walsh zu ihrem Sohn, als er sich setzen wollte. «Ich möchte nicht, dass du mir mit deinen dreckigen Arbeitsklamotten die Polster versaust.»

«Ja, Mum», gab Mick kleinlaut bei und verschwand aus dem Raum.

«Wenn die Polizisten uns verlassen, kannst du hier abräumen. Bei diesen Temperaturen darf man die Milch und die Schokokekse nicht allzu lange draußen stehen lassen.»

«Das Abräumen kann ich übernehmen, Mrs. Walsh», bot Chris an.

«Das ist wirklich nicht nötig, Constable. Nun, Inspector», wandte sie sich an Trevor, als würde sie selbst die Befragung leiten. «Wie kann ich Ihnen helfen?»

«Ich habe Ihre Eintragungen von dem Tag gelesen, an dem Kacy Howells ermordet wurde, Mrs. Walsh. Constable Merchant hat mich darauf hingewiesen, dass Sie zuerst eine Art Rohfassung erstellen und diese anschließend ins Tagebuch übertragen?»

«Richtig, Inspector. Wenn ich das nicht täte, könnte niemand meine Aufzeichnungen lesen.»

«Sie möchten, dass sie gelesen werden?» Trevor überlegte, ob die Frau mit dem abwegigen Gedanken spielte, ihre Notizen zu veröffentlichen.

«Wer weiß? Vielleicht eines schönen Tages. Ich bin natürlich keine Berühmtheit oder Politikerin, aber mein Tagebuch bildet unser Leben ab. Wie schwer es ist, einen Unfall zu akzeptieren, der von einem LKW-Fahrer verursacht wurde, der vierundzwanzig Stunden nicht geschlafen hat und außerdem nicht versichert war. Wie wir versuchen, mit den Folgen zurechtzukommen, die unsere Lebensqualität stark beeinträchtigen. Mein Sohn und ich leiden unter schweren und dauerhaften körperlichen Beeinträchtigungen, und ich musste darum kämpfen, überhaupt entschädigt zu werden. Hätte mein Ehemann keine Versicherung abgeschlossen ... er kam bei dem Unfall um ...»

«Das zu hören tut mir leid», meinte Trevor.

«... dann wäre Micks und meine finanzielle Situation äußerst schwierig. Aber das ist Schnee von gestern, Inspector. Was mein Tagebuch betrifft ... jeder, der es liest, wird erfahren, wie es ist, wenn man als behinderter Mensch im 21. Jahrhundert in einer kleinen Straße in einer britischen Vorstadt lebt. Leider existiert in Großbritannien kein Gemeinschaftsgeist mehr. Da ich immobil bin, brauche ich einen Zeitvertreib, und so schreibe ich dieses Tagebuch. Und an einem ruhigen Sommertag, wenn meine Nachbarn in den Ferien sind, lese ich hin und wieder ein, zwei Stunden meine alten Aufzeichnungen durch.»

Trevor warf einen Blick in die verlassene Straße und fragte sich, ob hier früher mehr los gewesen war.

«Als hier noch Kinder wohnten, ging es hier wesentlich lebhafter zu, Inspector. Doch die Kinder sind inzwischen erwachsen und weggezogen ... mit Ausnahme von meinem armen Mick. Und, glauben Sie mir, in der Vergangenheit konnte mit Hilfe meiner Tagebucheintragungen das eine oder andere Rätsel gelöst werden.»

«Ach ja? Das ist ja interessant.»

«Im Vergleich zu den Straftaten, mit denen Sie beruflich zu tun haben, waren das natürlich Lappalien. Doch vor zehn Jahren habe ich beobachtet, wie ein Junge die Windschutzscheibe eines neuen Audi ... er gehörte den

Leuten in Nummer acht ... einschlug. Und vor acht Jahren konnte ich den Burschen identifizieren, der aus dem Vorgarten von Nummer zwölf Sonnenblumen stibitzt hat. Da habe ich meine Nachbarn angerufen und ihnen die Namen der Übeltäter genannt.»

«Die Nachbarn waren Ihnen dafür zweifellos sehr dankbar.»

«Die Eltern der Jungs schämten sich so sehr, dass sie die Leidtragenden für die Untaten entschädigten.»

«Gäbe es mehr Menschen wie Sie, würde die Kriminalitätsrate in den Vorstädten beträchtlich zurückgehen, Mrs. Walsh.» Trevor zog Stift und Block aus der Brusttasche. «Lassen Sie uns nochmal über den Tag sprechen, an dem der Mord verübt wurde. In Ihrem Tagebuch steht, dass Mr. Piper um halb fünf Uhr nachmittags nach Hause gekommen ist.»

«Um vier Uhr vierzehn, wenn ich mich recht entsinne.»

Trevor warf einen Blick in die Akte, die Sarah ihm gegeben hatte, und musste feststellen, dass Mrs. Walsh recht hatte.

«Mr. Piper hat vor seinem Haus geparkt, ging zu Judy Mason hinüber und schloss die Haustür auf. Ich glaube, sie hat ihm nach Joy Pipers Beerdigung einen Schlüssel überlassen. Solange Joy noch am Leben war, hat er immer geklingelt. Wenn ich mich recht entsinne, habe ich mich darüber gewundert, dass er ihr Haus an diesem Nachmittag betreten hat. An diesem Wochentag geht Judy immer zum Friseur und lässt sich die Haare machen. Außerdem lässt sie sich die Nägel maniküren und gönnt sich eine kosmetische Gesichtsbehandlung.»

«Wie lange hat er sich in ihrem Haus aufgehalten?» Trevor war davon überzeugt, dass Mrs. Walsh die Namen der Pflegeprodukte kannte, die der Friseur verwendete, und dass sie auch ganz genau wusste, wie viel Geld Judy Mason in dem Salon liegen ließ.

«Fünf Minuten. Er sperrte ab, kontrollierte, ob die Tür auch wirklich zu war, überquerte die Straße und ging in sein Haus. Das steht alles in meinem Tagebuch.»

Trevor studierte die von Sarah markierten Stellen. «Wissen Sie zufällig, was er bei sich zu Hause gemacht hat?»

«Das kann ich von hier aus nicht erkennen, aber um zwanzig nach fünf kam er wieder heraus, schloss ab und fuhr weg. Ach ... und er hatte etwas bei sich.»

«Konnten Sie erkennen, was das war?»

«Nein, es war in Stoff eingewickelt und klemmte unter seinem Arm.»

«Als Mr. Piper auf die Straße kam, haben Sie da Mrs. Howells gesehen?»

«Nein, sie verbringt nicht viel Zeit in ihrem Vorgarten, was man ihm ja auch ansieht. Bei ihr halten sich Unkraut und Blumen die Waage, und der Rasen müsste dringend gemäht werden. Mrs. Howells betätigt sich nur auf dem hinteren Teil ihres Grundstücks und fällt Bäume, die ihr gar nicht gehören.»

«Haben Sie das mit eigenen Augen gesehen?»

«Ja, von meinem hinteren Garten aus. Dort sind das Schwimmbecken und der Whirlpool, Mick bringt mich manchmal hin. Der Doktor hat mir geraten, im Wasser Übungen zu machen und auf die Weise die Muskeln in meinen gelähmten Beinen zu benutzen. Nicht dass es viel helfen würde. Obwohl ich die meiste Zeit hier oder in meinem Schlafzimmer verbringe, höre ich diese Frau ständig. Von morgens bis spätnachts fuhrwerkt sie mit der elektrischen Säge herum oder hackt Holz. Normalerweise halte ich fest, wann sie anfängt und wieder aufhört. Ich bin mir sicher, dass es unzulässig ist, so einen Lärm zu machen.

Manchmal hat sie schon vor sechs Uhr in der Früh losgelegt und erst nach zehn Uhr abends ihr Treiben eingestellt.»

«Haben Sie gehört, ob sie am Tag, an dem sie umgekommen ist, auch im Garten gearbeitet hat?»

«Ja. Ich hatte Kopfschmerzen. Wenn Sie einen Blick auf meine Notizen werfen, werden Sie sehen, dass sie um acht Uhr morgens angefangen hat.»

George Howells hatte behauptet, er habe um halb acht mit den Kindern das Haus verlassen. Demnach hatte seine Frau also gleich nach seinem Verschwinden begonnen, auf dem Land des Farmers Bäume zu fällen. Er konsultierte abermals die Notizen. «Um dreizehn Uhr kehrte Ruhe ein.»

«Da tauchte der Paketbote auf. Sein Wagen stand eine Dreiviertelstunde vor ihrem Haus.»

«Und dann war wieder die Säge zu hören.» Trevor war endlich einen Schritt weiter. Jetzt konnte er den Todeszeitpunkt näher eingrenzen.

«Und so ging es bis fünf vor vier», beschwerte sich Mrs. Walsh.

«Genau.»

«Hilft Ihnen das weiter?»

Trevor hob den Blick von Sarahs Notizen. «Bis eben wussten wir nur, dass Kacy Howells irgendwann zwischen Mittag und acht Uhr abends gestorben ist. Ihre Angaben helfen uns, den Zeitraum einzugrenzen. Sind Sie sich ganz sicher, dass Sie Kacy Howells nach vier Uhr nicht mehr gehört haben?»

«Ziemlich sicher.»

«Haben Sie sonst noch etwas gehört?»

«Nein, ich habe nur gehört, wie Alan Piper und ein paar andere Nachbarn mit dem Wagen gekommen oder weggefahren sind. Irgendwann tauchte am unteren Ende der Straße ein Taxi auf. Der Fahrer hat eine ganze Weile gewartet oder vielleicht jemanden abgesetzt. Wer der Fahrgast war, konnte ich nicht erkennen, denn das Taxi parkte so, dass ich das nicht sehen konnte.»

«Um welche Uhrzeit war das?»

«Acht Minuten vor halb acht. Meiner Meinung nach müsste das in meinen Aufzeichnungen stehen.»

Trevor warf einen Blick in seine Unterlagen. Wie immer lag Mrs. Walsh mit ihrer Einschätzung richtig. «Ist Ihnen jemand aufgefallen, der sich dem Haus der Howells genähert hat?»

«Falls das Taxi jemanden bei den Howells abgesetzt hat, hätte ich den Betreffenden nur beim Verlassen des Hauses sehen können ... und das war nicht der Fall. Jedenfalls nicht, solange es hell war. Der Paketbote war der Letzte, der bei den Howells geläutet hat.»

«Und sonst hat sich niemand dem Haus der Howells genähert?», wiederholte Trevor seine Frage.

«Alan Piper war in seinem Haus. Ein hoher Zaun trennt sein Grundstück von dem der Howells. Er hat ihn errichtet, was ich ihm nicht verdenken kann. Wenn Sie mich fragen, war Kacy Howells geistesgestört. Ein normaler Mensch verhält sich nicht so wie dieses Frauenzimmer.»

Angesichts ihrer eigenen voyeuristischen Neigung fand Trevor Mrs. Walshs Kommentar gewagt.

«Ihre nette Kollegin, Constable Merchant, hat gerade meinen Garten betreten, Inspector. Und achtzehn Minuten bevor Sie und der Constable hier eintrafen, habe ich mitgekriegt, wie ein Team in weißen Anzügen Alan Pipers Haus betrat. Hat Mr. Piper Mrs. Howells auf dem Gewissen?»

«Jeder, der Mrs. Howells kannte, ist verdächtig, bis

wir den Täter gefunden haben, Mrs. Walsh. Wir müssen ganz unvoreingenommen ermitteln. Danke für den Tee, Mrs. Walsh.»

«Ja, vielen Dank, Mrs. Walsh», pflichtete Chris ihm bei. «Ich werde mal sehen, was meine Kollegin möchte.» Chris ging zur Eingangstür, wo Mick Walsh Sarah abgefangen hatte.

«Falls Sie nochmal einen Blick auf meine Tagebucheintragungen werfen möchten, wissen Sie ja, wo Sie mich finden, Inspector. Im Gegensatz zu meinen Nachbarn kann ich ja nicht aufstehen und mich aus dem Staub machen.»

«Wollen Sie damit andeuten, dass einer Ihrer Nachbarn den Mord begangen hat und abhauen will?», fragte Trevor die alte Dame.

«Wenn die Person, die Kacy Howells erschlagen hat, durch den Vordereingang gekommen wäre, hätte ich sie gesehen. Natürlich könnte der Täter auch ein Fremder gewesen sein, der durch den Wald gekommen und hinten über den Zaun geklettert ist. Dann hätte man ihn nicht gesehen ... es sei denn, Mick wäre gerade hinten im Garten gewesen oder der Farmer hätte just in dem Moment oben auf seinem Hügel gestanden.»

«Was meinen Sie damit, dass Kacy Howells ‹erschlagen› wurde?»

«In der Zeitung stand doch, dass sie mit einer Axt getötet wurde. Oder etwa nicht?»

Nicht zum ersten Mal regte Trevor sich darüber auf, wie offen seine Vorgesetzten während einer laufenden Ermittlung mit der Presse sprachen. «Kommt Ihrer Meinung nach ein bestimmter Nachbar als Mörder in Frage, Mrs. Walsh?»

«An Ihrer Stelle würde ich zuerst die Zusteller unter die

Lupe nehmen, die regelmäßig bei Kacy Howells vorbeischauten. Und, wenn ich es mir recht überlege, würde ich mir auch den Pfad ansehen, der dahinten durch den Wald führt. Fremde kennen ihn nicht, nur die Leute, die hier wohnen. Falls jemand von hinten in den Garten der Howells geschlichen ist, um Mrs. Howells zu töten, und danach auf gleichem Wege verschwunden ist, hat das wahrscheinlich keiner mitgekriegt.»

«Ich dachte, der Pfad befindet sich auf dem Land des Farmers. Ist dieses Gelände nicht eingezäunt?»

«Ja, aber die meisten Leute in dieser Straße können von ihrem Garten aus über den Zaun klettern. Als ich mich noch bewegen konnte, war der Zaun an mehreren Stellen lädiert.»

Trevor hörte, wie Chris und Sarah sich unterhielten. «Ich muss jetzt los, Mrs. Walsh. Danke, Sie haben mir sehr geholfen.»

«Gut zu wissen, dass ich in meinem Zustand noch jemandem behilflich sein kann. Auf Wiedersehen, Inspector.»

* * *

«Was gibt es?», fragte Trevor Sarah und Chris, als er zu ihnen stieß.

«Die Spurensicherung verlangt nach Ihnen, Sir. Sie sind hinter Alan Pipers Haus.»

Sie überquerten die Straße, traten durch Alan Pipers Tor, gingen um das Haus herum und erklommen ein paar Stufen, die in den Garten führten. Dort wartete der leitende Beamte schon voller Ungeduld auf Trevor.

«Hallo, Joseph. Wir haben uns schon lange nicht mehr gesehen.»

«Was haben Sie für mich?», wollte Trevor wissen.

«Wir haben ein Gerät eingesetzt, mit dem man Unregelmäßigkeiten im Erdreich nachweisen kann. Es hat auf eine mit Rindenmulch abgedeckte Stelle reagiert, und wir haben eine Jacke gefunden, die dort vergraben war.»

Trevor wich einen Schritt zurück und musterte einen Techniker in voller Schutzmontur, der vorsichtig eine fleckige Jacke aus der Erde hob.

«Ist das Blut?», fragte er.

Der Techniker hob den Blick. «Wir müssen erst noch ein paar Tests durchführen, Sir, aber dem Geruch nach zu urteilen, handelt es sich um Blut. Um sehr viel Blut.»

* * *

«Hat die Spurensicherung die Jacke fotografiert?», erkundigte sich Trevor, als Sarah in den Wagen stieg und Chris sich hinter das Steuer setzte.

«Ja, Sir. Da ich dachte, Sie wollten gleich ein paar Aufnahmen sehen, habe ich auch welche gemacht.» Sie beugte sich vor und gab Trevor, der auf dem Beifahrersitz Platz genommen hatte, eine Digitalkamera. «Sie können sich die Bilder jetzt anschauen. Die Fotos, die die Spurensicherung geschossen hat, werden uns ins Büro gemailt. Ich drucke sie aus, sobald sie da sind.»

«Ihre Effizienz versetzt mich immer wieder in Erstaunen. Danke.»

«Sie glaubt, dass sie auf die Weise noch vor mir befördert wird, Sir», sagte Chris und startete den Motor.

«Da liegt sie nicht ganz falsch», erwiderte Trevor halb im Ernst.

«Die Spurensicherung ist immer noch mit der Durchsuchung von Haus und Garten beschäftigt. Ich habe die

Mitarbeiter gebeten, sich bei uns zu melden, sobald sie etwas Interessantes entdecken. Sie haben versprochen, sich die Jacke vorzunehmen, sobald sie im Labor sind, aber es wird noch eine Weile dauern, bis sie uns Ergebnisse liefern können.» Sarah legte den Sicherheitsgurt an.

«Wenn ich im Lauf meines Lebens eines begriffen habe, dann, dass man die Spurensicherung nicht hetzen darf.» Trevor klappte die Sonnenblende herunter, als Chris losfuhr. Er warf einen Blick in den Spiegel, betrachtete im Wegfahren das Haus der Walshs und meinte zu sehen, wie sich hinter der Jalousie im Wohnzimmer etwas bewegte. Da Mick Walsh gerade den Rasenmäher in die Garage schob, ging Trevor davon aus, dass Mrs. Walsh sie – wahrscheinlich durch das Fernglas – beobachtete. Sein Blick wanderte vom Haus zu der freistehenden Garage.

«In der Garage der Walshs stehen eine Menge Kartons. Wissen Sie beide, was darin aufbewahrt wird?»

«Ja, Sir.» Chris drosselte am Ende der Straße das Tempo. «Mick hat mir die Papiere gezeigt. Die Walshs lagern dort Putzmittel für eine Reinigungsfirma. Sie nehmen die Chemikalien in Empfang und bewahren sie so lange auf, bis sie von den Mitarbeitern abgeholt werden. Da er und seine Mutter seit dem Unfall nicht mehr arbeiten können, verdienen sie sich auf diese Weise ein kleines Zubrot.»

«Ich will nur hoffen, dass sie dieses Einkommen dem Finanz- und Sozialamt melden.»

«Danach habe ich nicht gefragt, Sir.» Chris bog um die Ecke.

Fünf Minuten später gelangten sie auf die Hauptstraße, die ins Stadtzentrum führte, und nach weiteren zehn Minuten erreichten sie das Revier. Trevor würde nun Alan Piper abermals in die Zange nehmen müssen, was Peter garantiert nicht in den Kram passte. Der Gedanke an die bevorstehende Vernehmung behagte ihm gar nicht, zumal nicht davon auszugehen war, dass die Sache für Alan Piper gut ausging.

KAPITEL ELF

«Erkennen Sie dieses Kleidungsstück?» Trevor breitete die von Sarah ausgedruckten Fotos vor Alan Piper aus. Die Spurensicherung hatte die schlichte, ehemals beige- oder cremefarbene Regenjacke vor dem Fotografieren auf einer Plastikplane ausgebreitet. An einigen Stellen konnte man zwischen den Flecken noch die Originalfarbe erkennen, aber zu beiden Seiten des Reißverschlusses und an den Ärmeln war der Stoff dunkelrot eingefärbt. Trevor, der bei genauerem Hinsehen kleine, undefinierbare Klumpen auf dem Stoff entdeckte, hoffte, dass es sich dabei um Erde handelte und nicht um Kacy Howells' Hirngewebe.

Alan studierte die Aufnahmen. «Die könnte mir gehören.»

«Sie sind sich nicht sicher?» Eine beklemmende Stille machte sich breit, in der nur Alan Pipers gleichmäßige Atemzüge zu hören waren. Sarah, die reglos neben Trevor saß, wirkte sehr konzentriert.

Trevor musste an Peter denken, der im Zimmer nebenan das Verhör verfolgte und sich wahrscheinlich jedes einzelne Wort einprägte, das er und Alan wechselten.

«Ich hatte mal eine ganz ähnliche Freizeitjacke mit Reißverschluss. Hab sie vor ein paar Jahren bei Marks & Spencer gekauft und anscheinend irgendwann verloren, was allerdings kein großer Verlust war.»

«Und warum nicht?», wollte Trevor wissen.

«Ich besitze mehrere Jacken.»

«Sie verlieren ein Kleidungsstück, und es kümmert Sie nicht?»

«Als ich merkte, dass sie weg war, dachte ich, sie sei im Wagen, im Kofferraum, im Pub oder bei Judy. Die meisten Wege lege ich mit dem Auto zurück. Und wenn ich eine Jacke brauche, nehme ich einfach die nächstbeste.»

Trevor schaute zu Sarah hinüber und stellte zufrieden fest, dass sie sich einen Vermerk machte, bei der Spurensicherung nachzuhaken, wie viele Jacken Alan Piper besaß.

«Möchten Sie wissen, wo wir sie gefunden haben?», fragte Trevor.

«Ich gehe davon aus, dass Sie es mir gleich verraten werden.»

«Sie war in Ihrem Garten vergraben.»

«Vergraben ...?» Alan wurde blass um die Nase.

«Ist Ihnen denn nicht aufgefallen, dass dort Erde bewegt worden war?» Trevors Frage war ein bisschen unfair, denn laut Spurensicherung war der Fundort mit einer dicken Schicht Rindenmulch abgedeckt gewesen.

«Seit Joys Tod gehe ich nur noch selten in den Garten.»

«Aber an dem Abend, an dem Kacy Howells ermordet wurde, sind Sie im Garten gewesen», erinnerte ihn Trevor.

«Ich bin rausgegangen und dort herumgelaufen, weil ich sauer war, dass mich jemand ganz umsonst in die Wildnis gelockt hatte, und nicht, um Löcher auszuheben.»

«Dann können Sie uns also nicht erklären, wie diese Flecken, die wir für Blut halten, auf die Jacke gekommen sind, die Ihnen ‹gehören könnte›? Oder wer sie in Ihrem Garten vergraben hat?»

«Nein.»

«Und Sie haben auch keine Idee, wie ein Stück Kaugummi und ein Papiertaschentuch mit Ihrer DNA auf das Holzdeck der Howells gelangt sind?»

«Für meinen Geschmack sieht es ganz danach aus, als wollte jemand den Verdacht auf mich lenken und Beweisstücke streuen, damit alle denken, ich hätte Kacy Howells auf dem Gewissen», antwortete Alan betont sachlich.

Trevor zog ein paar Seiten, die Sarah aus Mrs. Walshs Tagebuch abgetippt hatte, aus einer Mappe und die Notizen, die er sich während der anderen Gespräche mit Alan gemacht hatte. «Ich möchte, dass Sie mir noch einmal ganz genau schildern, was Sie an dem Tag getan haben, an dem Kacy Howells getötet wurde.»

«Das habe ich Ihnen doch schon alles erzählt.»

«Wir müssen Ihren Tagesablauf noch einmal Punkt für Punkt durchgehen. Bleiben Sie bei Ihrer bisherigen Aussage, oder haben Sie ihr noch etwas hinzuzufügen?»

«Ich wüsste nicht, was ich noch sagen könnte.»

«Sie sind sich ganz sicher?»

«Ja, hundertprozentig.»

«Sie haben mit Peter Collins im Black Boar zu Mittag gegessen und sich gegen zwei Uhr nachmittags verabschiedet.»

«Richtig.»

«Hinterher sind Sie in Ihr Büro gefahren und haben dort bis halb fünf gearbeitet.»

«So in etwa. Auf die Minute würde ich mich allerdings nicht festlegen, denn ich richte mein Leben nicht nach der Stechuhr aus.»

«Danach sind Sie nach Connor's Lake gefahren. Sie haben nicht den kürzesten Weg, sondern die landschaftlich schönere Strecke gewählt, um dort jemanden zu treffen, der Sie im Büro angerufen und Ihnen angeboten hat, sich mit Ihnen zwischen sechs und neun Uhr abends zu treffen. Ob der Anrufer männlich oder weiblich war, können Sie nicht beurteilen.»

«Stimmt.»

«Und der Anrufer ist nicht aufgetaucht.»

Es war offensichtlich, dass Alan langsam der Geduldsfaden riss. «Das habe ich Ihnen alles schon erklärt.»

«Die Entfernung von Ihrem Haus bis zu Connor's Lake – oder ‹von Tür zur Tür›, wie Sie sich ausgedrückt haben – beträgt fünfundfünfzig Meilen.»

«Wenn Sie es sagen.»

«Vom Stadtzentrum aus müssten es schätzungsweise fünfundvierzig sein, wenn man – wie Sie – die Landstraße nimmt.»

«Kann schon sein.»

«Unter Berücksichtigung des Verkehrs, der zwischen sechzehn und achtzehn Uhr herrscht, und der Tatsache, dass Sie nicht die kürzeste Strecke gewählt haben, dürfte die Fahrt etwa anderthalb Stunden gedauert haben.»

«Das könnte hinkommen.»

«Und wieso sind Sie dann erst um sieben Uhr am verabredeten Treffpunkt eingetroffen, obwohl Sie das Büro gegen halb fünf verlassen haben?»

«Wahrscheinlich habe ich mich einfach verschätzt, und außerdem sind die Schotterwege, die um den See herumführen, ziemlich schmal.»

«Dann geben Sie also zu, dass Ihre Angaben nicht ganz der Wahrheit entsprechen?»

«Mich beschäftigte ein persönliches Problem, und da habe ich nicht so sehr auf die Zeit geachtet.»

«Was für ein Problem war das?»

«Ich hatte einen Streit mit einer Freundin, aber das hat überhaupt nichts mit Kacy Howells' Tod zu tun.»

Trevor beschloss, auf dieses Thema fürs Erste nicht näher einzugehen, speicherte die Information allerdings in seinem Gedächtnis ab. «Um wie viel Uhr sind Sie am See eingetroffen?»

«Das weiß ich nicht mehr.»

«Sie müssen doch einen Blick auf die Uhr geworfen haben, als Sie dort eintrafen, zumal der Anrufer Sie dort zwischen sieben und neun treffen wollte.»

«Kann sein, dass ich das getan habe», räumte Alan ein, «aber ich erinnere mich nicht daran. Vermutlich habe ich mich nur vergewissert, dass ich zur rechten Uhrzeit am rechten Ort war.»

«Sie sind direkt vom Büro zum See gefahren?»

«Ja ... nein.» Er zögerte. «Ich habe noch kurz bei mir daheim vorbeigeschaut.»

«Und wieso haben Sie uns das nicht schön früher erzählt?»

«Weil es mir entfallen war und ich es nicht für wichtig hielt. Ich wollte meinen Schlafsack holen, denn ich wusste ja nicht, wann und ob mein Informant auftauchen würde. Da ich nicht wusste, ob wir gemeinsam noch an einen anderen Ort fahren würden, wollte ich für alle Eventualitäten gerüstet sein. Und nur, damit Sie's wissen ... ich war nicht lange zu Hause.»

«Sie haben um Viertel nach vier vor Ihrem Haus geparkt», informierte ihn Trevor.

Alan musterte Trevor fassungslos. «Das hätte ich mir denken können. Mrs. Walshs berühmt-berüchtigtes Tagebuch.»

«Sie wissen, dass sie ein Tagebuch führt?»

«Und alles notiert, was sich in unserer Straße tut? Ja. Jeder, der dort wohnt, weiß Bescheid. Sie beobachtet alles und jeden. Als im Viertel noch Kinder wohnten, hat sie andauernd das Fenster aufgerissen und sie angebrüllt, wenn sie etwas machten, das ihr gegen den Strich ging.»

«Wollen Sie damit andeuten, dass Sie ihr Tun nicht gutheißen?»

«Obwohl Joy und ich keine Kinder hatten, sehe ich – wie viele andere auch – das, was Mrs. Walsh treibt, äußerst kritisch.»

«Geht es auch etwas konkreter?»

«Höflich gesagt, halte ich sie für eine Voyeurin.»

«Aber Sie geben zu, dass Sie an dem Tag, an dem Kacy Howells mit einer Axt erschlagen wurde, um Viertel nach vier vor Ihrem Haus geparkt haben?»

«Wenn Mrs. Walsh das behauptet, wird es schon stimmen. Diese Frau irrt sich nie.»

«Bei einer früheren Befragung haben Sie gesagt, Sie hätten an diesem Tag um halb fünf Ihr Büro verlassen.»

«Und ich habe Ihnen auch erzählt, dass ich mein Leben nicht nach der Stechuhr ausrichte.» Alan bemühte sich, seine Anspannung zu verbergen und ganz ruhig zu antworten, doch es gelang ihm nicht so ganz.

«Sie haben vor Ihrem Haus geparkt, sind ausgestiegen und zu Judy Masons Haus hinübergegangen.»

«Judy war nicht daheim.»

«Was Sie nicht daran gehindert hat, ihr Haus zu betreten.»

«Nach Joys Tod hat sie mir einen Schlüssel gegeben. Wenn sie weg ist, schaue ich dort nach dem Rechten und leere den Briefkasten.»

«Hat sie auch einen Schlüssel zu Ihrem Haus?»

«Nein, aber ich fahre ja auch selten weg.»

«Judy Mason war an diesem Nachmittag nicht verreist.»

«Stimmt.»

«Wie lange haben Sie sich in Judy Masons Haus aufgehalten?»

«Was weiß ich?», echauffierte sich Alan. «Ein paar Minuten. Vielleicht auch etwas länger.»

«Fünf, um genau zu sein.»

«Na schön, dann war ich eben fünf Minuten in Judys Haus.»

«Wussten Sie, dass sie außer Haus war?»

«Ja. Normalerweise geht sie an diesem Tag zum Friseur. Haben Sie mit ihr darüber gesprochen?»

«Nein.»

Alan schüttelte den Kopf. «Dann wissen Sie von Mrs. Walsh, dass Judy an diesem Tag immer zum Friseur geht.»

«Wenn Sie wussten, dass sie nicht da ist, warum sind Sie dann in ihr Haus gegangen?», hakte Trevor nach.

«Wir hatten am Abend zuvor eine Meinungsverschiedenheit, und ich wollte das wieder einrenken.»

«Worüber haben Sie sich gestritten?»

«Meine Beziehung zu Judy Mason hat nichts mit Kacy Howells' Tod oder meinem Zwist mit den Howells zu tun ...»

«Ich würde Ihnen dringend raten, angesichts der uns vorliegenden Beweise und der falschen Angaben, die Sie gestern gemacht haben, in sich zu gehen, ehe Sie weitersprechen. Möchten Sie jetzt vielleicht einen Anwalt hinzuziehen?», fragte Trevor.

«Nein. Ich kann Besseres mit meinem Geld anfangen, als es für einen Anwalt rauszuschmeißen.» Alan faltete die Hände und beugte sich vor. «Judy und ich sind befreundet. Sie ist seit vier Jahren geschieden und möchte mehr als nur eine Freundschaft. Ich bin noch nicht über den Tod meiner Frau hinweg und brauche mehr Zeit. Deshalb sind Judy und ich aneinandergeraten. Und aus diesem Grund habe ich gestern für sie ein paar Pralinen in der Stadt besorgt und sie als Zeichen der Versöhnung auf ihren Wohnzimmertisch gelegt.»

Sarah schrieb wieder eifrig mit, um sich Alans Geschichte später von Judy Mason bestätigen lassen zu können.

«Sie brauchten geschlagene fünf Minuten, um eine Schachtel Pralinen in Judy Masons Wohnzimmer zu deponieren?»

«Ich hatte eine Karte gekauft und brauchte einen Moment, um zu überlegen, was ich ihr schreiben sollte.»

«Und nachdem Sie die Karte geschrieben und die Pralinen ins Wohnzimmer gebracht hatten ...»

«Wo wir schon so pedantisch sind ... ich habe sie neben die Fernbedienung auf dem Wohnzimmertisch gelegt, damit sie die Pralinen auch ganz bestimmt findet.»

«Auf den Tisch, neben die Fernbedienung», wiederholte Trevor. «Sie haben Judy Masons Haus verlassen, die Haustür abgeschlossen und sind anschließend zu sich nach Hause gegangen. Wie lange haben Sie sich dort aufgehalten?»

«Zehn Minuten, hätte ich gedacht, aber da Sie mir gerade erzählt haben, wie lange ich bei Judy war, waren es wohl eher zwanzig Minuten.»

«Und was haben Sie dann gemacht?»

«Was ich immer tue, wenn ich daheim bin. Ich habe nachgesehen, ob jemand ein Nachricht auf dem Anrufbeantworter hinterlassen hat, und ...»

«Gab es welche?»

«Wie bitte?» Alan starrte Trevor verständnislos an.

«Nachrichten auf Ihrem AB? Ist ja noch nicht so lange her, oder?»

«Mir kommt es vor, als läge es eine Ewigkeit zurück», meinte Alan.

«Waren Nachrichten auf Ihrem Anrufbeantworter?», wiederholte Trevor seine Frage.

«Ja, aber nichts Dringendes. Neben dem Telefon liegt ein Block, und ich habe mir notiert, wer angerufen hat. Ein alter Freund hatte sich gemeldet und einen Squash-Termin abgesagt.»

«Sie spielen Squash?»

«Offensichtlich, sonst wären wir ja nicht verabredet gewesen. Soweit ich mich entsinne, waren da noch weitere Nachrichten. Wenn Sie mehr erfahren wollen, werfen Sie einen Blick auf den Notizblock im Wohnzimmer.»

«Was haben Sie anschließend gemacht?», fuhr Trevor drängend fort.

«Ich bin nach oben gegangen und habe – wie schon gesagt – den Schlafsack geholt. Hinterher habe ich meinen Computer eingeschaltet und einen Blick in mein E-Mail-Postfach geworfen.»

Sarah hielt Alans Ausführungen akribisch fest. Der Hinweis auf den Computer war wichtig, da dort alle Aktivitäten samt Uhrzeit gespeichert wurden.

«Waren E-Mails in Ihrem Postfach?»

«Größtenteils Spam, aber auch ein paar von Freunden, die im Ausland arbeiten.»

«Wie viel Zeit haben Sie am Computer verbracht?»

«Das kann ich nicht so genau abschätzen. Nachdem ich in mein Postfach geschaut hatte, habe ich die Online-Nachrichten überflogen und ein bisschen recherchiert, doch ich kannte schon alles, was über die vermisste Schönheitskönigin im Netz stand. Danach habe ich mit dem Schlafsack das Haus verlassen, die Tür zugesperrt, bin in den Wagen gestiegen und weggefahren.»

«Und Sie denken, dass Sie etwa zwanzig Minuten lang in Ihrem Haus waren?»

«Ganz sicher bin ich mir da nicht. Ich habe ja schon gesagt, dass ich nicht nach der Stechuhr lebe.»

«Laut Mrs. Walsh haben Sie Ihr Haus um zwanzig nach fünf verlassen. Das heißt, Ihr kurzer Zwischenstopp dauerte einundvierzig Minuten.»

«Na, wenn man Spaß hat, vergeht die Zeit eben wie im Flug.»

Nach Trevors Dafürhalten war dies unter den gegebenen Umständen selbst für einen Verwandten von Peter eine ziemlich unpassende Bemerkung.

«Und haben Sie – während Sie zu Hause waren – auch Ihren Garten betreten?»

«Nein.»

«In diesem Punkt scheinen Sie sich aber ziemlich sicher zu sein.»

«Stimmt. Ich habe die Terrassentür nicht geöffnet.»

«Als Sie in Ihre Straße einbogen, haben Sie da bemerkt, ob Kacy Howells gesägt oder Holz gehackt hat?»

«Da sie das immer macht, wäre mir das nicht weiter aufgefallen.»

«Aber wenn Sie etwas gehört hätten, wären Sie davon ausgegangen, dass sie den Lärm veranstaltet.»

«Bestimmt, denn sonst gibt es ja niemanden bei uns, der andauernd Bäume fällt.»

«Sie observieren die Howells?»

«Ich habe damit angefangen, als sie mich bestohlen hatten, aber all das habe ich Ihnen doch schon gestern erzählt. Und ich habe mich vorhin auch bereit erklärt, Ihnen eine Kopie meiner Notizen zu überlassen.»

«Ihre Notizen befinden sich auf Ihrem Computer?»

«In einer Datei namens ‹Das Treiben der Howells›.»

«Haben Sie etwas dagegen, wenn wir Ihren Computer durchsuchen, Mr. Piper?», fragte Trevor und warf Sarah einen kurzen Blick zu.

«Überhaupt nicht.»

Trevor nickte Sarah zu. «Wir unterbrechen an dieser Stelle die Befragung.»

«Gern, Sir.» Sie verließ den Raum.

Trevor lehnte sich zurück und schaltete den Kassettenrecorder aus. «Möchten Sie noch einen Kaffee?», fragte er Alan.

«Nein, danke. Ich habe schon genug Kaffee getrunken.»

«Dann vielleicht ein Glas Wasser und ein Sandwich?»

«Wie lange soll das hier noch so weitergehen?»

«Das liegt ganz bei Ihnen, Mr. Piper», meinte Trevor und blätterte die Akte durch, «aber ich schätze, es wird noch eine Stunde dauern.»

«In dem Fall nehme ich ein Sandwich.»

«Ich werde jemanden bitten, Ihnen eins zu bringen.»

Wie Trevor erwartet hatte, wartete Peter vor der Tür und stürzte sich auf ihn, kaum dass er die Tür geschlossen hatte.

«Du kannst es Alan doch nicht verübeln, dass ihm entfallen war, dass er vor seiner Fahrt nach Connor's Lake nochmal zu Hause vorbeigeschaut hat. Schließlich konnte er ja nicht ahnen, dass er später darüber Rechenschaft ablegen muss ...» Ein Blick auf Trevors ernste Miene ließ ihn mitten im Satz innehalten.

«Genau aus diesem Grund habe ich Sarah und nicht dich gebeten, der Vernehmung beizuwohnen.»

Sarah tauchte auf und sagte: «Ich habe Ihnen eine Tasse Kaffee gebracht. Sie steht auf Ihrem Schreibtisch, Sir.»

«Danke. Bitte veranlassen Sie, dass jemand ein Sandwich und ein Glas Wasser für Mr. Piper besorgt und es ihm in den Verhörraum bringt. Ein Kollege soll ihm Gesellschaft leisten. In zwanzig Minuten führen wir die Befragung fort. Und, Sarah ...»

«Ja, Sir.»

«Wenn wir wieder reingehen, bringen Sie doch bitte eine Ausgabe des Pornohefts und die Fotos von dem Sexspielzeug mit, das wir im Schuppen der Howells gefunden haben.»

«Wird gemacht, Sir. Die Spurensicherung hat vor ein paar Minuten angerufen und uns das vorläufige Ergebnis der Tests durchgegeben, die sie an der Jacke aus Alan Pipers Garten gemacht haben. Das Blut stammt von Kacy Howells, und in einer Innentasche der Jacke war ein Briefumschlag, auf dem Alan Pipers Adresse steht.»

Peter folgte Trevor in dessen Büro. «Wirst du Alan verhaften?»

«Was würdest du denn tun angesichts der Beweise, die wir zusammengetragen haben?»

«Ihn verhaften», antwortete Peter, ohne zu zögern.

* * *

Als Trevor und Sarah in den Verhörraum zurückkehrten, unterhielten sich Alan Piper und Chris über die heimische Fußballmannschaft. Trevor fragte sich, ob die Constables sich in erster Linie für Sport interessierten, damit sie während einer Vernehmung ein unverfängliches Thema hatten, über das sie zwischendurch plaudern konnten.

Er legte die Mappe, die Sarah ihm gegeben hatte, auf den Tisch. Chris nahm das Tablett, verließ den Raum und schloss die Tür hinter sich, während Trevor und Sarah Platz nahmen.

«Können wir fortfahren?»

«Je schneller wir das hier hinter uns bringen, desto besser.»

Trevor schaltete den Recorder ein, nannte die Uhrzeit, schlug die Mappe auf, zog die Fotos von dem Sexspielzeug heraus und reichte sie Alan. «Ich lege Mr. Piper die Fotos A1, A2, A3 und A4 vor», verkündete er. «Fällt Ihnen dazu etwas ein, Mr. Piper?»

«Stattliche Sammlung.»

«Haben Sie irgendeinen dieser Gegenstände schon mal gesehen?»

«Das ist eine Suggestivfrage.» Alan entging nicht, wie ernst Trevor dreinschaute, und gab sich plötzlich genauso förmlich wie sein Gegenüber. «Ich habe den einen oder anderen Gegenstand schon mal gesehen, aber nie so viele auf einem Haufen.»

«Und wie steht es damit?» Trevor schlug das Heft auf, drehte es um und zeigte Alan Kacy Howells' Anzeige.

Alan wurde ganz blass um die Nase.

«Nach Ihrem Gesichtsausdruck zu urteilen, denke ich, dass Sie diese Anzeige nicht zum ersten Mal sehen, Mr. Piper.»

«Richtig.»

«Wann sind Sie darauf gestoßen?»

«Vor ein paar Tagen, als das Heft erschienen ist.»

«Haben Sie diese Zeitschrift abonniert, oder lesen Sie die Online-Ausgabe?»

«Weder noch.»

«Dann sind Sie also ganz zufällig darüber gestolpert?»

«Nein.» Alan hob den Kopf. «Da Sie es ja eh rausfinden werden, kann ich auch gleich reinen Tisch machen. Die Collage geht auf mein Konto. Ich habe die Anzeige geschaltet und die Kosten übernommen.»

«Wusste Kacy Howells darüber Bescheid?»

«Nein. Ich hoffte, sie auf diese Weise in Verlegenheit zu bringen und dazu bewegen zu können, das grauenvolle Deck und den Schuppen abzureißen.»

«Wie haben Sie für das Erscheinen der Anzeige bezahlt?»

«Ich habe in ihrem Namen eine Kreditkarte beantragt und meine Adresse angegeben in der Annahme, dass der Postbote sowieso nur auf die Anschrift schaut. Und so war es auch.»

«Mich interessiert, wie Sie an Kacy Howells' Geburtsdatum und ihre Kontoverbindung herangekommen sind?»

«Die Karte habe ich bei einer Bank beantragt, die horrende Gebühren verlangt, und darauf vertraut, dass man meine Angaben dort nicht richtig überprüft. Der Verfügungsrahmen ist relativ niedrig, so um die fünfhundert Pfund. Und mit dieser Karte habe ich dann alles bezahlt ... die Anzeige im Heft und in der Online-Ausgabe, die Exemplare, die am Arbeitsplatz der Howells kursierten, das Sexspielzeug, das ich ebenfalls online geordert habe und an die Adresse der Howells schicken ließ. Anschließend habe ich den Saldo ausgeglichen und die Karte vernichtet.» Er suchte Trevors Blick. «Ich hätte das nicht tun sollen, schon klar, aber ich war fuchsteufelswild. Kacy Howells hat Joy während ihrer letzten Wochen und Monate das Leben vermiest. Und ich war sauer, weil sie mich bestohlen hat. Es war allein ihre Schuld, dass ich paranoid wurde und all meinen Nachbarn misstraute.»

«Waren Sie so wütend, dass Sie Kacy Howells ermordet haben, Mr. Piper?»

«Nein.»

Trevor griff nach dem Telefon und nahm den Hörer

ab. «Constable Brooke, würden Sie bitte in Verhörraum drei kommen? Ich möchte, dass Sie und Constable Merchant Mr. Alan Piper seine Rechte vorlesen und dann offiziell Anklage gegen ihn erheben ... wegen Mordes an Kacy Howells.»

KAPITEL ZWÖLF

Sarah und Chris kamen in den Verhörraum. Dort saßen Trevor, Peter und Dan Evans an einem Tisch, auf dem Pappbecher mit kaltem Kaffee standen. Wie üblich spielte Peter mit einer Zigarre.

«Wir haben mit Mr. Pipers Anwalt gesprochen, Sir, und Anklage erhoben», meldete Sarah.

«Alan wird wahrscheinlich in U-Haft bleiben, denn ich kann mir nicht vorstellen, dass er gegen Kaution freikommt.» Peter erhob sich und lief vor dem Fenster auf und ab.

«Na, da habe ich noch so meine Zweifel», meinte Dan. «Da die meisten Gefängnisse überfüllt sind, könnte der eine oder andere Richter zugunsten Ihres Cousins entscheiden und ihn vorübergehend auf freien Fuß setzen.»

«Aber nur, wenn der zuständige Richter einer von diesen hirntoten Idioten ist, die sich immer nur zwischen ihren hübschen Häusern im Vorort und dem für sie reservierten Parkplatz beim Gericht bewegen. Würde einer von diesen Typen hin und wieder in die Innenstadt fahren, um seinen Horizont zu erweitern, würde er wahrscheinlich Strafen verhängen, die der Schwere des Vergehens angemessen sind», knurrte Peter.

«Man kann nicht alles haben. Richter, die harte Urteile fällen, machen keine Ausnahmen ... auch nicht bei Leuten wie Alan Piper. Und nur damit Sie's wissen, ich bin grundsätzlich dafür, dass jemand, gegen den Mordanklage erhoben wird, in Untersuchungshaft muss.» Dan stand ebenfalls auf. «Sie werden von dem Kacy-Howells-Fall abgezogen, Sergeant Collins. Ich brauche jeden Mann, den ich kriegen kann. Sie unterstützen mich von nun an bei meiner Ermittlung. Kommen Sie in mein Büro. Ich muss Sie auf den neusten Stand bringen.»

Peter sah keine Möglichkeit, sich Dans Entscheidung zu widersetzen. «Wird gemacht, Sir.» Er warf Trevor einen Blick zu. «Du hältst mich doch auf dem Laufenden, oder?»

«Unter der Voraussetzung, dass Dan keine Einwände hat. Und nur ganz informell.»

Dan nickte. «Treffen wir uns in einer Stunde im Pub auf einen Drink?»

«Falls nichts anderes dazwischenkommt.»

Kaum hatten Dan und Peter den Raum verlassen, wandte Trevor sich an sein Team. «Ich möchte nicht, dass Sie sich zurücklehnen und so tun, als wäre der Fall abgeschlossen, nur weil wir jemanden verhaftet haben. Wir brauchen mehr stichhaltige Beweise, sonst schmettert der Richter unseren Fall ab. Chris, gleich morgen früh suchen wir beide Kacys Vater auf und überprüfen sein Alibi. Falls nötig, vernehmen wir die Kirchenältesten.»

«Gut, Sir.»

«Wir treffen uns dort um neun. Sarah, Sie schnappen sich ein paar uniformierte Beamte und statten dem Amt, in dem die Howells arbeiten, einen Besuch ab. Ich will, dass all ihre Kollegen verhört werden. Und Sie knöpfen sich den Mann vor, mit dem Kacy Howells vor ihrer Heirat zusammengelebt hat ...» Trevor durchforstete sein Gedächtnis nach dem Namen ihres ehemaligen Lebensgefährten.

«John Evans, Sir?»

«Genau. Anschließend sprechen Sie nochmal mit dem Herausgeber des Pornohefts. Wir müssen überprüfen, ob Alan Pipers Angaben bezüglich der Kreditkarte zutreffen. Und dann gehen Sie noch zu der Bank, die die Kreditkarte ausgegeben hat.»

«Wird erledigt, Sir.»

«Chris, falls die Zeit nach der Befragung der Kirchenältesten noch reicht, schauen wir bei diesem Farmer vorbei und laufen den Weg ab, der – wie Mrs. Walsh meinte – zum Garten hinter dem Haus der Howells führt. Wenn jemand in der nächsten halben Stunde etwas von mir will, ich bin in meinem Büro. Sofern es Neuigkeiten gibt ...»

«... melden wir uns sofort bei Ihnen, Sir.» Sarah setzte sich an ihren Computer, und als Trevor an ihrem Arbeitsplatz vorbeiging, sah er, dass sie schon eine Liste von George Howells' Arbeitskollegen erstellte.

* * *

«Ein Bier?», fragte Dan, als Trevor ins Platform 10 kam und sich zu ihm an die Theke stellte.

«Gern.» Trevor schaute sich in dem Pub um, das gerappelt voll war. Viele Angestellte der umliegenden Büros und Geschäfte fanden sich um diese Zeit hier ein.

«Ein Bier ist immer drin, bevor man nach Hause geht und den Tag Revue passieren lässt», fand Dan.

«Und die Verantwortung den armen Streifenpolizisten überträgt, die die ganze Nacht im Stadtzentrum patrouillieren müssen. Prost», sagte Trevor und nahm einen Schluck aus dem Glas, das Dan ihm reichte. «Haben Sie heute Abend noch etwas vor?»

«Wieso fragen Sie?»

«Sie und Peter sind herzlich eingeladen, uns einen Besuch abzustatten. Lyn kann hervorragend improvisieren und ein paar Überraschungsgäste bewirten.»

«Seit Martys Geburt haben wir Lyns Gastfreundschaft schon viel zu oft in Anspruch genommen. Und sie improvisiert nie, sondern tischt immer Köstlichkeiten auf. Solange Sie mit dem Kacy-Howells-Fall beschäftigt sind, sollten Sie – wann immer sich die Gelegenheit bietet – Ihre knapp bemessene Freizeit mit Ihrer Familie verbringen. Peter und ich gehen nachher zu einem Inder und essen dort etwas. Ich habe ihn noch nicht ganz auf den neusten Stand gebracht. Viel zu berichten gibt es da allerdings nicht. Ich komme bei dieser Ermittlung einfach nicht weiter.»

«Davon lassen Sie sich doch nicht den Wind aus den Segeln nehmen.»

«Da die Zahl der Todesopfer täglich steigt, machen die da oben mir gehörig Druck.»

«Gab es heute wieder einen Toten?»

«Mittlerweile werden drei Personen vermisst, und sieben sind tot. Das letzte Opfer wurde gestern kaltgemacht», erklärte Dan.

«Wann begreifen die da oben endlich, dass dieser Drogenkrieg der Stadt eher nützt als schadet? Auf diese Weise lichten sich die gegnerischen Reihen», meinte Peter, als er sich zu ihnen gesellte. «Hier einen Parkplatz zu finden ist ja fast unmöglich. Hast du etwa heimlich einen Stellplatz angemietet, von dem ich nichts weiß?», fragte er Trevor stirnrunzelnd.

«Um diese Uhrzeit parke ich immer hinter der Bibliothek. Lyns Mutter hat dort eine Teilzeitstelle, und wenn sie den Platz nicht braucht, nutzen die anderen Familienmitglieder ihn.»

«Es gibt offenbar Leute, die mehr Glück als Verstand

haben.» Peter hob das Bierglas, das Dan ihm hingestellt hatte. «Auf die Glückspilze.»

«Unser Freund ist da», sagte Dan zu Peter.

Trevor warf einen Blick über die Schulter. «Sieh an, unser Lieblingsspitzel.»

«Na, meiner bestimmt nicht», gab Peter zurück. «Er hat mir gesteckt, dass Lofty nach dem vom Red Dragon in Auftrag gegebenen Mord nur so mit Kohle um sich geschmissen hat, und wollte dafür einen Riesen von mir.»

«Dabei wissen wir, dass die letzten vier Morde auf das Konto der Nape-Brüder gehen», erklärte Dan Trevor. «Zu dumm, dass wir das nicht beweisen können.»

«Peter, der Bursche ist im Anmarsch», warnte Trevor.

Peter stellte sich auf eine «zufällige» Kollision ein, doch Snaggy hustete nur, als er auf dem Weg zu dem Hof und den Toiletten an ihnen vorbeilief.

Dan machte einen freien Tisch aus und ließ sich auf einen Stuhl fallen. «Was haben Sie morgen auf der Agenda, Trevor?»

Während Trevor schilderte, was er und sein Team am nächsten Tag erledigen wollten, leerte Peter sein Bier. «Noch 'ne Runde?», fragte er Dan und Trevor.

«Für mich nicht. Ich habe Lyn versprochen, mit ihr zu Abend zu essen.»

«Nett von dir, mich daran zu erinnern, dass Daisy weg ist.»

«Das war gar nicht meine Ansicht. Und außerdem ... du gehst doch gern zum Inder.»

«Hat Dan das gesagt?»

«Ich wünsche euch beiden Junggesellen einen angenehmen Abend», verabschiedete sich Trevor. «Ich halte Sie auf dem Laufenden», sagte er zu Dan.

«Ja, ich weiß, dass Sie das tun ... im Gegensatz zu anderen Mitarbeitern.» Dan schob sein leeres Glas zu Peter hinüber.

«Morgen gebe ich einen aus.»

«Ich werde dich daran erinnern, Joseph.» Peter zückte seine Geldbörse.

«Ein Bier noch, und dann gehen wir was essen», sagte Dan zu Peter.

«Ich bin gleich wieder da.» Peter bestellte zwei Bier beim Barkeeper, zahlte im voraus und ging nach draußen.

«Er ist ein guter Bulle», stellte Trevor fest, als Peter außer Hörweite war.

«Anderenfalls wäre er nicht in meinem Team.» Dan verrückte seinen Stuhl, damit er die Tür im Auge behalten konnte.

* * *

Peter ging in die Herrentoilette, die jedoch leer war. Schließlich fand er Snaggy in einer Ecke des Raucherbereichs. Der Spitzel paffte eine Lambert & Butler. Peter stellte sich neben ihn und fischte eine Zigarre aus der Brusttasche.

«Haben Sie Feuer?»

Snaggy holte ein billiges Plastikfeuerzeug heraus und drehte am Rädchen. «Wo ist meine Kohle?», zischte er, als er Peter Feuer gab.

Peter blies die kleine Flamme aus. «Keine Ahnung, wovon du redest.»

«Ich habe Ihnen einen Tipp gegeben und will jetzt meine Belohnung.»

«Freundchen, du hast mich auf die falsche Fährte geführt. Die Nape-Brüder ...»

«Vergessen Sie die Nape-Brüder!» Snaggy senkte die Stimme, als ein Mann auftauchte, der die Herrentoilette suchte. «Lofty hat den Job im Vorort erledigt. Und es so gedeichselt, dass der Verdacht auf jemand anderen fällt.»

«Was ist denn in diesem Vorort passiert?», flüsterte Peter.

«Da wurde eine Frau mit einer Axt erschlagen. Obwohl ich Ihnen Lofty auf dem Silbertablett serviert habe, läuft er, soweit ich weiß, immer noch frei herum. Egal, das geht auf Ihr Konto und nicht auf meins. Ich habe geliefert und will jetzt endlich den Zaster sehen.»

«Wie hat er das denn angestellt?», fragte Peter und dachte an die Beweise, die die Spurensicherung entdeckt hatte und die ein schlechtes Licht auf Alan warfen.

«Er hat euch falsche Beweise untergejubelt.»

«Was für Beweise?»

«Lofty hat offenbar irgendetwas im Müll gefunden, was ihm nützlich erschien. Wenn Sie mehr wissen wollen, müssen Sie ein paar Scheine hinblättern.»

Peter zog an seiner Zigarre. «Danke für das Feuer, Kumpel.» Er musterte die beiden Männer, die aus dem Männerklo kamen und sich unterhielten. Da Peter nicht sagen konnte, ob einer der beiden ihn und Snaggy belauschte, ging er auf Abstand zu dem Spitzel, der sich jedoch nicht abschütteln ließ. Snaggy wartete, bis die Männer im Pub verschwanden, ehe er sich ganz dicht vor Peter aufbaute.

«Ich will jetzt, was mir zusteht», wisperte er.

«Warum sollte jemand Lofty dafür bezahlen, dass er eine Hausfrau im Vorort mit einer Axt erschlägt und die Sache einem anderen in die Schuhe schiebt?»

«Keine Ahnung, aber ich weiß, wer der Auftraggeber ist.»

«Jetzt spuck es endlich aus», drängte Peter.

«Der Red Dragon.»

«Sehe ich so aus, als wäre ich noch grün hinter den Ohren und ließe mich von jedem dahergelaufenen Spitzel verarschen?»

«Ich riskiere hier für euch Bullen mein Leben. Und ich will mein Geld sehen ... spätestens morgen.»

«Und was, wenn nicht?», provozierte ihn Peter.

«Ich habe Verbindungen.»

«Setz ruhig ein Kopfgeld auf mich aus, Freundchen, wenn du bald ins Gras beißen willst», drohte Peter.

«Sie sind doch ein Sergeant, oder?», ruderte Snaggy zurück. «Nur weil ich Sie seit Jahren mit Infos versorge, sind Sie die Karriereleiter hochgefallen ...»

«Bisher hast du mir immer genug Zeit gelassen, deine Tipps zu überprüfen.»

«So war es auch diesmal, oder?»

«Ich brauche aber mehr Zeit», herrschte Peter ihn an.

«Und was soll ich Ihrer Meinung nach machen, während Sie herumtrödeln?» Snaggy ballte die Hände zu Fäusten.

«Du kriechst in das Loch zurück, aus dem du gekommen bist, und übst dich in Geduld», riet ihm Peter.

Eine Frau, die an der Theke gestanden hatte, näherte sich und verschwand in der Damentoilette. Peter drückte seine Zigarre im Aschenbecher aus, packte den Stummel ein und sagte zu Snaggy: «Danke für das Feuer, Kumpel.»

* * *

«Was hat er verlauten lassen?» Dan spähte über den Rand der Speisekarte und musterte Peter. Wie er gehofft hatte, war mit Ausnahme der Kellner, die die Tische eindeckten, keine Menschenseele in dem Restaurant.

«Er hat davon gesprochen, dass eine Hausfrau in einem Vorort ermordet wurde ... das kann doch nur Kacy Howells sein, oder? Der Red Dragon hat den Mord in Auftrag gegeben, und Lofty hat ihn ausgeführt und am Tatort Beweismaterial hinterlassen, das einen Dritten belastet.»

Dan hob die Augenbrauen. «Und Sie kaufen ihm dieses Märchen ab?»

«Das habe ich nicht gesagt. Ich habe nur wiederholt, was Snaggy ausgeplaudert hat. Er war selbst für seine Verhältnisse ziemlich aufgekratzt. Wirkte ganz schön nervös, hat alle paar Minuten einen Blick über die Schulter geworfen, nach Kohle gefragt ...»

«Der schnöde Mammon steht bei Snaggy ganz oben auf der Liste. Nach dem, was er im Lauf der Jahre von uns gekriegt hat, müsste er längst Multimillionär sein.»

«Stimmt. Nur hätte er das Geld auf der Bank deponieren müssen und nicht für Heroin ausgeben dürfen.»

«Diesmal trägt er für meinen Geschmack ganz schön dick auf.» Dan schüttelte den Kopf. «Der Red Dragon soll ein Kopfgeld auf Kacy Howells ausgesetzt haben? Haben Sie ihn nach dem Grund gefragt?»

«Er meinte, den kenne er nicht. Er hat mir nur verraten, wer den Job übernommen hat, und machte dann dicht, weil Leute aufgetaucht sind. Kaum waren sie weg, hat er von mir verlangt, ihm morgen einen Riesen zu bringen, und mir sogar gedroht.»

«In kleinen Scheinen und in einer braunen Papiertüte, vermute ich?» Dan winkte den Kellner herbei. «Nehmen wir das Menü ‹Spezial› für zwei Personen?»

«Wenn Sie mich einladen, dann lieber Menü vier.»

«Das ist das teuerste.»

«Echt?» Peter grinste genüsslich.

* * *

Am nächsten Morgen verschwendete Trevor keine Zeit. Um halb zehn saßen er und Chris im Wohnzimmer der Jenkins. Trevor holte sein Notizbuch aus der Tasche, schlug es auf und sah zu Kacys Vater hinüber.

«Mr. Jenkins, am Tag, als Ihre Tochter ermordet wurde, haben Sie um vierzehn Uhr das Haus verlassen, um an einer Versammlung der Kirchenältesten teilzunehmen. Stimmt das?»

«Ja, Inspector», erwiderte Sam Jenkins. «Mir ist wirklich schleierhaft, inwiefern es Ihnen bei der Ergreifung des Mörders hilft, wenn Sie wissen, wo ich an jenem Tag war.»

«Bitte, Mr. Jenkins, vertrauen Sie mir. Wo Sie sich zu jenem Zeitpunkt aufgehalten haben, könnte außerordentlich wichtig sein.»

«Wieso das denn?», bellte der alte Mann.

«Mal angenommen, Sie haben Ihre Tochter des Öfteren besucht ...»

«Dem war nicht so. Das letzte Mal habe ich sie vor einem Monat gesehen ... wie Sie bereits wissen.»

Trevor ließ sich nicht aus dem Konzept bringen und stellte stur seine Fragen. «Sie haben das Haus um zwei Uhr verlassen. Sind Sie zu Fuß in die Kirche gegangen oder dorthin gefahren?»

«Zu Fuß. Wie meine Frau gestern bereits erwähnte, habe ich keinen Führerschein. Und ich bin nicht um zwei Uhr aufgebrochen. Da die Versammlung um zwei anfing und ich großen Wert auf Pünktlichkeit lege, bin ich um halb zwei losgegangen.»

«Wann sind Sie am Ziel eingetroffen?»

«Zehn Minuten später. Die Kirche ist nur eine Straße weiter.»

«Wieso sind Sie so früh aufgebrochen?»

«Weil ich Teewasser aufsetzen und mich darum kümmern wollte, dass genug Stühle aufgestellt wurden. Als stellvertretender Vorsitzender sehe ich es als meine Pflicht an, den Saal für die Treffen herzurichten.»

«Wie lange dauerte die Versammlung?»

«Bis vier Uhr.»

«Und anschließend haben ein paar von Ihnen die Kirche gestrichen.»

«Ja, die Malerarbeiten waren nötig.»

«Wie lange hat das gedauert?»

«Bis zehn Uhr abends. Hinterher habe ich einen der anderen Kirchenältesten, Matthew Clarke, nach Hause begleitet. Seine Frau ist vor kurzem gestorben, und er hat mich auf eine Tasse Tee eingeladen. Da ich wusste, dass er sich einsam fühlt, habe ich sein Angebot angenommen.»

«Wo wohnt Matthew Clarke?»

«Gleich neben der Kirche.»

«Um welche Uhrzeit haben Sie ihn verlassen?»

«Werfen Sie doch mal einen Blick in Ihre Notizen», herrschte der alte Herr ihn an.

«Gegen Mitternacht.»

«Ja», bestätigte Sam Jenkins.

«Haben Sie mehrere Tassen Tee getrunken?», fragte Trevor und blickte dem Mann unverwandt in die Augen.

«Matthew hat noch ein paar Käsebrote gemacht, die wir gegessen haben. Währenddessen haben wir uns unterhalten.»

«Worüber haben Sie gesprochen?»

«Das weiß ich nicht mehr.»

«An irgendetwas müssen Sie sich doch erinnern, Mr. Jenkins», hakte Trevor geduldig nach.

«Hauptsächlich über Kirchenthemen.»

«Also über Dinge, über die Sie schon mit den anderen Kirchenältesten gesprochen hatten?»

«Ich entsinne mich nicht», erwiderte er aufgeregt. «Sie sollten den Kerl suchen, der meine Tochter auf dem Gewissen hat ...»

«Sind Sie, nachdem Sie Mr. Clarkes Haus verlassen haben, direkt nach Hause gegangen?», fiel Trevor ihm ins Wort.

«Wen hätte ich denn um diese Uhrzeit besuchen sollen?», entgegnete Sam Jenkins empört. «Nein, ich bin schnurstracks nach Hause.»

«Hat Mrs. Jenkins schon geschlafen?»

«Das wissen Sie doch.»

«Haben Sie das Protokoll von der Versammlung?»

«Nein. Der Vorsitzende lässt die handschriftlichen Notizen der Sekretärin von seiner Frau abtippen und verteilt bei der nächsten Sitzung Kopien.»

«Haben Sie eine Liste mit den Namen, Adressen und Telefonnummern der anderen Mitglieder?»

Mr. Jenkins rutschte nervös auf seinem Stuhl herum. «Schon möglich.»

«Sie sind sich nicht ganz sicher?»

«Ich brauche keine Liste.» Er tippte an seine Schläfe. «Ist alles hier drinnen abgespeichert.»

«Na, dann diktieren Sie uns bitte die Liste, Mr. Jenkins, damit wir Ihre Angaben überprüfen können.» Trevor fixierte den alten Herrn immer noch. «Zuerst Mr. Clarkes Adresse und Telefonnummer. Immerhin hat der Mann Sie ja zu sich nach Hause eingeladen und Ihnen Tee und Käsebrote serviert.»

* * *

Matthew Clarke war ein schmächtiges, runzliges Männchen, das an einen Gartenzwerg erinnerte. Er sprach sehr schnell, seine Worte sprudelten förmlich hervor, und er beantwortete Trevors Fragen, ehe dieser den Satz beendet hatte. Trevor konnte sich des Eindrucks nicht erwehren, dass Sam Jenkins ihn angerufen und darüber informiert hatte, dass die Polizei bei ihm vorbeischauen und ihn befragen würde.

«Das trifft zu, Inspector Joseph. Ich habe Sam Jenkins nach der Versammlung auf einen Tee eingeladen. Und obwohl es schon spät war, hat er sich bereit erklärt, mich zu begleiten. Ich habe Tee und Käsebrote gemacht, und wir haben geplaudert, nachdem wir der Kirche einen neuen Anstrich verpasst hatten, was dringend nötig war.»

Trevor fiel auf, dass er genau dieselben Worte verwendete wie Sam Jenkins. «Um welche Uhrzeit haben Sie die Kirche verlassen, Mr. Clarke?»

«Ziemlich spät. Muss nach elf gewesen sein. Wir haben uns unterhalten und Schach gespielt. Sam ist ein hervorragender Schachspieler und lässt sich ab und zu auf eine Partie mit mir ein, obwohl ich nicht mit ihm mithalten kann und immer verliere.»

«Wann hat er sich verabschiedet?»

«Nach dem Imbiss. Ich schätze, er ist etwa eine halbe Stunde geblieben.»

«Dann waren Sie also von zwei Uhr an, als die Versammlung losging, zusammen?»

«Genau, Inspector.»

«Um wie viel Uhr endete die Versammlung?»

Matthew Clarke schien sich plötzlich gar nicht wohl in seiner Haut zu fühlen. «Das kann ich nicht so genau sagen. Ich habe nicht auf die Uhr gesehen ... ähm, die Versammlung hat ziemlich lange gedauert.»

«Bis drei ... vier ... fünf ... sechs Uhr?», schlug Trevor ihm vor.

«Vermutlich bis sechs.»

«Und was haben Sie anschließend gemacht?»

Matthew Clarke fuhr sich mit dem Finger unter den Hemdkragen und versuchte ihn zu lockern, obwohl er schon ziemlich locker saß. «Da haben wir die Kirche gestrichen.»

«Von wie vielen Personen sprechen wir?»

«Wie bitte?»

«Wie viele von Ihnen sind da geblieben, um die Kirche zu streichen?», fragte Trevor.

«Sechs oder sieben. So genau weiß ich das nicht mehr. Jeder von uns war woanders zugange. Einer oder vielleicht sogar zwei von den Kirchenältesten waren oben auf der Empore.»

Trevor konsultierte wieder seine Notizen, die er sich während seines ersten Gesprächs mit Sam Jenkins gemacht hatte. *Nach dem Treffen sind ein paar von uns geblieben, um die Kirche zu streichen.*

«Könnten Sie mir die Namen der Betreffenden nennen?»

«Nein, das geht jetzt nicht», meinte Matthew Clarke und sprang auf. «Ich bin sehr beschäftigt und muss noch ein paar ...» Er legte eine kurze Pause ein. «... Briefe schreiben. Mich um die geschäftlichen Angelegenheiten meiner Frau kümmern, die vor kurzem von uns gegangen ist. Sie verstehen schon.»

«Mr. Clarke, ich habe den Eindruck, Sie mögen meine Fragen nicht und weigern sich, mir zu erzählen, was Sie und die anderen Kirchenältesten an dem Abend, als Kacy Howells umkam, gemacht haben. Bewahren Sie den Schlüssel der Kirche auf?»

«Ja ... nein, meine ich. Normalerweise habe ich ihn, aber der Vorsitzende ...»

Trevor suchte seinen Blick. «Sie wohnen gleich neben der Kirche, Mr. Clarke, da haben Sie für den Notfall sicher einen Ersatzschlüssel.»

«Ja, nur dass hier überhaupt kein Notfall vorliegt. Ich kann doch nicht jedem x-beliebigen Kerl einfach so den Schlüssel aushändigen, nur weil er danach fragt. Der Vorsitzende und die anderen Kirchenältesten werden das nicht akzeptieren ...»

«Sie sollen ihn ja nicht irgendeinem x-beliebigen Kerl geben, Mr. Clarke, sondern einem Polizeibeamten, der Sie im Rahmen einer Mordermittlung darum bittet.»

«Kacy Howells ist seit Monaten ... Jahren nicht mehr in der Kirche gewesen. Ich verstehe überhaupt nicht, was Sie dort zu finden hoffen ...»

Trevor streckte wortlos die Hand aus.

«Ihr Anliegen erscheint mir sehr ungewöhnlich», erklärte Matthew Clarke konsterniert. «Der Schlüssel wurde mir anvertraut, und ich muss zuerst die Erlaubnis des Vorsitzenden einholen ...»

«Bitte, tun Sie sich keinen Zwang an», ermunterte Trevor ihn und zeigte auf das Telefon.

«Um diese Tageszeit ist er nicht zu Hause.»

«Er ist bei der Arbeit?»

«Nein, er ist schon pensioniert.»

«Na, dann können Sie doch gar nicht wissen, ob er zu Hause ist oder nicht.» Trevor wartete geduldig, während Matthew Clarke beharrlich schwieg. «Wenn es Ihnen lieber ist, gehe ich jetzt aufs Revier, beantrage einen Durchsuchungsbeschluss, komme zurück und lasse mir von Ihnen den Schlüssel aushändigen, damit wir uns die Kirche ansehen können. Und sollten Sie sich dann immer noch weigern, werde ich mich gezwungen sehen, die Tür aufzubrechen. Ich muss Sie noch darauf hinweisen, dass ich das Recht habe, Sie festzunehmen, bis ich die Durchsuchungserlaubnis erhalte.»

«Dazu besteht überhaupt keine Veranlassung», gab Matthew klein bei.

«Hätten Sie nun die Freundlichkeit, mit uns nach nebenan zu gehen und die Kirche aufzuschließen?»

Matthew Clarke erhob sich, ging zu seinem Schreibtisch, öffnete eine Schublade und nahm einen Bund mit unterschiedlich großen Schlüsseln heraus. «Muss ich Sie begleiten?»

«Ganz wie es Ihnen beliebt.» Trevor steuerte auf die Haustür zu, und Chris folgte ihm. Kaum hatten sie das Haus verlassen, verriegelte Matthew Clarke die Tür.

«Gibt es hier viele Einbrüche?»

«Auch nicht mehr als anderswo in Großbritannien.»

Trevor, der den Blick über die von Reihenhäusern gesäumte Straße wandern ließ, konnte weder Graffiti noch andere Anzeichen von Vandalismus entdecken. «Scheint mir eine eher ruhige Gegend zu sein.»

«Der erste Eindruck kann täuschen, Inspector.» Matthew Clarke versuchte mit zitternden Händen die Kirchentür aufzuschließen.

«Darf ich Ihnen behilflich sein?» Trevor nahm ihm den Sicherheitsschlüssel ab, schloss auf und wollte die Tür aufstoßen, was ihm jedoch nicht gelang.

«Inspector, Sie kriegen die Tür nur auf, wenn Sie das zweite Schloss öffnen. Mit diesem Schlüssel hier.» Matthew deutete auf ein fünfzehn Zentimeter langes Exemplar.

Trevor steckte den Schlüssel in das entsprechende Loch und drehte zuerst ihn und dann den Sicherheitsschlüssel. Diesmal ließ die Tür sich öffnen. Dahinter befand sich eine höchstens drei Quadratmeter große Vorhalle. Trevor musste durch eine weitere Tür treten, um in die eigentliche Kirche zu gelangen. Eine Schiebetür trennte Kanzel und Orgel vom Kirchensaal.

«Es riecht gar nicht nach Farbe», bemerkte Trevor.

«Heutzutage gibt es Farben, die kaum riechen. Sie kosten etwas mehr ...»

«Und sie erfüllen ihren Zweck nicht?» Trevor fuhr mit dem Finger über die fleckigen und verschmutzten Wände. Neben den Kirchenbänken war überhaupt kein Anstrich mehr zu erkennen, sondern nur noch das blanke Mauerwerk.

Matthew lief rot an. «Wir haben darüber gesprochen, die Kirche zu streichen, und wollten ... die Farbe noch diese Woche kaufen ...»

«Mr. Clarke, ich muss Sie bitten, uns aufs Revier zu begleiten.»

Matthew Clarke sah aus, als würde er jeden Moment in Tränen ausbrechen. «Verhaften Sie mich etwa?»

«Fürs Erste nicht, Mr. Clarke. Aber dafür, dass Sie eine laufende Ermittlung behindert und eine Falschaussage gemacht haben, kann man Sie belangen. Sollten Sie darauf Wert legen, Ihre Aussage in Anwesenheit eines Rechtsbeistandes zu machen, können wir Ihren Anwalt informieren oder Ihnen einen besorgen. Constable Brooke, begleiten Sie Mr. Clarke bitte zum Wagen.»

«Ich muss noch absperren.»

«Das übernehme ich, Mr. Clarke.»

Trevor wartete, bis Chris und Matthew Clarke verschwunden waren, ehe er die Nummer des Reviers wählte und den diensthabenden Constable bat, Sam Jenkins zur Befragung aufs Revier zu schaffen.

KAPITEL DREIZEHN

«Wir haben Mr. Jenkins und Mr. Clarke in getrennte Verhörräume gebracht, Sir», verkündete Chris Brooke, ging zur Kaffeemaschine und schenkte sich eine Tasse ein.

«Sind die beiden sich über den Weg gelaufen?», wollte Trevor wissen.

«Ich habe Ihre Instruktionen haargenau befolgt.» Chris grinste süffisant.

«Nach Ihrer Pause kümmern Sie sich um die Durchsuchungsbeschlüsse, und sobald Sie die haben, stellen Sie Teams zusammen, die sich das Haus der Jenkins und das von Mr. Clarke vornehmen. Danach müssen wir die anderen Kirchenältesten aufsuchen und verhören.»

«Möchten Sie einen Kaffee, Sir?», erkundigte sich Chris.

«Gern.»

«Schwarz, ohne Zucker?»

«Ja.»

Chris schenkte Trevor eine Tasse ein und brachte sie seinem Vorgesetzten. Trevor saß schon am Computer, gab Clarkes und Jenkins' Aussagen ein und verglich sie miteinander.

«Woher wussten Sie, dass Sam Jenkins gelogen hat?» Chris zog sich einen Stuhl heran.

«Das wusste ich nicht, aber seine Schilderung dessen, was er an dem Tag gemacht hat, als seine Tochter ermordet wurde, hat mich irgendwie stutzig gemacht. Und ich fand es auch ziemlich merkwürdig, dass sechs oder sieben Männer nach einer zweistündigen Versammlung noch sechs Stunden den Pinsel schwingen. Die meisten Menschen, die sich bereit erklären, eine Kirche zu streichen, würden doch gleich morgens loslegen, anstatt zwei Stunden zu diskutieren, bevor sie sich an die Arbeit machen. Wenn man erst so spät anfängt, zieht sich die ganze Angelegenheit bis in den Abend. Außerdem glaube ich, dass Frauen, die mit Männern wie Sam Jenkins verheiratet sind, einer Generation angehören, die großen Wert darauf legt, dass Eheleute gemeinsam zu Abend essen.»

«Auf die Idee wäre ich nie gekommen.»

«Und das Timing haut auch nicht hin. Wie lange dauert es, ein paar Wände zu streichen?»

«Schätzungsweise ein paar Stunden, aber das kommt auf die Größe des Raumes an.»

«Sie haben die Kirche doch gesehen, und da sollen sechs oder sieben Männer zugange gewesen sein? Ich finde es eigenartig, dass weder Matthew Clarke noch Sam Jenkins genau sagen konnten, wie viele Personen an dieser Aktion beteiligt waren», überlegte Trevor.

«Lackieren dauert länger.»

«Stimmt. Aber die meisten Kirchen haben fleckige, getünchte Wände und alte, abgeschabte Bänke und Kanzeln, und nachdem Matthew Clarke uns endlich in die Kirche gelassen hatte, haben wir ja gesehen, dass es dort genauso aussah.»

«Dann hat Sie also wirklich nur das Timing und Sam Jenkins' ‹Tagesablauf› nachdenklich gestimmt?»

Trevor druckte eine Liste aus, auf der alle Unstimmigkeiten vermerkt waren, und schob seinen Stuhl zurück. «Meine Reaktion war rein instinktiv. Als junger Polizist hat man mir geraten, nicht auf meinen Instinkt zu vertrauen, doch je länger ich im Dienst bin und je älter ich werde, desto mehr verlasse ich mich auf ihn.»

«Was versprechen Sie sich denn von den Hausdurchsuchungen?», fragte Chris.

«Was wir uns immer davon versprechen, Constable», rief Dan, der gerade in den Raum kam. «Wir werden es erst wissen, wenn wir es sehen, und wenn wir es sehen, wissen wir es auch.»

«Aha.»

«Kann ich mich kurz mit Ihnen in meinem Büro unterhalten, Trevor?»

«Ich komme gleich rüber. Tun Sie mir bitte einen Gefallen, Chris. Dieser Ausdruck muss in die entsprechende Mappe zu dem anderen Beweismaterial. Und nachher erstellen Sie eine Liste mit den Namen und Adressen der anderen Kirchenältesten.»

Trevor ging in Dans Büro, wo Peter am Schreibtisch saß und gerade den Obduktionsbericht zu Kacy Howells überflog. Als Trevor hereinkam, hob er den Kopf.

«Wie ich hörte, hast du Kacys Vater und einen der Kirchenältesten zum Verhör vorgeladen.»

«Hier kann man auch nichts geheim halten», murmelte Trevor.

«Heißt das, dass Alan aus dem Schneider ist?»

«Nein. Das heißt nur, dass Kirchenälteste, die eigentlich die Gebote des Herrn beherzigen sollten, uns Märchen auftischen und nicht verraten, was sie wirklich an jenem Nachmittag gemacht haben, als der Mord verübt wurde. Wieso interessierst du dich für Kacy Howells' Obduktionsbericht? Soweit ich weiß, hat man dich von diesem Fall abgezogen.»

«Ja und nein.» Dan zwängte sich an Trevor vorbei, der an seinem Schreibtisch lehnte. «Snaggy hat Peter gestern

Abend geflüstert, Lofty wäre vom Red Dragon angeheuert worden, um irgendeine Hausfrau im Vorort zu ermorden.»

«Kacy Howells?», fragte Trevor und spähte zu Dan hinüber.

«Sie ist die Einzige, zu der diese Beschreibung passt.»

«Kaufst du Snaggy seine Geschichte ab?»

«Du bist doch derjenige, der immer darauf besteht, dass man jeder noch so abwegigen Spur nachgeht.» Peter warf den Bericht auf Dans Schreibtisch. «Und wenn du mich fragst ... ich halte Snaggys Geschichte für plausibel.»

«Weil sie dir besser in den Kram passt und du dir nicht vorstellen kannst, dass Alan Piper der Täter ist?», vermutete Trevor.

«Ich glaube nicht, dass Alan der Mörder ist, und falls du mir unterstellst, ich wäre voreingenommen, weil er mein Cousin und im Gegensatz zu meinen anderen Verwandten ein netter Bursche ist, liegst du vollkommen richtig.»

«Sie wurde mit einer Axt erschlagen, und das sieht mir nicht nach einem Profi aus. Gedungene Mörder benutzen normalerweise eher Messer oder Schusswaffen.» Trevor schnappte sich den Obduktionsbericht.

«Und was, wenn der wahre Mörder die Tat Alan Piper in die Schuhe schieben wollte?»

«Welchen Grund sollte er dafür haben?», gab Trevor zu bedenken.

«Da fallen mir ganz spontan ein halbes Dutzend Gründe ein. Erstens: Ihr schwuler Mann hat entdeckt, dass sie ihn betrügt, und jemanden dafür bezahlt, dass er sie aus dem Weg räumt. Und der Auftragskiller hat es so hingedreht, dass der Verdacht auf den Nachbarn fällt und wir eine falsche Fährte verfolgen. Laut Snaggy hat Lofty Müll aus einer Tonne gefischt, um jemand anderen zu belasten. Das

Taschentuch und der Kaugummi könnten doch aus Alans Mülleimer stammen, oder?»

«Und Alans Jacke?»

«Vielleicht hat er sie im Pub hängen oder in seinem Wagen liegen lassen, den er versehentlich nicht abgesperrt hat. Dann hätte sich doch jeder die Jacke unter den Nagel reißen können.»

«Klingt schwer nach Hollywood. Und es erklärt nicht, was der Red Dragon mit der ganzen Geschichte zu tun hat. Nichts deutet darauf hin, dass Kacy Howells etwas mit Drogenhandel am Hut hatte. Und hätte sie welche genommen, stünde das im Obduktionsbericht.»

«Wir dürfen ihren Vater nicht vergessen», meinte Peter, ohne auf das Drogenthema einzugehen.

«Warum sollte er einen Drogendealer bitten, seine Tochter umzubringen?»

«Weil er die Bibel zu wörtlich auslegt und extreme Ansichten vertritt. Weißt du noch? Als wir bei ihm waren, schwadronierte er darüber, dass seine Tochter ‹im Paradies weilt›. Es wäre doch möglich, dass er von ihren erotischen Eskapaden erfahren und den Mord in Auftrag gegeben hat, um sie von ihren Sünden reinzuwaschen ...»

«Na, das klingt aber ziemlich an den Haaren herbeigezogen, Peter», unterbrach ihn Trevor. «In dem Fall hätte er von den amourösen Geschichten seiner Tochter wissen und den Red Dragon kennen müssen. Was mich wundern würde, denn nicht einmal wir wissen, wer der Red Dragon eigentlich ist.»

«Diese Vierfarbdrucke sind doch der beste Beweis dafür, wie es um ihre sexuellen Neigungen bestellt war.» Peter zog das Pornoheft aus seiner Tasche.

«Du meintest, dir fielen gleich ein halbes Dutzend Gründe ein», erinnerte Trevor ihn.

«Obwohl du weißt, dass ich manchmal übertreibe, erwartest du anscheinend, dass ich tatsächlich jeden einzelnen aufzähle, was?» Peter schnitt eine Grimasse. «Der Garten hinter dem Haus der Howells ist ziemlich abgelegen. Was, wenn dort Drogen deponiert wurden? Vielleicht hat Kacy Howells ja etwas gesehen, das nicht für ihre Augen bestimmt war.»

«Eine Drogenlieferung? Einen Vorortdealer?» Kaum hatte Trevor die Fragen ausgesprochen, merkte er, dass sie gar nicht so abwegig waren. Wer vermutete schon kriminelle Machenschaften in einer ruhigen Vorortstraße? Das war die perfekte Tarnung, denn selbst vor Mrs. Walshs wachsamen Augen tauchten Tag für Tag Handwerker und Zusteller in der Sackgasse auf. Und wer konnte da schon sagen, was da ausgeliefert wurde? Katalogbestellungen oder Drogen? Manche Firmen beschäftigten Subunternehmer, die auf eigene Rechnung arbeiteten.

«Nicht ganz abwegig, oder?», fand Peter.

«Falls Kacy etwas beobachtet hat, das nicht für ihre Augen bestimmt war, fand es sicherlich in dem Wäldchen hinter ihrem Haus statt. In dem Fall hätte der Farmer das auch mitbekommen», gab Trevor zu bedenken.

«Aber er ist doch nicht rund um die Uhr da.»

«Glaubst du allen Ernstes, dass ein Profi in Kacy Howells' Garten marschiert ist und sie mit einer Axt erschlagen hat?»

«Ja, ich könnte mir vorstellen, dass ein Profi geschickt wurde, um sie zu erledigen.»

«Die Axt deutet auf eine spontane Tat hin», erklärte Trevor. «Laut Snaggy hat der Red Dragon den Mord in Auftrag gegeben. Wenn das stimmt, müssen wir davon ausgehen, dass die Tat geplant war.»

«Vielleicht ging es ja genau darum, den Verdacht auf einen Nachbarn zu lenken», gab Peter zu bedenken. «Womöglich hat der Mörder die Axt vor Alans Wagen gelegt. Mir hat er jedenfalls erzählt, er hätte sie dort gefunden, bevor Kacy Howells ermordet wurde. Und weil er sie wegräumen musste, waren seine Fingerabdrücke auf der Tatwaffe.»

Trevor überlegte kurz. Eigentlich hätte er Snaggys Geschichte überprüfen müssen, doch dafür hatte er nicht genug Mitarbeiter. «Ich kann momentan niemanden erübrigen, der das überprüft.»

«Wie steht es mit Sam Jenkins' Alibi?», fragte Dan.

«Sie verlieren nie den Überblick, was? Sam Jenkins und Matthew Clarke haben etwas zu verbergen und haben uns ein Märchen aufgetischt. Was sie vertuschen möchten, weiß ich nicht. Sarah ist mit einem Team in das Amt gefahren, in dem die Howells arbeiteten, und verhört deren Freunde und Kollegen.»

«Ich wusste gar nicht, dass sie Freunde haben.» Peter sprang von seinem Stuhl auf, ehe Trevor ihn zu seinen anderen Theorien befragen konnte.

«Können wir heute Abend bei mir zu Hause weiterreden? Es gibt auch etwas zu essen», schlug Trevor vor.

«Ja, aber nur, wenn wir irgendwo etwas holen und Peter die Zeche bezahlt», meinte Dan. «Gestern Abend habe nämlich ich ihn ausgehalten.»

«Dann rufe ich Lyn an und gebe ihr Bescheid. Ich muss jetzt in den Verhörraum.»

«Und die Kirchenältesten verhören», sagte Peter mit leicht spöttischem Unterton.

«Zuerst knöpfe ich mir die beiden vor, die wir vorübergehend in Gewahrsam genommen haben. Da ihre Geschichte, sie hätten die Kirche gestrichen, erstunken und erlogen war, will ich rauskriegen, wieso sie uns etwas vorgemacht haben, bevor ich die anderen Kirchenältesten in die Zange nehme. Sobald Sarah zurück ist, nehme ich mir die Aussagen der Kollegen und Freunde der Howells vor. Und falls ich das heute noch schaffe, wandere ich den Pfad ab, der von der Farm zum Garten der Howells führt.»

«Na, da hast du dir aber eine Menge vorgenommen. Viel Glück.» Peter holte seine Jacke.

«Verlässt du uns?»

«Ich muss mich mit einem Spitzel treffen.»

«Hast du Snaggy für seinen Tipp bezahlt?», wollte Trevor wissen.

«Nein. Und bevor ich mir nicht hundertprozentig sicher bin, dass er die Wahrheit sagt, rücke ich auch keinen Penny raus.»

«Wie willst du seine Story denn überprüfen?», fragte Trevor.

«Da finden sich schon Mittel und Wege. Viel Glück mit den alten Säcken.» Peter machte sich auf den Weg, und Trevor kehrte in den Verhörraum zurück.

«Hat jemand Sam Jenkins und Matthew Clarke Tee gebracht?», wandte sich Trevor an Chris.

«Ja», antwortete ein anderer Constable. «Glauben Sie, dass einer von den beiden etwas mit Kacy Howells' Tod zu tun hat, Sir?»

«Keine Ahnung.» Trevor schenkte sich eine Tasse Kaffee ein, nicht etwa, weil er Lust darauf hatte, sondern eher damit seine Hände während des Verhörs eine Beschäftigung hatten.

«Mit wem möchten Sie zuerst sprechen?», fragte Chris.

«Matthew Clarke. Auf diese Weise kann ich Sam Jenkins noch ein bisschen schmoren lassen.»

* * *

Sarah Merchant verschwand in einem winzigen Büro, das ihr der stellvertretende Leiter von Kacy und George Howells' Abteilung überlassen hatte. Dort öffnete sie ihre Aktentasche, legte einen Notizblock auf den Schreibtisch, nahm einen Stift zur Hand und ging die Notizen durch, die Trevor zu der Befragung von Mark Jenkins, Kacy Howells' Bruder, gemacht hatte.

Bei unserer letzten Begegnung vertraute er mir an, er habe jahrelang versucht, Kacy loszuwerden. So wie er es darstellte, ist sie nur ausgezogen, weil er ihr ein paar Tausend Pfund gegeben hat. Und das, obwohl sie umsonst bei ihm wohnte und er sie immer bedrängen musste, wenigstens ihren Anteil der Gas- und Stromrechnung zu übernehmen. Trotzdem fand er, dass das Geld gut angelegt war, denn irgendwann kam er mit ihren Eskapaden einfach nicht mehr zurecht. Sie vögelte mit irgendwelchen Typen im Garten, sodass er und die Nachbarn es mitkriegten. Das war ihre Spezialität auf Grillpartys. Kaum hatte sie ein paar Wodkas intus, ließ sie jeden ran.

Ein erstaunlich gutaussehender Mann klopfte an die offenstehende Tür und trat auf Sarahs Geheiß hin ein.

Er streckte die Hand aus und sagte: «John Evans. Sie wollten mich sprechen?»

«Danke, dass Sie gekommen sind, Mr. Evans. Ich bin DC Sarah Merchant und gehöre dem Ermittlungsteam an, das den Mord an Kacy Howells untersucht. Bitte, nehmen Sie Platz.» Sie deutete auf den Besucherstuhl, musterte John Evans und dachte sofort, dass eine so durchschnittliche und unattraktive Frau wie Kacy Howells jemanden wie ihn nur mit ausgefallenen Sexpraktiken an sich fesseln konnte, doch als Profi, der sie nun mal war, durfte sie keine vorschnellen Schlüsse ziehen.

«Kacys gewaltsamer Tod hat die ganze Abteilung schockiert. Wirklich eine schreckliche Sache.» John Evans schüttelte den Kopf.

«So sehe ich das auch. Und aus diesem Grund müssen wir all ihre Freunde und Kollegen befragen. Sie haben mit ihr zusammengelebt?»

«Achtzehn Jahre lang.»

Sarah schloss die Mappe mit den Notizen. «Aus welchem Grund haben Sie sich getrennt?»

«Es ist kein Geheimnis, dass ich mich in eine andere Frau verliebt habe.»

«In eine Frau, die in derselben Abteilung wie Sie und Kacy gearbeitet hat?»

«Ja.»

«Wie war Ihr Verhältnis nach Ihrer Trennung?»

«Ich habe mich um ein freundschaftliches Verhältnis bemüht, doch dazu war sie nicht bereit. Sie reagierte ziemlich enttäuscht und hat versucht, vor Gericht die Hälfte des Hauses zu erstreiten, das wir bewohnt haben. Glücklicherweise konnte ich nachweisen, dass ich Geld von meinen Großeltern geerbt und davon das Haus gekauft habe.»

«Und dann ist Kacy ausgezogen?»

«Aber erst, nachdem ich das gerichtlich erzwungen habe. Und selbst da sträubte sie sich noch. Sie ist erst gegangen, als ich ihr – obgleich ich ziemlich knapp bei Kasse war – mehrere Tausend Pfund Entschädigung zahlte, auf die sie überhaupt keinen Anspruch hatte.»

«Wieso haben Sie sich auf diesen Kuhhandel eingelassen?»

«Ich musste in die Mietwohnung von Emma – sie war damals meine Freundin und ist jetzt meine Frau – ziehen, um Kacy zu entkommen. Kacy wohnte weiterhin in meinem Haus, und ich hatte Angst, sie würde irgendwann Gewohnheitsrechte geltend machen. So etwas wie Unrechtsbewusstsein war dieser Frau völlig fremd.»

«Wie meinen Sie das?»

«Na, sie war ein Langfinger, um es mal vornehm auszudrücken. Ich legte immer großen Wert darauf, mit meinen Nachbarn gut auszukommen, doch sie hat Zäune niedergerissen und versucht, einen Teil ihrer Gärten zu beanspruchen. Sie hat auch Werkzeug eingesackt, das meine Nachbarn nicht weggeräumt hatten, und es in unserer Garage deponiert. Und bei der Arbeit war sie genauso. Sie können meine Kollegen fragen ... die werden Ihnen das Gleiche erzählen. Schokoriegel, Sandwiches, Stifte ... Sie handelte frei nach dem Motto: Wenn du etwas siehst, das dir gefällt, dann greif zu.»

«Und das hat Sie gestört?»

«Zu Anfang unserer Beziehung habe ich ihr Verhalten noch entschuldigt und redete mir ein, dass ich mich täuschte. Ich wollte einfach nicht glauben, dass sie klaute wie ein Rabe. Als sie bei mir einzog und ich schnallte, wie sie wirklich war, konnte ich meine Augen vor der Wahrheit leider nicht mehr verschließen.»

«Und Sie brauchten achtzehn Jahre, um an diesen Punkt zu gelangen?»

«Die letzten drei Jahre waren unerträglich. Hören Sie, ich rede nicht gern schlecht über Tote, aber das war längst nicht alles. Ich war ihr verfallen, auch wenn ich mich heute dafür schäme.» Er senkte den Blick.

Sarah zog das Pornoheftchen aus der Mappe und legte es ihm vor. «Ist Ihnen das schon mal unter die Augen gekommen?»

«Jeder in der Abteilung hat die Anzeige gesehen. An dem Tag, wo das Blatt auf den Markt kam, tauchte ein ganzer Stapel davon im Büro auf.»

«Hat es Sie überrascht, darin Fotos von Kacy zu entdecken?»

«Ja und nein. Als wir noch ein Paar waren, war sie ziemlich wild, doch dass sie herumvögelte, hat sie nicht jedem auf die Nase gebunden. Und sie hat sich nur in einem ganz engen Kreis bewegt, wenn Sie wissen, was ich meine.»

«Hat sie Sie betrogen, als Sie zusammen waren?»

John Evans rutschte nervös auf seinem Stuhl herum. «Sie hatte ein Faible für offene Beziehungen, Swingerclubs, Partnertausch ... und ich habe mitgespielt. Nach ein paar Jahren hatte ich es im Gegensatz zu ihr satt. Kacy konnte gar nicht genug davon kriegen.»

«Dennoch führten Sie eine offene Beziehung?»

«Vermutlich könnte man es so formulieren. In Wahrheit hat sie diese Lebensform während der letzten zehn Jahre stärker praktiziert als ich. Das dürfte auch der Grund sein, weshalb ich mich Hals über Kopf in Emma verliebt habe. Sie ist das genaue Gegenteil von Kacy. Liebenswert, anhänglich und treu. Kaum war ich mit ihr zusammen, wollte ich urplötzlich sesshaft werden und eine Familie gründen. Als ich noch mit Kacy zusammen war, kannte ich derlei Bedürfnisse gar nicht.»

«Wann haben Sie Kacy das letzte Mal gesehen?»

«Letzte Woche im Büro.»

«Haben Sie sich mit ihr unterhalten?»

«Seit sie bei George eingezogen ist, haben wir kein Wort mehr miteinander gewechselt.»

«Hat es Sie gewundert, dass sie George heiratete?»

«Meine Antwort lautet auch hier wieder ja und nein. Wie ich schon sagte, war sie rachsüchtig. Wir beide und auch all unsere Kollegen wussten, dass George in Wirklichkeit schwul ist. Auf der anderen Seite ist es ja heutzutage völlig egal, welche sexuellen Neigungen jemand hat. Aber Georges Eltern waren ziemlich alt und hingen Vorstellungen an, die aus dem vergangenen Jahrhundert stammen. Und George hatte geerbt und somit ein größeres Haus als ich und mehr Geld. Für Kacy hatten Geld und Besitz oberste Priorität. Sie hat ihre Netze nach ihm ausgeworfen, und er ist sofort darin hängen geblieben.»

«Ist Kacys ältestes Kind Ihr Sohn?»

«Davon hat sie mir erst erzählt, als er schon auf der Welt war. Sie verlangte Unterhalt für ihn. Tausend Pfund pro Monat.»

«Wie haben Sie reagiert, als sie Geld von Ihnen einforderte?»

«Ich bot ihr an, einen DNA-Test machen zu lassen und das Ergebnis publik zu machen, weil ich wusste, dass sie einknicken würde. George zeigte im Büro schon Babyfotos herum, und alle gratulierten ihm. Für ihn war dieses Kind der Beweis seiner Männlichkeit, mit der er endlich hausieren gehen konnte.»

Sarah warf einen Blick auf die Notizen, die sie sich gemacht hatte. «Wie lange hat Kacy noch in Ihrem Haus gewohnt, nachdem Sie sie baten, woanders ihre Zelte aufzuschlagen?»

«Schätzungsweise zwei Jahre.»

«Wenn man sich mit jemandem nicht versteht, ist das ein ziemlich langer Zeitraum.»

«Wie gesagt, unsere Beziehung war schon Jahre vorher zerrüttet. Wohlwollend formuliert, könnte man sagen, wir waren damals nur noch eine Art Wohngemeinschaft. Und haben hin und wieder das Bett geteilt. Wenn ich heute zurückschaue, muss ich mir eingestehen, dass ich Kacy nie geliebt habe. Doch Kacy kannte alle erotischen Tricks und wusste sie einzusetzen. Es gab nichts, worauf sie sich nicht eingelassen hätte, und sie konnte sehr überzeugend sein.

Am Ende hat mich ihre Art ganz krank gemacht, vor allem als ich mich in Emma verliebte. Dass Kacy mich so im Griff hatte, behagte mir gar nicht, und ich hasste mich dafür, dass ich immer mitspielte», gestand er. «Zwei Jahre bevor sie endlich mein Haus verließ, bin ich aus dem gemeinsamen Schlafzimmer ausgezogen, habe mich in einem anderen Raum eingenistet und ein Sicherheitsschloss angebracht, damit sie nicht einfach hereinmarschieren konnte. Ich war fest entschlossen, mich von ihr zu trennen. Ich stand in aller Herrgottsfrühe auf, damit ich nicht mit ihr zur Arbeit fahren musste, und arbeitete abends so lange, dass ihr nichts anderes übrig blieb, als mit dem Bus nach Hause zu fahren.»

«Hat sie zu dieser Zeit angefangen, sich mit George Howells zu treffen?»

«Nein.»

«Hatte sie irgendwelche Freunde, von denen Sie wussten?»

«Freunde? Das trifft es nicht ganz. Sie hat mit jedem geschlafen, der ihr über den Weg lief. Und sie arbeitete für irgendeine Agentur. Damals rief immer wieder eine Frau an und fragte nach ihr, was ich recht eigenartig fand. In der Zeit, wo wir zusammen waren, hat Kacy sich nie mit einer Frau getroffen. Jemand wie Kacy hat keine Freundinnen. Meiner Einschätzung nach waren andere Frauen für sie nur Konkurrenz.»

«Und woher wussten Sie dann, dass Kacy für diese Frau arbeitete?»

«Weil sie Nachrichten auf dem Anrufbeantworter hinterließ.»

«Was für Nachrichten?», hakte Sarah interessiert nach.

«So etwas in der Art wie ‹Hallo, Kacy, Susie hier. Ich habe hier eine Party und einen Job ganz in deiner Nähe.

Melde dich.› Das mit dem Job hat mich auf die Idee gebracht, dass es sich um eine Agentur handeln könnte.»

«Sie haben Kacy nicht danach gefragt?»

«Nein. Damals haben wir schon nicht mehr miteinander gesprochen.»

«Erinnern Sie sich vielleicht noch an den Namen der Agentur?»

«Ich glaube nicht, dass ich den überhaupt einmal gehört habe. Tut mir leid», entschuldigte er sich. «Ich wünschte, ich könnte Ihnen mehr erzählen. Um ehrlich zu sein, unsere Trennung verlief so unangenehm, dass ich mir manchmal gewünscht habe, Kacy würde auf der anderen Seite der Erdkugel wohnen ... am besten an einem Ort, an dem es richtig hart zugeht. Ganz spontan kommen mir da Sibirien oder die Wüste Gobi in den Sinn. Aber den Tod habe ich ihr nicht gewünscht.» Er biss sich auf die Lippe. «Solange wir beide jung und ganz verrückt nach Sex waren, lief es zwischen uns prima. Und schließlich hat sie Kinder. Ich habe jetzt auch zwei ...» Er bemühte sich, seine Erregung unter Kontrolle zu bringen.

Sarah musste an ihre erste Beziehung denken. Damals hatte sie sich eingebildet, den Sex erfunden zu haben. Daher konnte sie nachempfinden, was gerade in John Evans vorging.

«Mr. Evans, wo waren Sie letzten Montag zwischen vier Uhr nachmittags und neun Uhr abends?»

«Da habe ich das Haus meines Onkels ausgeräumt, der im vergangenen Monat gestorben ist.»

«Das tut mir leid.»

«Er hatte Alzheimer, und so war sein Tod eher ein Segen.»

«Kann irgendwer bezeugen, dass Sie im Haus Ihres Onkels waren?»

«Das glaube ich nicht. Ich habe auf der Auffahrt geparkt, und von der Straße aus kann man das Haus nicht sehen. Mein Onkel hat gleich nach dem Einzug mehrere Bäume gepflanzt und sie nie beschnitten.»

«Ich brauchte die Adresse.»

«Park View neunzehn. Sie glauben doch nicht, ich hätte etwas mit dem Mord an Kacy zu tun, oder?»

«Wir müssen überprüfen, was jeder, der Kacy kannte, am Tag ihrer Ermordung gemacht hat, Mr. Evans.» Sarah notierte die Adresse. «Danke. Sie haben uns sehr weitergeholfen.»

Als er aufstand, zog er ein Papiertaschentuch aus der Packung auf dem Tisch. «Ich hoffe, Sie kriegen den Mistkerl, der das getan hat.»

«Wir geben unser Bestes, Mr. Evans. Falls Ihnen noch etwas zu dieser Susie einfallen sollte, melden Sie sich bitte bei uns.» Sarah gab ihm eine Visitenkarte mit der Telefonnummer des Reviers.

Er ging zur Tür und hielt dort einen Moment inne. «Ich glaube, ihr Nachname war Cleopatra.»

«Cleopatra?»

«Klingt etwas schräg, aber ich bin mir ziemlich sicher, dass sie Susie Cleopatra hieß oder in einem Laden namens Cleopatra gearbeitet hat.»

KAPITEL VIERZEHN

«Um wie viel Uhr endete die Versammlung der Kirchenältesten?», wollte Trevor von Matthew Clarke wissen.

«Wie ich bereits erwähnte, hatte ich keine Uhr an. Es muss irgendwann zwischen vier und sechs Uhr gewesen sein.»

Trevor hatte Mühe, sich seinen Ärger nicht anmerken zu lassen. «Dann will ich es mal anders versuchen. Was haben Sie nach der Versammlung gemacht?»

«Ich bin in der Kirche geblieben. Auch das habe ich Ihnen schon erzählt.»

«Die Ältesten trafen sich um zwei Uhr, und die Versammlung dauerte wie lange?», hakte Trevor mit bohrendem Blick nach.

Matthew schlug sich theatralisch die Hand vor die Stirn. «Jetzt fällt es mir wieder ein. Um vier Uhr. Ich erinnere mich, dass der Schriftführer die Uhrzeit notierte, ehe er das Protokoll dem Vorsitzenden gab.»

«Und dann?»

«Dann sind ein paar von uns noch dageblieben.»

«Ich möchte den Grund erfahren. Und jetzt kommen Sie mir nicht wieder damit, Sie hätten gemalert. Bei unserer Besichtigung standen nirgendwo Farbeimer, und die Farbe an den Wänden war auch nicht neu.»

«Wir haben wichtige Kirchenthemen diskutiert.»

«Könnten Sie etwas konkreter werden?»

«Muss ich eigentlich Ihre Fragen beantworten?»

«Nein. Vielleicht ist es Ihnen ja lieber, wenn ich mir auf Ihre Ausflüchte meinen eigenen Reim mache.»

Matthew senkte den Kopf. «Ich fühle mich gar nicht gut ...»

Trevor erhob sich. «Constable Brooke, führen Sie Mr. Clarke in eine Zelle, und rufen Sie den Polizeiarzt. Anschließend fahren wir nochmal zur Kirche. Ich will wissen, was die Durchsuchung der Kirche und von Mr. Clarkes Haus ergeben hat.»

«Wie können Sie es wagen, die Kirche oder mein Haus durchsuchen zu lassen?», regte Matthew sich auf.

«Für Einwände ist es jetzt zu spät, Mr. Clarke. Als wir Sie aufs Revier brachten, habe ich für beide Gebäude einen Durchsuchungsbeschluss beantragt. Ich kann und werde alles tun, um die Ermittlung voranzutreiben. Mr. Jenkins habe ich schon vernommen, und ich möchte Sie darauf hinweisen, dass Ihre und seine Version des Abends nicht miteinander übereinstimmen. Und wie Mr. Jenkins muss ich auch Sie warnen: Wir können Falschaussagen und die Behinderung einer Ermittlung strafrechtlich verfolgen.»

«Wir haben uns nichts zuschulden kommen lassen.»

«Was haben Sie nach der Versammlung gemacht, Mr. Clarke?»

Als der alte Mann entnervt die Lippen zusammenpresste, riss Trevor der Geduldsfaden.

«Schaffen Sie Mr. Clarke in die Zelle und holen Sie einen Arzt. Wir beide sind noch nicht fertig, Mr. Clarke. Wenn wir mit den Beamten gesprochen haben, die die Durchsuchungen durchführen, geht die Befragung weiter.»

* * *

Der Polizist, der vor dem Haus der Jenkins postiert war, wirkte ziemlich gelangweilt, doch als er merkte, dass Trevor im Anmarsch war, straffte er die Schultern und stand stramm.

«Ist die Durchsuchung noch im Gange?»

«Ja, Sir. Die Kollegen haben vor einer Stunde begonnen, sich im oberen Stockwerk umzusehen.»

Trevor fragte den Sergeant, der die Durchsuchung der Schlafzimmer und des Badezimmers leitete: «Und? Sind Sie schon fündig geworden?»

«Nein, Sir. Mrs. Jenkins war gar nicht erbaut, als wir bei ihr auf der Matte standen. Und Mr. Howells auch nicht. Beide wollten während der Durchsuchung anwesend sein. Zum Glück konnte Mr. Mark Jenkins sie überreden, nebenan zu warten, bis wir hier fertig sind.»

«Wie weit sind Sie denn?»

«Wenn wir hier durch sind, knöpfen wir uns den Speicher und den Garten vor, Sir.»

«Geben Sie mir Bescheid, wenn Sie fertig sind.»

«Soll ich mich auch melden, wenn wir nichts gefunden haben?»

«Ja, dann erst recht.» Trevor ging wieder nach unten, wo Chris Brooke mit einem Constable sprach. Es hatte den Anschein, dass sie hier ihre Zeit verschwendeten, was Trevor sauer aufstieß. Hausdurchsuchungen waren eine kostspielige Angelegenheit und ließen sich nur durch positive Ergebnisse rechtfertigen, womit in diesem Fall nicht zu rechnen war. Er spähte durch die offenstehende Tür und entdeckte Mark Jenkins, der mit vor der Brust verschränkten Armen und streitlustiger Miene im verwahrlosten Garten seiner Eltern wartete.

«Mr. Jenkins», sagte Trevor, trat durch die Tür und stellte sich neben ihn.

«Meine Mutter ist völlig aus dem Häuschen. Wie konnten Sie meinen Vater verhaften, ohne uns zu erklären, was Sie ihm vorwerfen? Uns allen ist schleierhaft, was Sie auf den Gedanken bringt, er hätte etwas mit dem Mord an meiner Schwester zu tun. Immerhin war er den ganzen Tag mit den Kirchenältesten zusammen ...»

«Ist das so?», fragte Trevor.

«Selbstverständlich. Das behauptet er jedenfalls, und meines Wissens hat mein Vater noch nie im seinem Leben gelogen. Sie haben kein Recht, hier völlig grundlos eine Hausdurchsuchung ...»

«Ihre Schwester wurde ermordet», unterbrach ihn Trevor. «Ist das nicht Grund genug?»

«Sie glauben doch nicht allen Ernstes, dass mein Vater sie auf dem Gewissen hat?»

Da Mark Jenkins aus seiner Einstellung zu Kacy keinen Hehl gemacht hatte, widerstrebte es Trevor, ihn mit einer der üblichen Floskeln abzuspeisen, doch angesichts des Ermittlungsstandes und der Lügen, die Sam Jenkins ihm aufgetischt hatte, blieb ihm nichts anderes übrig. «Im Moment kann ich Ihnen nur sagen, dass Ihr Vater uns bei unserer Ermittlung unterstützt, Mr. Jenkins.»

«Und wann kommt er wieder nach Hause?»

«Das kann ich Ihnen leider nicht sagen.»

«Hören Sie ...»

«Mr. Jenkins, sobald ich dazu in der Lage bin, werde ich Sie und Ihre Familie auf den neusten Stand bringen. Das Team hier müsste in ein paar Stunden fertig sein, und dann gehört das Haus wieder ganz Ihrer Mutter.»

«Und was ist mit dem Schaden, der hier entstanden ist?», wollte Mark wissen.

«Unsere Beamten sind geschult und gehen mit dem Eigentum Dritter sorgsam um. Sollte dennoch versehentlich etwas kaputtgegangen sein, werden Sie selbstverständlich entschädigt», antwortete Trevor und warf Chris einen Blick von der Seite zu.

«Abmarsch, Sir?», fragte Chris und musterte Mark, der sich kaum beherrschen konnte, aus dem Augenwinkel.

«Ja. Wir haben noch eine Menge zu tun.»

* * *

«Die Kirche ist sauber, Sir. In solch einem Gebäude gibt es nur wenige Möglichkeiten, etwas zu verstecken», verkündete der Sergeant, der mit den Durchsuchungen der Kirche und des Hauses von Matthew Clarke betraut war. «Hinter der Holzvertäfelung war nur Mauerwerk, und in der Kanzel haben wir das hier gefunden.» Er hielt ein etwa dreißig Zentimeter langes Metallkreuz mit einer leidenden Christusfigur hoch und händigte es Trevor aus, der es überraschend schwer fand.

«Ich persönlich finde es etwas merkwürdig, so einen Gegenstand in einer Kirche zu verstecken.»

«Kommt immer auf die konfessionelle Ausrichtung der Gemeinde an.» Trevor fuhr langsam mit dem Finger über das Kruzifix, um herauszufinden, aus welcher Art Metall es gefertigt war. «Im Unterschied zu den Katholiken lehnen die meisten Protestanten Kruzifixe ab und beschränken sich auf schlichte Holzkreuze.»

«Auf einem Schrank in der oberen Etage lag ein Koffer mit Pornofilmen und -heften, Sir.» Der Beamte öffnete den Koffer, der auf einem Tisch in Matthew Clarkes Wohnzimmer stand. «Die Hüllen und Titelseiten sind ziemlich geschmacklos. Soweit ich das beurteilen kann, handelt es sich um frei verkäufliches Material, aber vielleicht sollte die Sitte nochmal einen Blick darauf werfen.»

Trevor nahm aufs Geratewohl drei DVDs aus dem Koffer. *Die drei Begierden. Flieg, Jungfrau, flieg. Zehn in einem Bett.* Er inspizierte die Hüllen und fand einen Aufkleber vom Händler.

«Das könnte erklären, warum Mr. Clarke und Mr. Jenkins uns nicht erzählen wollten, was sie nach der Versammlung gemacht haben, Sir», meinte Chris. «Falls bekannt würde, dass sich die Kirchenältesten nach den Versammlungen dreckige Filme anschauen, würde ihr guter Ruf Schaden nehmen.»

«Unter aller Garantie. Und wenn man bedenkt, wo sie diese DVDs herhaben, liegt der Verdacht nahe, dass sie sich nicht mit den Filmchen zufriedengegeben haben.» Trevor legte die DVDs in den Koffer zurück. «Ich bringe das Beweismaterial aufs Revier. Haben Sie sonst noch etwas gefunden?»

«Die hier ... in der Wertstofftonne.»

Chris warf einen Blick auf sechs leere Wodkaflaschen und hob eine hoch.

«Wie oft werden die Tonnen in dieser Straße geleert?», fragte Trevor und hievte den Koffer vom Tisch.

«Alle vierzehn Tage», antwortete der Sergeant. «Die nächste Leerung findet in vier Tagen statt.»

«Dann ist Mr. Clarke entweder ein Sammler oder ein Säufer. Danke, Sergeant. Sie haben uns sehr weitergeholfen.»

Chris folgte Trevor zum Wagen und betätigte die Fernentriegelung, damit Trevor das Gepäckstück im Kofferraum verstauen konnte. «Was ist mit den anderen elf Kirchenältesten, die an der Versammlung teilgenommen haben, Sir?»

Trevor warf einen Blick auf seine Armbanduhr und schüttelte den Kopf. «Wir können Sam Jenkins und Matthew Clarke nicht länger festhalten. Entweder, wir erheben Anklage, oder wir lassen sie mit einer Verwarnung ziehen. Wir fahren jetzt aufs Revier und sehen mal nach, ob es dem Team gelungen ist, die anderen Kirchenältesten telefonisch zu erreichen. Sarah müsste inzwischen auch zurück sein, und ich möchte mir die Notizen von ihren Befragungen ansehen.»

«Wollten wir nicht noch auf die Farm, Sir?»

«Den Besuch verschieben wir auf morgen.»

* * *

Sarah blätterte gerade ihre Anmerkungen durch, als Trevor auftauchte. Eine aufgeweckte junge Polizistin hatte einen Zettel mit den Telefonnummern der Kirchenältesten und den vereinbarten Besuchsterminen auf seinem Schreibtisch hinterlassen. Sechs von ihnen hatten sich bereit erklärt, ihn zu empfangen, während fünf vorgaben, keine Zeit zu haben.

Trevor wählte eine interne Nummer und bat den diensthabenden Polizisten, Mr. Jenkins und Mr. Clarke wieder in die beiden nebeneinanderliegenden Verhörräume zu bringen. Chris schaute sich auf dem Computer schon eine der DVDs aus Matthew Clarkes Haus an.

«Ziemlich billig gemacht», meinte er, als Trevor sich über ihn beugte und einen Blick auf den Monitor warf.

«Das kann man wohl sagen. Ach, da fällt mir was ein. Vic», rief er einem Sergeant zu, der auf der anderen Seite des Raumes an seinem Schreibtisch saß. «Ist Susie immer noch im Geschäft?»

«Cleopatra blüht und gedeiht, Sir.»

«Haben Sie gerade Cleopatra gesagt?», fragte Sarah und suchte in ihren Notizen nach John Evans' Bemerkung.

«Ja.»

«John Evans, Kacy Howells' Ex, hat eine Susie Cleopatra erwähnt. Gibt es da einen Zusammenhang?»

«Kommt drauf an, was er gesagt hat.»

«Als er mit Kacy zusammenlebte, waren laut seiner Aussage manchmal Nachrichten von einer Susie Cleopatra auf dem Anrufbeantworter. Sie bot Kacy Jobs an.»

«Hat er erwähnt, um was für Jobs es sich handelte?»

«Da er Kacys Vorlieben kannte, ging er davon aus, dass es sich um eine Agentur handelte, die Prostituierte vermittelt. Möchten Sie, dass ich dabei bin, wenn Sie Mr. Clarke und Mr. Jenkins nochmal verhören, Sir?»

«Ja. Geben Sie mir noch zehn Minuten.» Trevor ging in sein Büro und schloss die Tür.

* * *

Trevor brauchte nicht lange, um Susies Telefonnummer in Erfahrung zu bringen. Gleich nach dem ersten Läuten meldete sich eine tiefe, erotische Stimme. «Cleopatra. Wie kann ich Ihnen helfen?»

«Ich möchte Susie sprechen.»

«Und wie lautet Ihr Name?»

«Trevor Joseph. Ich bin Kriminalkommissar.»

«Ich werde nachsehen, ob sie da ist.» Auf einmal klang die Stimme ganz schrill und kühl. «Ich stelle Sie jetzt durch», verkündete sie kurz darauf.

«Trevor, mein Lieber, steht mir eine Razzia ins Haus?»

«Soweit ich weiß, ist Ihr Etablissement legal und über jeden Verdacht erhaben.»

«Nur damit Sie's wissen, ich lege auch großen Wert darauf, dass das so bleibt.»

«Aber sicher.» Trevor kannte Susie schon seit vielen

Jahren. Er hatte sie einmal verhaftet, als sie ihre Dienste noch auf der Straße feilbot. Seinerzeit war sie neu im Geschäft gewesen, doch sein damaliger Vorgesetzter, der sie trotz ihrer Unerfahrenheit für «eine Hure mit Herz» hielt, hatte sie nur verwarnt und anschließend wieder laufen lassen. Irgendwann starb einer ihrer Stammkunden und hinterließ ihr genug Geld, um sich – wenn sie es klug investierte – zur Ruhe zu setzen. Susie nutzte ihre Chance und eröffnete ein Bordell, holte junge Mädchen von der Straße und befreite sie aus den Fängen der Zuhälter, die einen Großteil ihres «Lohns» einstrichen.

«Da keine Razzia geplant ist, möchten Sie mich garantiert um einen Gefallen bitten.»

«Woher wissen Sie das?»

«Obwohl ich Sie seit Jahren zu geselligen Abenden einlade, melden Sie sich immer nur bei mir, wenn Sie gerade eine Ermittlung leiten und Informationen brauchen.»

«Kennen Sie einen Sam Jenkins oder einen Matthew Clarke?»

«Mein Lieber, wir legen großen Wert auf Diskretion. Wie Sie sich sehr wohl denken können, benutzen unsere Gäste Decknamen.»

«Na, wie wäre es dann mit ‹Tattergreis› und ‹alter Sack›?»

«Wie grausam Sie sein können. Eines schönen Tages kommen auch Sie in die Jahre.»

«Da haben Sie den Nagel auf den Kopf getroffen. Die beiden Herren, für die ich mich interessiere, sind Kirchenälteste», meinte Trevor und las ihre Adressen vor.

«Sagt mir gar nichts.»

«Wie steht es mit Filmen? Sind Sie immer noch im Verleihgeschäft?»

«Nein, ich verkaufe die Streifen.»

«Veranstalten Sie Vorführungen für Gruppen?»

«Wie ich schon sagte, legen wir großen Wert auf Diskretion.»

«Diesen beiden älteren Herren wäre es ziemlich peinlich, wenn sich herumspräche, dass sie Ihr Etablissement aufsuchen.»

«Das wundert mich gar nicht. Alle verheirateten Kunden und auch ein Großteil der Junggesellen legen Wert auf Verschwiegenheit.»

«Die beiden Herren, von denen ich gesprochen habe, weigern sich, uns zu erzählen, wo sie letzten Montag waren, und stehen nun unter Mordverdacht. Ich halte sie zwar nicht für die Täter, aber da sie nicht auspacken, bleibt mir nichts anderes übrig, als sie einzubuchten, was pure Zeitverschwendung wäre. Wenn ich allerdings wüsste, dass die zwei bei Ihnen waren, dann ... Den Rest können Sie sich ja denken.»

«Würden Sie sie freilassen?»

«Nach einer ordentlichen Standpauke. Die Jungs sind mir nämlich ganz schön auf die Nerven gegangen. Und ich kann sie nur ziehen lassen, wenn sie wirklich sauber sind.»

«Von welchem Zeitraum sprechen wir?»

«Mich interessiert der vergangene Montag zwischen sechzehn und zweiundzwanzig Uhr.»

«Sie bewahren Stillschweigen darüber, dass Sie die Info von mir haben?»

«Darauf können Sie sich verlassen.»

«Schwören Sie auf das Leben von Peter Collins ... ach nein, lassen Sie das lieber. Den kann ich eh nicht mehr leiden.»

«Was hat er Ihnen denn angetan?», fragte Trevor belustigt.

«Er hat einen meiner besten Kunden verhaftet und für zwei Jahre hinter Gitter gebracht.»

«Was hatte der Kerl auf dem Kerbholz?»

«Hehlerei und Erschleichung von Sozialleistungen.»

«In dem Fall sitzt er zu Recht ein.»

«Kann schon sein, aber er hat bei uns vierhundert Pfund die Woche liegen lassen, und solch ein Betrag fällt schon ins Gewicht. Vier Uhr ... ältere Herren ... nein, das haut nicht hin.»

«Und später?»

«Um sechs ... oder um sieben?»

«Na, was ist nun?»

Auf einmal brach sie in schallendes Gelächter aus. «Das kann nur unser Angelverein sein.»

«Angelverein? Reden wir hier von Ruten, Ködern und Fischen?»

«Ich kann mir die Jungs nur schwer an einem Pier oder Flusslauf vorstellen. Wie dem auch sei ... einmal im Monat fahren bei uns sieben alte Herren im Taxi vor, kaufen Filme, trinken Kaffee und Schnaps, sehen sich eine Show an und buchen hin und wieder ein Mädchen. Nicht dass einer von ihnen einen hochkriegte.»

«Sie geben sich tatsächlich als Angelverein aus?»

«Sie erwarten doch nicht allen Ernstes von mir, dass ich die Identität meiner Kunden überprüfe oder sie wegschicke?»

«Können Sie die Männer beschreiben?»

«Alt, grau, faltig, wenig bis gar kein Haar. Muss ich noch mehr sagen?»

«Namen?»

«Keine Ahnung. Wirklich nicht.»

«Vielleicht wissen Ihre Mädels mehr.»

«Einen Moment.»

Trevor wartete geduldig, während am anderen Ende der Leitung leise getuschelt wurde. «Wir haben einen Sam, einen Bill und einen Cyril. Hilft Ihnen das irgendwie weiter?»

«Könnte sein. Danke, Susie, Sie sind ein Schatz.»

«Unsere Shows sind sehr phantasievoll. Wenn Sie möchten, arrangiere ich eine Vorstellung auf Ihrem Revier ... zu einem vernünftigen Preis ... damit Sie sich selbst ein Bild machen können. Es lohnt sich, bei der Polizei ein wenig Werbung zu machen. Schließlich ist seit Monaten keiner von Ihren Kollegen bei uns aufgetaucht.»

«Die da oben würden total durchdrehen und mich sofort suspendieren, wenn ich das täte. Wir sehen uns, Susie.»

«Hoffentlich haben Sie dann keine Trillerpfeife im Mund.»

«Ach ja, da ist noch etwas. Haben Sie eventuell mal von einer Kacy Howells gehört?»

«Die einzige Kacy, die ich kannte, hieß mit Nachnamen Jenkins. Sie hat für uns die etwas spezielleren Filmparts übernommen, aber das ist schon Ewigkeiten her. Ein eigenartiges Mädchen. Sie hat unseren Jungs verboten, ihr Gesicht zu filmen, und darauf bestanden, dass die Kamera nur ihren Körper einfängt, doch es hat funktioniert. Die Kleine hatte sogar eine richtige Fangemeinde, obwohl sie alles andere als atemberaubend war. Eigentlich war sie ziemlich pummelig, aber sie regte die Phantasie der Kunden an, und nur das zählt.»

«Wie lange hat sie für Sie gearbeitet?»

«Sieben, acht Jahre.»

Trevor rechnete kurz nach. Falls sie von derselben Kacy Jenkins sprachen, hatte sie etwa zu der Zeit den Schauspielberuf an den Nagel gehängt, als sie George Howells heiratete.

«Gibt es eine Liste der Filme, die Kacy für Sie gemacht hat?»

«Kann gut sein ... Trevor, ich bin eine sehr beschäftigte Frau ...»

«Ich wäre Ihnen wirklich überaus dankbar, wenn Sie mit die DVDs per Boten rübersenden würden.»

«Wer übernimmt die Kosten?»

«Stellen Sie mir die Filme und die Lieferung in Rechnung.»

«Und Sie stehen dafür wirklich gerade?»

«Ich begleiche die Rechnung bei Lieferung aus eigener Tasche. Die da oben werden mir einen Rüffel erteilen und am Ende die Auslagen erstatten. Was tut man nicht alles, um dem Recht Geltung zu verschaffen?»

«Trevor Joseph, Sie sind gar nicht so übel für einen Bullen. Ich werde sehen, was ich tun kann. Aber jetzt muss ich mich ums Geschäft kümmern.»

* * *

Matthew Clarke bedachte sie mit einem düsteren und vorwurfsvollen Blick. In den paar Stunden, die seit der letzten Befragung vergangen waren, schien ihm sein Starrsinn abhandengekommen zu sein.

Trevor legte die Akte auf den Tisch und nahm Platz. «Mr. Clarke, ich möchte Sie darüber informieren, dass die Durchsuchung der Kirche und Ihres Hauses beendet ist, was Sie sicherlich freuen wird.»

«Haben Sie gefunden, wonach Sie suchten?»

Trevor nickte Chris zu, der den Koffer hochhielt, den das Team auf Matthew Clarkes Schrank entdeckt hatte. «Erkennen Sie diesen Koffer?»

«Noch nie gesehen.» Matthew log wie gedruckt.

«Können Sie sich vorstellen, wer ihn auf dem Schrank in einem Ihrer Schlafzimmer deponiert hat?» Als Matthew nicht antwortete, fuhr Trevor fort: «Bislang ist mir noch nie zu Ohren gekommen, dass jemand in ein Haus eingebrochen ist, um einen Koffer auf einen Schrank zu legen, aber ich lasse mich gern eines Besseren belehren. Mr. Clarke, wir brauchen Ihre Fingerabdrücke ...»

Matthew ballte die Hände zu Fäusten. «Na schön, er gehört mir.»

«Und die DVDs?» Trevor legte den Koffer auf den Tisch und öffnete ihn.

«Habe ich in einem Laden gekauft.»

«Das stimmt nicht.» Trevor hielt *Die drei Begierden* hoch. «Sie haben die Filme in einem Bordell namens Cleopatra gekauft.»

«Ja, und? Das ist doch nicht strafbar.»

«Nein, da haben Sie recht.»

«Und jetzt werden Sie in alle Welt rausposaunen, was Sie auf meinem Schrank gefunden haben ...»

«Mr. Clarke, ich möchte nur wissen, wo Sie und Mr. Jenkins letzten Montag zwischen sechzehn Uhr und Mitternacht waren. Wenn Sie endlich mit der Sprache rausrücken, werde ich versuchen, Ihre Geschichte zu verifizieren. Und falls Sie die Wahrheit gesagt haben, können Sie Ihren Koffer nehmen und verschwinden, nachdem ich Sie wegen Behinderung der Polizeiarbeit verwarnt habe.»

«Sieben von uns besuchen nach den Versammlungen immer das Cleopatra. Zuerst gehen wir zu mir nach Hause, essen Fish & Chips von dem Imbiss am Ende der Straße, in der ich wohne, und schauen uns derweil einen Film an ...»

«Den Cleopatra gedreht hat.» Trevor hielt eine der DVDs hoch.

Matthew nickte und würdigte das nackte Mädchen auf

der Hülle keines Blickes. «Danach rufen wir zwei Taxis und fahren in die Stadt.»

«Ins Cleopatra?»

«Wir lassen uns immer am Taxistand um die Ecke absetzen, damit wir den Hintereingang nehmen können.»

«Den neben der Kunstgalerie», schlussfolgerte Trevor.

«Es gibt kein Gesetz ...»

«... das ein paar Freunden verbietet, sich im Cleopatra zu amüsieren», beendete Trevor den Satz für ihn. «Ganz recht. Wie lange sind Sie im Cleopatra geblieben?»

«Aus Rücksicht auf die Rush Hour verlassen wir mein Haus immer gegen halb sieben und sind meistens um Viertel nach sieben vor Ort.»

«Und wie geht es dann weiter?»

«Sie wissen schon», murmelte Matthew.

«Nein, woher denn, Mr. Clarke?», erwiderte Trevor scharf.

«Wir genehmigen uns einen Drink und sehen uns eine Vorstellung an.»

«Sprechen Sie von einem Film oder einer Live-Show?»

«Von einer Live-Show.»

Trevor erinnerte sich an eine von Peters Tiraden und musste ein Grinsen unterdrücken. *Jetzt sieh dir das mal an! «Live-Show» steht da über der Tür. Was soll das denn? Glauben die etwa, jemand käme auf die Idee, in so einer Show tanzen Tote?*

«Was haben Sie anschließend gemacht?»

«Noch etwas getrunken und mit den Mädchen geredet ...»

«Wie muss ich mir das vorstellen? Sitzen Sie alle mit den Mädchen zusammen, oder spricht jeder von Ihnen allein mit einem Mädchen?»

«Mal so, mal so», räumte Matthew zögernd ein.

«Um wie viel Uhr verabschieden Sie sich?»

«Spätestens um zehn. Susie, die Besitzerin des Etablissements, überlässt uns bis dahin ein Separee. Nach zehn verdoppelt sich der Preis.»

Soweit Trevor das beurteilen konnte, war das ein cleverer Schachzug von Susie, da es am Montagabend normalerweise sehr ruhig zuging. Von fünf bis sieben schauten wahrscheinlich ein paar Kunden auf dem Heimweg vorbei. Und dann herrschte bis elf Uhr nachts Flaute. Das Arrangement mit dem «Angelverein» war also gut fürs Geschäft. «Und was haben Sie dann gemacht?»

«Wir sind mit zwei Taxis zu mir gefahren.»

«Sie alle?»

«Wir steuern alle etwas Geld bei, vom dem ich Tee, Käse und Cracker kaufe. Spätestens um Mitternacht haben sich alle verabschiedet. Einmal im Monat leisten wir uns dieses Vergnügen.» Als könne er es selbst nicht so richtig glauben, wiederholte er abermals: «Das ist nicht strafbar.»

«Laut Ihrer Aussage waren Sie und Sam Jenkins also letzten Montag nicht allein, sondern mit fünf anderen Kirchenältesten zusammen.»

«Das gilt für mich, aber nicht für Sam. Er hat mit uns Fish & Chips gegessen, ist mit uns in die Stadt gefahren und hat uns dort verlassen. Er meinte, er müsse jemanden wegen einer dringenden Angelegenheit treffen und würde später zu uns stoßen. Gegen halb zehn ist er im Cleopatra aufgetaucht, hat noch einen Drink mit uns genommen, ist in eins der Taxis gestiegen und mit zu mir nach Hause gekommen.»

«Hat er Ihnen verraten, wo er war?»

Matthew schüttelte kleinmütig den Kopf. «Nein. Er war sehr gereizt, als er zu uns stieß. Ich erinnere mich noch, wie ich dachte, dass das Treffen wohl nicht gut gelaufen war.»

KAPITEL FÜNFZEHN

«Wo waren Sie letzten Montag am Nachmittag und frühen Abend, Mr. Jenkins?», fragte Trevor erschöpft. Inzwischen war es ziemlich spät, und ihm kam es so vor, als wollte dieser Arbeitstag einfach nicht enden.

«Ich wiederhole mich nur ungern ...»

«Mr. Jenkins, Sie haben mir nur Lügen aufgetischt», herrschte Trevor ihn an. «Uns liegt eine unterschriebene Aussage von Mr. Clarke vor. Wir wissen nun, dass er und fünf andere Kirchenälteste in Cleopatras Salon waren, während Sie sich nach der gemeinsamen Fahrt in die Stadt von Ihren Freunden verabschiedeten und Mr. Clarke erzählten, Sie hätten eine wichtige Verabredung. Nachdem Sie gegen halb zehn im Cleopatra auftauchten, haben Sie dort etwas getrunken und sind anschließend zum Haus von Mr. Clarke gefahren.»

«Ich möchte meinen Anwalt sprechen.»

«Nennen Sie Mr. Brooke seinen Namen.» Trevor verließ das Zimmer.

«Steht er unter Verdacht?», fragte Peter, der im Korridor wartete.

«In diesem Fall treiben mich alle, die als Verdächtige in Frage kommen, in den blanken Wahnsinn. Kacy Howells wurde auf einem Holzdeck mit einer Axt erschlagen und Alan Piper, ihr Nachbar und dein Cousin, mit dem sie sich seit Jahren zankt, kann niemanden nennen, der ihm für die Tatzeit ein Alibi gibt. Alan gibt zu, dass er im Namen der Toten unrechtmäßig eine Kreditkarte beantragt und online ein Inserat in einem Pornoheft geschaltet hat. In der fingierten Anzeige bietet die Nachbarin gegen Geschenke ihre sexuellen Dienste an. Alan bezahlte die Anzeige und mehrere Ausgaben des Hefts, die er per Post an ihren Arbeitsplatz schicken ließ. Seine DNA wurde am Tatort gefunden, und außerdem war in seinem Garten eine mit dem Blut des Opfers getränkte Jacke verbuddelt, die – wie er einräumt – ihm gehören könnte.»

«Alan hat das mit der Kreditkarte und der Anzeige doch nur gemacht, weil er sauer war.»

«Normale Leute brüllen herum, wenn sie wütend sind, aber begehen keinen Kreditkartenbetrug, um fingierte Anzeigen in Pornomagazinen zu schalten.»

«Jetzt hack doch nicht so auf Alan rum. Er weiß, dass er einen schweren Fehler gemacht hat. Aber ihr Vater ...»

«Jetzt lass mal gut sein, Peter. Dass er an Gott glaubt, steht nicht unter Strafe.»

«Falls er die Anzeige mit Kacys Foto gesehen hat, wäre es doch möglich, dass bei ihm eine Sicherung durchgebrannt ist.»

«Die Anzeige geht auf Alans Konto. Moralisch gesehen trägt er eine Mitschuld und müsste sich, wenn es nach mir ginge, dafür verantworten.»

«Moral und Gesetz sind aber zweierlei Paar Schuhe.»

«Stimmt. Nur wissen wir leider nicht, ob ihr Vater überhaupt von der Anzeige Kenntnis hatte oder nicht. Pech für ihn, dass er für die Tatzeit ebenfalls kein Alibi vorweisen kann. Und um die ganze Angelegenheit noch komplizierter zu machen, gibt es einen Farmer, der wütend auf Kacy Howells war, weil sie auf seinem Grund und Boden Bäume fällte. Ich könnte wetten, dass dieser Farmer auch niemanden hat, der bezeugen kann, wo er zur Tatzeit war. Und ...»

«Es gibt einen Exfreund, der behauptet, er hätte just am Tag des Mordes das Haus seines verstorbenen Onkels ausgeräumt. Zeugen kann er leider nicht benennen. Die Adresse habe ich gerade überprüft.» Sarah reichte Trevor ein Blatt Papier.

«Park View. Das ist ganz in der Nähe unseres Farmers.»

«Da ist noch etwas, Sir. Die Mitarbeiter der Spurensicherung haben von den Kollegen der Howells DNA-Proben genommen und John Evans' DNA auf dem Deck und im Schuppen der Howells gefunden.»

«Jüngeren Datums?»

«Ja, Sir. Seine Fingerabdrücke waren auf einer Peitsche und einem Stuhl. In einem davon wurde Blut nachgewiesen.»

«Na, das ist doch super, oder?», fragte Peter gut gelaunt.

«Was machen wir nun, Sir?», fragte Sarah Trevor.

«Bestellen Sie John Evans zum Verhör.»

Sarah warf einen Blick auf ihre Armbanduhr. «Jetzt, Sir?»

«Ja», entgegnete Trevor.

Peter verzog das Gesicht. «Dann fällt das Abendessen bei dir wohl ins Wasser.»

«Hast du nichts zu tun?», herrschte Trevor ihn an.

«Im Moment nicht. Dan besucht den White Baron im Gefängnis, um ihn zu löchern und herauszufinden, wer der Red Dragon ist.»

«Sir», rief ein Constable, der aus dem Verhörraum gerannt kam. «Die Spurensicherung ist am Telefon.»

«Ich nehme das Gespräch in meinem Büro entgegen.» Trevor lief durch den Flur und schloss demonstrativ die Tür vor Peters Nase, der ihm gefolgt war.

«Hallo, Trevor.»

«Alison, was haben Sie für mich?»

«Ich bin noch im Haus der Howells. Wir haben am Wasserhahn und auf dem Gulli im Garten Blutspuren gefunden.»

«Von Kacy Howells?»

«Das muss ich erst überprüfen. Es wäre möglich, dass der Täter dort ihr Blut, das an seinen Händen klebte, abgewaschen hat. Und im Abwasserschacht sind wir auf Schuhe, Socken, Unterwäsche, eine Hose und ein Hemd gestoßen ... alle Sachen waren voller Blutspritzer. Ich schaffe sie jetzt ins Labor.»

«Können Sie mir etwas über die Kleidergröße und den Hersteller sagen?»

«Stammt alles von der *Asda*-Kette und dürfte George passen. Das Hemd hat Kragenweite 39, die Hose 34 Taillenumfang und 29 Beinlänge. Schuhgröße 43. Das Hemd ist aus hellblauem Stoff, die Hose ist beige, und die braunen Schnürschuhe sind aus einem synthetischen Material.»

«Danke, Alison.» Trevor notierte die Daten auf seinem Notizblock.

«Stammen die DNA-Probe und die Fingerabdrücke eines gewissen Sam Jenkins, die wir erhalten haben, von Ihnen?»

«Ja. Sam Jenkins ist Kacy Howells' Vater.»

«Seine Fingerabdrücke waren in der Küche und im Elternschlafzimmer.»

Trevor ließ sich auf seinen Stuhl fallen. «Sonst noch was?»

«Sind das nicht schon genug Anhaltspunkte? Haben Sie meine Nachricht über die DNA und die Fingerabdrücke auf dem Deck und im Schuppen erhalten?»

«Die von John Evans?»

«Genau. Na, Sie können sich jedenfalls nicht über einen Mangel an aussagekräftigen Beweismitteln beklagen.»

«Nein, das kann ich wirklich nicht, Alison. Danke.»

«Ich habe ein Faible für belgische Schokolade und Chardonnay.»

«Ich werde sehen, was sich machen lässt.»

Es klopfte an der Tür, und kurz darauf trat Peter ein. «Dan ist zurück und hat vorgeschlagen, dass du für heute Schluss machst und wir doch noch zusammen zu Abend essen ... Was ist denn los? Hat die Spurensicherung dir den Mörder auf dem silbernen Tablett serviert?»

«Nein, leider nicht.»

«Dann wissen wir also immer noch nicht, ob der Vater oder John Evans der Täter war?»

«Beide Männer stehen unter Verdacht. Und dein Cousin ebenfalls», erwiderte Trevor stur. «Es könnte sein, dass der Täter sich im Garten der Howells ausgezogen und gewaschen hat. Laut Spurensicherung waren am Wasserhahn Blutspuren und im Ablaufkanal blutgetränkte Kleidungsstücke.»

Peter warf einen Blick auf den Notizblock, der auf Trevors Schreibtisch lag. «Die Sachen passen Alan nicht.»

«Ja, er wirkt kräftiger», gab Trevor zu.

«Er trägt dieselbe Größe wie ich. Das weiß ich so genau, weil ich mal mit ihm, Joy und meiner Ex im Urlaub war. Damals kam sein Koffer nicht mit, und ich musste ihm ein paar Klamotten leihen. Meine Schuhe waren ihm zu klein, denn er hat Größe 47, aber er trägt Kragenweite 43 wie ich, und bei Hosen hat er Taillenumfang 38 und in der Länge 33.»

«Vergiss nicht ... seine Jacke, an der Kacys Blut klebte, war im Garten vergraben.»

«Daran brauchst du mich nicht zu erinnern, aber du hast ja gehört, was er gesagt hat. Er kann sich nicht erinnern, wann er die Jacke zum letzten Mal gesehen hat. Vielleicht hat er sie tatsächlich irgendwo hängen lassen. Und das mit der Axt ...»

«Und was ist mit dem Taschentuch und dem Kaugummi?», unterbrach ihn Trevor.

«Das Taschentuch könnte in der Jackentasche gewesen sein. Oder jemand hat den Kaugummi und das Taschentuch aus einer Mülltüte gefischt ... wie Snaggy behauptet. Ich hatte von Anfang an den Eindruck, dass da jemand versucht, ihm den Mord anzuhängen.»

«Das hat er sich selbst zuzuschreiben. Niemand hat ihn gezwungen, die Kreditkarte zu beantragen und die Anzeige zu schalten.»

«Ich möchte über das Thema nicht mehr diskutieren.»

«So reagierst du immer, wenn dir die Argumente ausgehen», meinte Trevor.

«Lass gut sein. Wir besorgen jetzt Fish & Chips ...»

«Du hast doch mitgekriegt, dass ich Sarah eben gebeten habe, John Evans aufs Revier zu bestellen.» Trevor nahm Peter die Notizen ab. «Wir sehen uns morgen früh.»

«Pass auf, dass du dich nicht übernimmst, Joseph, sonst bist du völlig ausgelaugt, wenn du heute Abend nach Hause kommst.»

«Immerhin ist da jemand, der auf mich wartet.»

«Musst du mir schon wieder unter die Nase reiben, dass Daisy auf Geschäftsreise ist?»

«Du könntest ja ein paar Überstunden machen, solange sie weg ist.»

«Wenn ich wüsste, wo ich nach dem Red Dragon suchen soll, würde ich das auch tun. Na, da Fish & Chips jetzt gestrichen sind, kann ich ja mal bei meinem Lieblingsinder vorbeischauen und sehen, was heute auf der Tageskarte steht.»

«Wann kommt Daisy zurück?»

«Am Wochenende. Wenn du dich heute Nacht an Lyn schmiegst, denk daran, dass ich mutterseelenallein in meinem Bett liege.»

Peter blieb noch bis sieben Uhr auf dem Revier, wälzte Akten und wartete vergeblich auf Dans Rückkehr. Dann verabschiedete er sich, fuhr in Richtung High Street, änderte auf halber Strecke seine Meinung und kehrte unvermittelt um, was einen älteren Verkehrsteilnehmer, der ihm im Schneckentempo entgegenkam, dermaßen erschreckte, dass er empört hupte.

Er fuhr auf den Parkplatz hinter der Bibliothek, von dem Trevor ihm erzählt hatte, und ging dann zu Fuß zum Platform 10, wo er sich an der Theke ein Bier holte und sich dann zum Rauchen in den menschenleeren Hof begab. Er warf einen Blick auf seine Uhr. Hier war es nicht sonderlich gemütlich, aber da er keine anderen Pläne für den Abend hatte, ließ er sich auf einen Plastikstuhl fallen, zündete seine Zigarre an und wartete.

* * *

Trevor kämpfte gegen eine aufkeimende Depression an, als er zusammen mit Sarah Merchant den Verhörraum betrat. Schon unter normalen Umständen war dieses schmucklose, in Braun und Beige gehaltene Zimmer mit dem grellen Neonlicht und dem winzigen Fenster, das auf einen Parkplatz hinausging, alles andere als inspirierend, doch nachdem er hier den ganzen Tag lang nur Lügengeschichten gehört hatte, war dies der letzte Ort, an dem er sein wollte.

«Guten Abend, Constable Merchant», grüßte der gutaussehende, ziemlich nervös wirkende Mann und erhob sich.

«Hallo, Mr. Evans.» Sarah legte eine Mappe mit den Notizen des Gesprächs, das sie an diesem Morgen mit John Evans geführt hatte, auf den Tisch und schlug sie auf.

«Ich bin Inspector Trevor Joseph. Bitte, nehmen Sie doch wieder Platz, Mr. Evans.»

«Ich weiß, warum Sie mit mir sprechen möchten ...»

«Warten Sie, bis ich den Kassettenrecorder eingeschaltet habe, Mr. Evans.» Trevor gab sich betont höflich, obwohl die Märchen, die dieser Mann ihnen aufgetischt hatte, einer der Gründe war, warum er und Sarah nach zwölf Stunden Arbeit immer noch auf dem Revier waren.

John Evans faltete die Hände und beugte sich vor. «Sie sind mir auf die Schliche gekommen, nicht wahr?»

«Mr. Evans, bitte überlegen Sie noch einmal ganz genau, was Sie am vergangenen Montag zwischen zwölf Uhr mittags und elf Uhr abends getan haben. Und erst wenn Sie sich ganz sicher sind, erklären Sie uns, wo Sie zu welcher Zeit waren.»

Sarah setzte sich neben Trevor und zückte ihren Kugelschreiber. Trevor lehnte sich zurück und wartete geduldig.

«Ich habe das Haus meines Onkels ausgeräumt ... wie ich Constable Merchant schon erzählte.»

«Die ganze Zeit über?»

«Nein, ich bin dort so gegen zehn Uhr in der Früh eingetroffen.»

«Haben Sie an diesem Tag Kacy Howells einen Besuch abgestattet?»

«Ist das nicht der Grund, wieso Sie mich hierherbestellt haben?»

«Wir stellen hier die Fragen, Mr. Evans, und nicht Sie. Haben Sie Kacy Howells letzten Montag in ihrem Haus besucht oder nicht?»

«Ich hasste es, dorthin zu gehen.» John ließ den Kopf hängen und starrte auf die Tischplatte. «Ich wollte auf gar keinen Fall, dass Emma ... meine Frau ... herauskriegt, dass ich mich immer noch mit Kacy treffe. Aber es ist einfach so, wie ich Constable Merchant heute Morgen sagte. Wenn Kacy sich einen Mann krallt, gibt es kein Entrinnen.»

«Wie oft waren Sie bei Kacy Howells?»

«Ein paarmal im Monat.»

Trevor gelang es gerade noch, sein Befremden zu verbergen. «Wie lange lief das?»

«Es ging drei Wochen nach ihrer Heirat los.»

«Und Ihre Frau weiß nichts davon?»

«Wir beide haben gleitende Arbeitszeit. Ich habe mir montagnachmittags immer freigenommen, um nach meinem Onkel zu sehen und in seinem Haus herumzuwerkeln. Irgendwie hat Kacy davon Wind bekommen und vorgeschlagen, ich solle hinterher bei ihr vorbeischauen.»

«Kann ich eine Frage stellen, Sir?»

«Nur zu, Constable Merchant», meinte Trevor.

«Sie haben erwähnt, Ihre Trennung von Kacy wäre nicht im Guten verlaufen. Und dass Sie mit ihr nichts mehr zu tun haben wollten, nachdem Sie mit Ihrer Frau zusammengezogen sind, und Kacy deshalb Geld gegeben haben. Wieso haben Sie Ihren Vorschlag angenommen und sie wieder besucht?»

«Sie hat mich erpresst», gestand John Evans.

«Sieben Jahre lang?», fragte Trevor fassungslos.

«Als wir noch ein Paar waren, hat Kacy uns bei allen möglichen Anlässen gefilmt, was ich damals allerdings nicht wusste. Sie hat gedroht, Kopien von den Videobändern meinem Onkel, meinen Eltern und meinen Arbeitskollegen zu schicken und sie ins Netz zu stellen.»

«Was genau verstehen Sie unter ‹allen möglichen Anlässen›?», hakte Trevor nach.

«Ich spreche von Dingen, die wir miteinander gemacht haben, von denen ich nicht möchte, dass meine Familie, Kollegen und Freunde sie erfahren», antwortete er.

«Waren daran auch Dritte beteiligt?»

«Hin und wieder. Kacy war sadomasochistisch veranlagt.»

«Sind dabei Leute zu Schaden gekommen?»

Er nickte.

«Und diese Betroffenen waren damit nicht einverstanden?», wollte Trevor wissen.

«Ein Kandidat musste ins Krankenhaus.»

«Und trotzdem haben Sie sich während der letzten sieben Jahre mit Kacy getroffen ...»

«Meine Frau hätte mich verlassen, wenn sie davon erfahren hätte.»

«Wusste George Howells Bescheid?»

«Keine Ahnung, aber wenn nicht, hat er sich blind und taub gestellt, weil er nicht wahrhaben wollte, dass sie ihn betrog.»

«Mit Ihnen?»

«Und mit anderen. Kacy war sexsüchtig», erklärte er voller Bitterkeit. «Und diese Sucht musste befriedigt werden.»

«Sie haben Kacy also fast jeden Montagnachmittag besucht und Sex mit ihr gehabt?»

«Wie ich heute Morgen schon Constable Merchant erzählte, wollte ich das nicht, aber Kacy machte einfach Dinge, die normale Frauen nie und nimmer tun würden. Sie war schlimmer als eine Droge. Und jedes Mal, wenn ich versuchte, unser Verhältnis zu beenden, und nicht mehr bei ihr vorbeischaute, drohte sie mir mit den Filmen. Ich hatte natürlich Angst davor, Emma und die Kinder zu verlieren, und habe mich nicht getraut, meine Frau einzuweihen ...» Er hob den Blick und schaute Trevor unverwandt in die Augen. «Aber jetzt, wo Sie mich verhaftet haben, wird Emma vermutlich alles erfahren.»

«Wir haben Sie nur hierhergebeten, damit Sie uns bei unserer Ermittlung helfen.» Trevor massierte seinen steifen Nacken.

«Ich versuche ja, behilflich zu sein ...»

«Dann beantworten Sie endlich meine Fragen», fuhr Trevor ihn unbeherrscht an. «Wo waren Sie vergangenen Montag zwischen Mittag und elf Uhr abends?»

* * *

Die Sonne verschwand hinter den Dächern, als Snaggy endlich auftauchte. Er bewegte sich im Schatten der Mauer vorwärts, warf einen Blick über seine Schulter und steckte sich eine Zigarette in den Mund, ehe er sich Peter näherte, der vor sich hin paffte und an seinem zweiten Bier nippte.

«Haben Sie die Kohle?»

«Nein.» Peter holte sein Feuerzeug heraus und gab Snaggy Feuer. «Wir müssen über Lofty und den Mann reden, dem er den Mord an dieser Hausfrau aus der Vorstadt angehängt hat.»

«Ich brauche den Zaster ...»

«Und ich gehe jetzt zu meinem Wagen, der hinter der Bibliothek steht. Komm in zehn Minuten nach. Steig hinten ein und leg dich auf den Boden. Wir drehen eine Runde und quatschen.»

«Ich darf nicht mit Ihnen gesehen werden.»

«Keine Sorge.» Peter steckte das Feuerzeug in seine Tasche, trank aus und verließ das Pub.

* * *

«Wie ich Constable Merchant bereits sagte, bin ich zum Haus meines Onkels gefahren und habe dort den ganzen Vormittag über ausgemistet. Normalerweise wollte Kacy, dass ich um zwei Uhr bei ihr auftauche, nur ... an diesem Tag hat sie mich bei meinem Onkel angerufen und mich gebeten, erst um halb fünf zu kommen, weil George und die Kinder nicht da waren und sie zu tun hatte.»

«Sind Sie zu Fuß gegangen?»

«Damit mich niemand sieht, bin ich immer von hinten gekommen ... vom Feldweg.»

«Dann waren Sie also nie in der kleinen Straße?», hakte Trevor nach.

«Nein. Kacy hatte eine Nachbarin erwähnt, die alles beobachtet, was sich da tut, und sogar notiert, wie lange die Paketzusteller bleiben. Wobei ich mir durchaus vorstellen könnte, dass Kacy, so wie sie gestrickt war, sich mit ihnen vergnügte.»

«Sind Sie mit dem Auto zur Farm gefahren?»

«Ja. Ich habe meinen Wagen auf dem Feldweg stehen lassen und bin dann zu Fuß durch den Wald gegangen.»

«Was für ein Modell fahren Sie?»

«Einen Astra Cabrio. Emma wollte ihn unbedingt. Wir nutzen ihn gemeinsam.»

«Sie sind also vom Haus Ihres Onkels zum Feldweg gefahren. Wie lange hat das gedauert?»

«Ein paar Minuten.»

«Und Sie sind um halb fünf bei Kacy Howells eingetroffen?»

«Um zwanzig vor fünf. Ich weiß noch, dass ich auf die Uhr schaute, weil ich ahnte, dass Kacy wütend sein würde. Sie legte großen Wert auf Pünktlichkeit. Das war eine von ihren Marotten. Sie konnte es auf den Tod nicht ausstehen, wenn sie sich hergerichtet hatte und dann warten musste.»

«Was meinen Sie mit ‹hergerichtet›?»

«In ihrem Gartenhaus gibt es eine Art Geheimtür. Dahinter gibt es einen kleinen Alkoven mit Hand- und Fußschellen, die sie an der Wand befestigt hat. Dort bewahrt sie auch ihre Peitschen und alles andere auf. Wenn ich kam, war sie schon nackt. Sie zog mich aus, legte mir die Hand- und Fußschellen an und peitschte mich aus.»

«War sie eine Domina?»

«Sie war eine Sadistin, die darauf abfuhr, ihre Liebhaber zu züchtigen.»

«Hinterließen diese Spielchen nicht Striemen?»

«Manchmal schon.»

«Und wie haben Sie Ihrer Frau die Schrammen erklärt?»

«Dass ich im Garten meines Onkels gearbeitet und mich dabei verletzt habe.»

«Sie kaufte Ihnen diese Geschichte ab?»

«Der Garten meines Onkels ist total verwildert. Jedes Mal, wenn ich versuchte, dort etwas Ordnung reinzubringen, habe ich mir Schrammen und Blessuren zugezogen.»

«Sie sind also durch den Wald gegangen und um zwanzig vor fünf bei Kacy gewesen. Was ist dann passiert?»

«Ich bin wie üblich über den Zaun geklettert.» Er schloss die Augen. «Es war grauenvoll. Sie lag nackt auf dem Holzdeck, und in ihrem Kopf steckte eine Axt. Überall waren Fliegen ...»

«Was haben Sie getan, als Sie sie so vorfanden?»

«Mir wurde speiübel. Normalerweise hätte ich mich übergeben müssen, aber mein Magen war glücklicherweise leer.»

«Sie sind nicht auf die Idee gekommen, den Notarzt zu rufen?»

«Es war ganz offensichtlich, dass Kacy tot war. Was hätte ein Notarzt da tun sollen?»

«Was ist mit der Polizei?»

«Ich war nicht erpicht darauf, erklären zu müssen, was ich dort zu suchen hatte. Darum machte ich auf dem Absatz kehrt und lief weg.»

«Und Sie haben Kacy am Tatort liegen gelassen.»

«Ja», antwortete John Evans wie benommen und sah zu Trevor hinüber. «Verhaften Sie mich jetzt?»

«Sie haben Beweise zurückgehalten, eine Falschaussage gemacht und unsere Arbeit behindert. Dafür werden Sie sich verantworten müssen.»

«Aber Sie glauben mir doch, oder?», fragte Evans mit flehender Stimme.

Trevor erhob sich von seinem Stuhl. «Ehrlich gesagt, Mr. Evans, weiß ich bei dieser Ermittlung überhaupt nicht mehr, wem oder was ich glauben soll.»

«Kann ich nach Hause gehen, nachdem Sie offiziell Anklage gegen mich erhoben haben?»

«Wir müssen uns an die Regeln halten und brauchen von Ihnen noch eine neue Aussage.» Trevor wandte sich an Sarah. «Ich werde ein paar Kollegen reinschicken, die Sie ablösen sollen. Sie können für heute Schluss machen.»

«Danke, Sir.»

Trevor ging in den Ermittlungsraum, wo ein Dutzend Beamte dabei waren, Zeugenaussagen und Beweismittel zu sichten.

Dan, der gerade einen Kaffee trank und mit Chris

Brooke plauderte, hob den Kopf, als Trevor eintrat. «Wie ich hörte, gibt es wieder einen neuen Verdächtigen.»

Trevor nickte. «Der Mann behauptet, Kacy Howells wäre um zwanzig vor fünf bereits tot gewesen.»

«Und? Hat er sie umgebracht oder nicht?»

«Was gäbe ich darum, diese Frage beantworten zu können, Dan.»

* * *

Peter fuhr auf einen verlassenen Parkplatz an der Strandpromenade, parkte mit Blick aufs Meer, kurbelte das Fenster herunter und fischte eine Zigarre aus der Brusttasche.

«Sollte uns jemand beobachten, hält er mich für einen einsamen Bullen, der nach einem schweren Tag ein bisschen die Aussicht genießen möchte», murmelte er.

«Aber nicht, wenn er sieht, dass sich Ihre Lippen bewegen», meckerte Snaggy, der hinten auf dem Boden kauerte.

«Es ist inzwischen schon fast dunkel, und wer weiß? Vielleicht führe ich ja Selbstgespräche. Und außerdem ... hier ist weit und breit niemand zu sehen.»

«Haben Sie die Kohle mitgebracht?»

«Nein.»

«Na, dann gibt es auch nichts zu besprechen.»

«Wenn du willst, dass ich was springen lasse, musst du endlich den Mund aufmachen. Wer verbirgt sich hinter dem Red Dragon?»

«Meinen Sie, ich würde einen lumpigen Riesen verlangen, wenn ich das wüsste? Diese Info ist mindestens eine halbe Million wert.»

«Ach, meinst du?»

«Ich habe Ihnen gesteckt, dass Lofty diese Vorstadt-Tussi kaltgemacht hat, und will jetzt mein Geld sehen.»

«Kannst du beweisen, dass Lofty der Täter ist?»

«Lofty hat während einer Pechsträhne damit im Kasino geprahlt. Anscheinend war sie nackt und ein richtiges Flittchen. Die Schlampe muss so übel gewesen sein, dass sogar einem wie ihm die Lust verging, über sie rüberzusteigen.»

«Woher weißt du, dass der Red Dragon ihn beauftragt hat?»

«Weil er es sagte.»

«So etwas plaudert man doch nicht aus.»

«Er war blau.»

«Blau genug, um dir zu verraten, wie der Red Dragon mit bürgerlichem Namen heißt?»

«Ich rede nur mit Bullen, wenn der Rubel rollt.» Peter hörte, wie hinten eine Tür geöffnet wurde.

Als Peter sich umdrehte, sah er, wie Snaggy den in die Klippen gehauenen Pfad hinunterstürmte und in Richtung Wasser rannte. Peter war müde und hungrig, und er griff nach hinten, zog die Tür zu und fuhr weg. Er war schon fast in der Stadt, als er es sich anders überlegte, umkehrte und zum Revier raste. Da Snaggy stadtbekannt war, musste er sich bestimmt nicht lang gedulden, bis ein Streifenpolizist den Spitzel aufgegriffen hatte.

KAPITEL SECHZEHN

Um ein Uhr nachts, acht Stunden später als erwartet, fuhr Trevor auf den Parkplatz hinter seinem Haus und ärgerte sich, dass er wieder einmal nicht dazu gekommen war, Marty zu baden und ins Bett zu bringen, mit Lyn zu Abend zu essen und anschließend gemeinsam einen Film anzuschauen oder mit ihr über das Spielzimmer zu sprechen, das sie für Marty im Hauswirtschaftsraum einrichten wollten.

Nach einem kurzen Blick auf die Garagentür entschied er, den Wagen draußen stehen zu lassen. Da er in aller Herrgottsfrühe wieder zum Dienst musste, lohnte sich die Mühe nicht. Er konnte nur hoffen, dass er den Kopf frei und ein paar Stunden Schlaf bekommen würde, was angesichts der vielen Fragen, die ihn die ganze Zeit beschäftigten, eher zweifelhaft war. Er schaltete den Motor aus und öffnete die Wagentür.

Vor ein paar Tagen hatte er sich noch darüber beschwert, wie langsam die Ermittlung in die Gänge kam und wie viel Zeit verstrich, bis die Spurensicherung mit Ergebnissen aufwarten konnte, und nun hatte er Mühe, sich auf all die falschen und widersprüchlichen Aussagen und die vielen Testergebnisse einen Reim zu machen. Würde man ihn jetzt fragen, hätte er eine langsamere Gangart und ein paar Stunden der Muße, die er mit seiner Familie verbringen konnte, vorgezogen.

Als er sich dem Haus näherte, tauchte der Vollmond die weißen Petunien, die Lyn überall gepflanzt hatte, in ein silbernes Licht. Er blieb kurz stehen und genoss den Moment. Sein Blick fiel auf die schlichten weißen Art-déco-Gartenmöbel, die Lyn ausgesucht hatte, und verglich die zurückhaltende Eleganz seines kleinen Grünstreifens mit dem überdimensionierten Holzdeck und dem ungepflegten Garten der Howells. Manche Frauen besaßen eben die Gabe, ein Haus in ein Heim zu verwandeln, während andere an dieser Aufgabe kläglich scheiterten. Dass Lyn zur ersten Gruppe gehörte, freute ihn.

Er schloss die Hintertür auf, ging in die Küche und schaltete das Licht ein. Auf den schwarz-weißen Möbeln, den gefliesten Arbeitsflächen und dem Fußboden war kein Staubkörnchen zu entdecken. Ungeachtet der Tatsache, dass Lyn sich jetzt um den kleinen Marty kümmern musste, gelang es ihr anscheinend spielend, Ordnung zu halten. Er schaute in den Kühlschrank und holte eine Flasche Orangensaft heraus.

«Ich meinte doch, etwas gehört zu haben», sagte Lyn und stellte sich zu ihm. In ihrem knöchellangen schwarzsilbernen Kaftan und mit den zusammengebundenen schwarzen Haaren sah seine großgewachsene, schlanke Ehefrau einfach umwerfend aus.

«Wieso bist du noch auf, Schatz?» Er stellte den Orangensaft auf die Arbeitsplatte, schloss sie in die Arme und hob sie hoch.

«Ich habe gerade Marty gestillt. Wenn wir Glück haben, schläft unser kleiner Liebling wie auch gestern Nacht wieder bis sechs Uhr durch.»

Trevor musste schmunzeln. «Seit wir ihn haben, brauchen wir eigentlich keinen Wecker mehr.»

Sie küsste ihn. «Harter Tag?»

«Grauenvoll.» Er hob die Saftflasche hoch. «Möchtest du auch einen Schluck?»

«Nein, danke. Davon kriegt Marty Schluckauf. Ich nehme lieber ein Glas Wasser. Hast du Hunger?»

«Ich esse ein Stück Käse und ein paar Cracker.»

«Im Brotkasten sind frische Brötchen. Wenn du möchtest, kann ich dir gern was kochen.»

«Ich habe mir etwas aus der Kantine kommen lassen.»

«Was Fettiges?»

«Ein Sandwich.»

«Was für ein Sandwich?»

«Ein *gesundes*. Geh schon mal ins Wohnzimmer. Ich mache mir etwas zurecht und komme gleich.»

«Lass uns auf den Balkon gehen.»

«Gute Idee.» Trevor stellte ein paar Kleinigkeiten auf ein Tablett, stieg die Treppe hoch und ging auf den Schlafzimmerbalkon, der die ganze Hausseite einnahm. Von hier aus hatte man einen unverbauten Blick aufs Meer, auf den Strand, die fernen Klippen und den abgelegenen Leuchtturm.

Lyn lag auf einem Liegestuhl, hatte die Arme um die angezogenen Knie geschlungen und den Blick auf den Horizont gerichtet. Sie genossen die stille, warme Nacht und das Meer, das im Mondlicht silbern schimmerte. In der Ferne zogen Wolken auf und schoben sich vor die Sterne. Trevor atmete genüsslich die salzige Meeresluft ein und stellte das Tablett auf den Tisch.

«Hier draußen ist es wunderschön.»

«Schwingt in deinem Ton Besitzerstolz mit?», neckte Lyn ihn.

«Ohne den Balkon und diesen Ausblick hätte ich das Haus nicht gekauft. Und ich muss dir sagen, vor diesem Hintergrund siehst du einfach umwerfend aus.»

«Die Aussicht ist wirklich unbezahlbar. Musst du morgen wieder früh raus?»

«Ja, leider.»

«Dann sollten wir besser bald ins Bett gehen.»

«Willst du mal kosten?» Er bot ihr ein Stück Käse auf einem Cracker an.

Sie schüttelte den Kopf. «Nein, danke, Schatz. Ich bin einfach zu erledigt, um zu essen.»

«Schafft Marty dich?»

«Ich hatte ja keine Ahnung, dass ein so kleiner Wurm einem so viel abverlangt.»

Trevor schob den Teller mit dem Käse und den Crackern weg und breitete die Arme aus. «Komm.»

«Du, ich und mein Babyspeck sind zu viel für diese Liege.»

«Unsinn. Und du hast überhaupt keinen Babyspeck.»

«O doch. Ich muss endlich anfangen, Sport zu treiben.»

«Aber doch nicht jetzt! Bitte, komm her. Ich brauche dringend etwas Trost.»

Lyn gab nach und setzte sich auf seinen Schoß. «Wieso bittest du nicht um eine Versetzung? Das Morddezernat ist doch überhaupt nicht dein Ding.»

«Du sagst es. Und dieser Fall ist besonders übel.»

«Weil das Opfer eine Mutter von kleinen Kindern ist?»

«Woher weißt du das?», fragte er.

«Ich lese schließlich Zeitung. Dort wird die Vergangenheit des Opfers breitgetreten und ziemlich reißerisch über das Doppelleben berichtet, das diese Frau geführt haben soll.»

«Wie kommt es nur, dass Journalisten uns armen Polizisten immer ein paar Schritte voraus sind? Auf der anderen Seite weiß man nie, ob sie die Wahrheit schreiben oder ihren Lesern nur irgendwelche pikanten Klatschgeschichten vorsetzen. Bekommen sie eine Geschichte angeboten, von der sie sich eine Auflagensteigerung versprechen, blättern sie bereitwillig ein paar Tausender hin. Und für den Fall, dass ihre zweifelhafte Quelle ihnen ein Ammenmärchen auftischt, schlucken sie das anstandslos, denn sie müssen unbedingt ihre Kolumnen vollkriegen.»

«Stimmt es nicht, dass das Opfer Hunderte von Liebhabern hatte und als Prostituierte gearbeitet hat?»

«Ob das mit der Prostitution stimmt, ist noch nicht geklärt. Nach allem, was wir wissen, hat sie mit jedem geschlafen, der ihr über den Weg lief, ohne Geld dafür zu nehmen.»

«Geht dir dieser Fall so unter die Haut, weil sie kleine Kinder hatte?», riet Lyn.

«Das ist ein Aspekt», räumte er ein. «Das Opfer war alles andere als eine gute Ehefrau oder gute Mutter. Wir ermitteln erst seit ein paar Tagen, und trotzdem frage ich mich, ob es einen Mann in dieser Stadt gibt, mit dem sie nicht geschlafen hat. Einmal abgesehen von ihrer Mutter und ihrem Ehemann, der homosexuell ist, hat niemand etwas Gutes über sie zu sagen. Ihr Bruder konnte es gar nicht abwarten, uns zu erzählen, dass sie es schon in der Schule mit jedem getrieben hat, und einer ihrer langjährigen Liebhaber spricht über sie, als wäre sie eine Droge gewesen, von der er abhängig war und die er gegen seinen Willen immer wieder konsumieren musste. Der einzige Kommentar, der ihrem Vater über die Lippen kam, war, dass sie jetzt frei von Sünde ist und dass sie – ich zitiere – nun im Paradies weilt.»

«Merkwürdige Reaktion von einem Mann, dessen Tochter ermordet wurde.»

«Mir ist wirklich schleierhaft, warum manche Ehemänner ihren untreuen Frauen nicht den Laufpass geben. Und selbst einen schwulen Mann muss es doch stören, wenn alle über seine Frau herziehen und sich das Maul über sie zerreißen. Die beiden hatten denselben Arbeitgeber. Kannst du als Krankenschwester in einer psychiatrischen Einrichtung mir erklären, warum so viele verheiratete Frauen fremdgehen?»

«Die einfache Antwort lautet, dass es ihnen an Selbstbewusstsein fehlt.»

«Wir sprechen hier von einer Frau, die im Auftrag eines Massagesalons in billigen Pornofilmen mitspielte.»

«Da hast du es. Sie musste sich etwas beweisen.»

«Was denn?»

«Dass sie begehrenswert ist. Dass sie Männer besser befriedigen kann als andere Frauen. Vermutlich war sie unsicher und fühlte sich ungeliebt, sodass sie meinte, den Männern das geben zu müssen, was sie ihrer Meinung nach von ihr erwarteten. Womöglich konnte sie nur auf diese Weise ein Selbstwertgefühl entwickeln.»

«Mit tabulosem Sex, der zu nichts verpflichtet?»

«Nach dem, was in der Zeitung steht und was du mir gerade erzählt hast, klingt das nicht unlogisch.»

«Ihrem Liebhaber zufolge tat sie Dinge, zu der sich keine andere Frau – seine Gattin eingeschlossen – je bereit erklärte.»

«Vielleicht war sie einfach nur sexsüchtig.»

«Was ist das denn? Eine medizinisch anerkannte Störung? Oder etwas, das sich die Boulevardpresse ausgedacht hat, um berühmte Persönlichkeiten durch den Kakao zu ziehen?»

Lyn lachte. «Du hast den Nagel auf den Kopf getroffen. Deshalb ist heute das Wort ‹Nymphomanin› in aller Munde.»

«Diese Frau liebte die Gefahr und stand darauf, es mit einem Typen in aller Öffentlichkeit zu treiben.»

«Über dieses Thema solltest du mal mit dem Polizeipsychologen sprechen. Vielleicht hat er ja ein Opferprofil erstellt und weiß Dinge über sie, die nicht in der Zeitung stehen und über die du mit mir lieber nicht diskutieren möchtest.»

«Da die Frau tot ist, würde das für immer Theorie bleiben.»

«Weißt du schon, wer als Täter in Frage kommt?»

«Nach dem heutigen Tag habe ich den Eindruck, ich sollte den Namen jedes Verdächtigen auf ein Stück Papier schreiben, die Zettel in einen Topf werfen und einen der Frischlinge aus meinem Team bitten, das Los zu ziehen.»

«Klingt nicht gut.»

«Ich habe schon zu viel geplaudert. Wir müssen uns an die verabredeten Spielregeln halten, die besagen, dass das Thema Arbeit in den eigenen vier Wänden tabu ist.»

«Machst du dir wegen dem, was du über das Privatleben des Opfers weißt, unseretwegen Sorgen?»

«Nein», antwortete er wahrheitsgemäß. «Du bist das genaue Gegenteil von dieser Frau. Innen und außen wunderschön.» Er küsste ihren Nacken.

«Ist schon komisch, dass sie einen schwulen Mann geheiratet hat. Es könnte sein, dass sie fremdgegangen ist, weil sie sexuell unbefriedigt war. Meinst du, er hat sie nur geheiratet, weil er einen sicheren Hafen, Kinder, Familie haben wollte?»

«Und um der Welt zu beweisen, dass er nicht schwul ist.»

«Heutzutage interessiert sich doch niemand mehr dafür, welche sexuellen Präferenzen jemand hat.»

«Normale Leute nicht, aber einige religiöse Fanatiker wahrscheinlich schon. Und ich wette, dass wenigstens eins der Kinder nicht von ihm ist.»

«Vorausgesetzt, er war nur auf ein ganz normales Familienleben aus, hat ihn das wahrscheinlich nicht gestört.»

«In diesem Fall hätten die beiden eine recht eigenwillige Ehe geführt.»

«So etwas nennt man Zweckehe. Solche Verbindungen gab es in den dreißiger, vierziger und fünfziger Jahren in Hollywood zuhauf. Damals war es ungemein wichtig, dass man – wenigstens pro forma – eine saubere Weste hatte.»

Er steckte die Nase in ihr Haar und schnupperte. «Du riechst toll.»

Lyn stand auf und streckte die Hand aus. «Vergiss jetzt den Fall und die Ehen anderer Leute und komm ins Bett. Das ist ein Befehl.»

«Tyrannin.»

«Ganz wie du meinst.»

Er schenkte ihr ein Lächeln. «Was würde ich nur ohne dich machen, Mrs. Joseph?»

«Na, finanziell wärst du auf jeden Fall bessergestellt.»

«Ich liebe dich.»

«Ich dich auch.» Sie zog ihn durch die Terrassentür ins Schlafzimmer und ließ die Jalousien herunter.

* * *

Peter legte die Füße auf Trevors Schreibtisch, lehnte sich zurück und sah alle Daten auf Trevors Computer durch, bis er auf eine Datei namens *Zeugenaussage Alan Piper* stieß.

«Was treiben Sie da?», fragte Dan, der im Türrahmen stand und Peter beobachtete.

«Ich arbeite.»

«Weiß Trevor, dass Sie in seinem Büro sind?»

«Ja, er ist vor einer Stunde nach Hause gegangen.»

«Das sollten Sie auch tun. Immerhin ist es zwei Uhr nachts.»

«Ich weiß.»

«Muss ich Sie etwa daran erinnern, dass Sie meiner Ermittlung zugeteilt wurden und mich dabei unterstützen sollen, die Mordfälle aufzuklären, die mit dem Drogenbandenkrieg in Zusammenhang stehen?»

«Sie haben keinen Anlass zur Klage ... nur gehen mir andauernd Alans Worte im Kopf herum. Ich kann noch nicht genau den Finger darauflegen ...»

«Falls Sie vorhaben, Alan zu fragen, ob er bei der Recherche für seinen Artikel vom White Baron erfahren hat, wie der Red Dragon mit bürgerlichem Namen heißt, vergessen Sie's.»

«Ich glaube nicht, dass er uns in diesem Punkt weiterhelfen kann.»

«Nachdem ich ihn heute Nachmittag im Knast besucht habe, bin ich da ganz Ihrer Meinung.»

Peter starrte auf den Monitor. «Alan hat irgendetwas Wichtiges erwähnt, was ich in dem Moment für belanglos hielt, und jetzt fällt es mir nicht mehr ein.»

Dan ließ sich auf den Besucherstuhl fallen. «Für die meisten Journalisten habe ich nicht viel übrig. Neunzig Prozent von diesen Schmierfinken würden ihre Großmutter für eine Geschichte verkaufen, selbst wenn sie frei erfunden ist, doch bisher dachte ich, Alan Piper wäre von einem anderen Schlag.»

«Und seit Sie ihn gesprochen haben, sind Sie anderer Meinung?», fragte Peter.

«Er weigerte sich, mir den Namen des Spitzels zu verraten, der ihn mit Infos über den White Baron versorgt hat.»

«Das können Sie ihm doch nicht verübeln. Er muss dichthalten, sonst trauen die Spitzel ihm nicht mehr.»

«Kann schon sein», räumte Dan missmutig ein.

«Sind Sie bis eben im Gefängnis gewesen?»

«Nein, die Wärter haben mich um fünf Uhr rausgeworfen. Nur damit Sie's wissen ... ich war nicht nur bei Alan, sondern habe auch dem White Baron meine Aufwartung gemacht. Was für eine Zeitverschwendung! Genauso gut hätte ich mich mit einer Wand unterhalten können. Der Kerl hat es sich in seiner Zelle richtig gemütlich gemacht. So geht das nicht. Ich habe mich hinterher beim Gefängnisdirektor darüber beschwert.»

«Wird er dagegen vorgehen?»

«Zumindest will er darüber nachdenken.»

«Was nur mal wieder beweist, dass es den armen Junkies, Alkoholikern und Schizophrenen im Knast wesentlich schlechter ergeht als verurteilten Mördern und Vergewaltigern, die ihre Strafe in einer heimelig ausstaffierten Zelle auf einer Arschbacke absitzen ...»

«Es ist jetzt Viertel nach zwei, Peter, und ich bin nicht in der Stimmung für eine Ihrer Litaneien, zumal ich gerade eine Ewigkeit die Stadt nach einem Spitzel abgegrast habe und nicht fündig geworden bin. Erzielen wir in den nächsten vierundzwanzig Stunden keinen Durchbruch, muss ich vor denen da oben den Bückling machen und die Ermittlung einem Kollegen überlassen.»

«Ich hatte heute Abend eine kleine Unterhaltung mit Snaggy.»

«Und ... was hat er gesagt?»

«Einmal abgesehen davon, dass er wieder Kohle verlangt hat, nicht viel.»

Dan rutschte auf seinem Stuhl herum. «Trevor hat's gut. Der ist jetzt daheim.»

«Und liegt vermutlich schon im Bett», vermutete Peter mit einem Anflug von Neid.

«Daisy ist noch nicht zurück, oder?»

«Nachdem Snaggy getürmt ist, bin ich hierher gekommen und habe die Streifenpolizisten über Funk gebeten, nach Lofty und Snaggy Ausschau zu halten und sie aufs Revier zu bringen. Unsere Jungs müssten inzwischen eigentlich alle Casinos abgeklappert haben.»

«Da Snaggy abgebrannt ist und Lofty wahrscheinlich auch, werden sie kaum in einem Casino herumhängen.»

«Meiner Erfahrung nach kommen solche Typen irgendwie immer an Kohle ran. Und da man immer ein altes Mütterchen überfallen oder jemanden abmurksen kann, geht das auch munter so weiter», schimpfte Peter und lehnte sich zurück.

«Sie glauben tatsächlich, dass an Snaggys Geschichte, Lofty habe Kacy Howells auf dem Gewissen, etwas dran ist, oder?»

«Ich traue es ihm jedenfalls zu.»

«Vorausgesetzt, dass ihn jemand gut dafür bezahlt», schränkte Dan ein. «Lofty mit einer Axt ... können Sie sich das vorstellen?»

«Wieso nicht? Sofern der Auftrag lautete, es so zu deichseln, dass der Verdacht auf Alan fällt.»

«‹Ziemlich weit hergeholt›, um mal Trevor zu zitieren.»

«Ich habe mir nochmal die Berichte von der Spurensicherung angeschaut.»

«Und?»

«Im Haus wurden überall DNA-Spuren von Kacys Vater, Sam Jenkins, gefunden. Trevor wird ihn morgen zu den blutgetränkten Klamotten verhören, die im Abwasserschacht steckten. Was halten Sie von der These, dass es seine waren? Er hat sie dort versteckt, sich draußen gewaschen und hinterher ein paar Sachen von George angezogen?»

«Demzufolge wäre er der Mörder.»

«Trevor hofft, morgen ein paar Antworten zu bekommen.»

Dan erhob sich. «Möchten Sie einen Kaffee?»

«Gern. Wann wird man schon mal von einem Vorgesetzten bedient?»

«Noch so eine Bemerkung, und Sie holen ihn selber.» Murrend verließ Dan das Zimmer und kam kurz darauf mit zwei Kaffeebechern und einem Teller mit süßen Gebäckstücken zurück.

«Klasse! Wo haben Sie die denn aufgetrieben?», staunte Peter und nahm eine Zimtschnecke mit dickem Zuckerguss.

«In meinem Büro gibt es ein Geheimdepot.»

«Daran könnte ich mich gewöhnen. Trevor bunkert in seinem Büro nur diese undelikaten Vollwertkekse.» Peter überflog Alans Aussage auf dem Monitor.

«Machen Sie mal Pause. Sie können sowieso nicht mehr klar denken», riet ihm Dan und trank einen Schluck Kaffee.

«Machen Sie jetzt Schluss?»

«Ich gehe nochmal alle Aussagen durch. Vielleicht fällt mir ja etwas auf, was ich bislang übersehen habe.»

«Viel Glück», wünschte Peter, ohne vom Monitor aufzublicken.

* * *

«Bitte ... bitte ... ich habe niemandem etwas verraten ... ich habe mir nichts zuschulden kommen lassen ... ich weiß doch, dass mich das um Kopf und Kragen bringt ... bitte ... bitte ... das könnt ihr doch nicht tun ... ihr könnt uns nicht abservieren ... wir haben alles getan, was ihr verlangt habt ...», nuschelte ein angsterfüllter Snaggy, dem man einen Knebel in den Mund gestopft hatte, wild drauflos und fragte sich dabei, ob sie ihn überhaupt hören konnten.

Er wusste gar nicht, was er da redete. Er wusste nur, dass er nicht sterben wollte. Verzagt warf er einen Blick zu Lofty hinüber. Trotz der Finsternis und des wolkenverhangenen Himmels konnte Snaggy erkennen, dass sie das Gesicht seines Kumpels schwer misshandelt und seine Hände zu Brei geschlagen hatten.

«Lofty, wach auf», flehte Snaggy, der sich wand und vergeblich versuchte, die Hand- und Fußfesseln zu lockern, die man ihm angelegt hatte. Er fühlte sich wie ein zusammengeschnürtes Hühnchen, das in den Ofen geschoben werden sollte. «Lofty, die machen uns kalt. Ist dir das denn vollkommen egal ...?»

Snaggy starrte Lofty an. War er schon tot? Hatten sie ihn schon abgemurkst? Und war er als Nächster dran?

Snaggy versuchte zu schreien, brachte aber nur ein leises Grunzen zustande und bekam dafür einen Tritt ins Gesicht.

«Wir werden sterben, Lofty. Wir werden sterben, du blöder Hund. Ist dir das denn egal? Hilfe ... Hilfe ...»

Wieder verpasste ihm jemand einen Tritt gegen den Kopf.

Snaggy brach wimmernd neben Lofty zusammen. Sein kräftiger Kumpel war warm und atmete noch. Er lebte! Gott sei Dank! Sie hatten Lofty also noch nicht kaltgemacht. *Sie wollen mir und Lofty nur eine Lektion erteilen*, dachte Snaggy erleichtert.

Und die Lektion lautete: Quatscht ja nicht mit den Bullen. Wenn er versprach, in Zukunft den Mund zu halten, würden sie ihn gehen lassen. Er musste ihnen nur sein Wort geben ...

Starke Hände hoben ihn hoch und warfen ihn dicht neben Lofty wieder zu Boden. Man zerrte sie auf ihre Knie und schob sie mit den Oberkörpern dicht aneinander. Dann spürte er, wie man ihnen eine Kette um die Brust legte und sie so fest zusammenzog, dass ihre Köpfe dicht aneinanderlagen. Als Snaggy glaubte, keine Luft mehr zu bekommen, wurden die beiden Kettenenden mit einem Vorhängeschloss gesichert.

Starke Arme hoben sie hoch und warfen sie ins Wasser.

Sekunden später – das kalte Wasser drang durch seine Kleider, benetzte seine Haut und ließ das Blut in seinen Adern gefrieren – kam ihm ein stummer Laut über die Lippen. Er versuchte, sich zu befreien, was unter Wasser, gefesselt und an Lofty gekettet, vollkommen unmöglich war.

Er sank immer tiefer, bis sich die Wogen über seinem Kopf schlossen. Als seine Lungen zu bersten drohten, wand er sich wie ein Aal und wurde, ehe er sich selbst aus seiner Zwangslage befreien konnte, wieder nach oben gezogen.

Es klickte leise, als jemand ein zweites Vorhängeschloss anbrachte.

Der grelle Lichtstrahl einer Taschenlampe zwang Snaggy, die Augen zusammenzukneifen.

Die Kettenglieder bohrten sich in sein Fleisch. Überall war nur eiskaltes Wasser, auch in seinen Lungen und in seinem Magen. Lofty hing wie ein Bleigewicht an ihm und zog ihn weiter nach unten. Das Licht der Stableuchte blendete ihn immer noch.

«Ihr könnt nicht ... ihr könnt doch nicht ...» Snaggy machte ein verschwommenes Gesicht neben dem Lichtstrahl aus. Ansonsten waren da nur Wasser und undurchdringliche Dunkelheit.

Bildete er sich das ein, oder stieg das Wasser? Inzwischen reichte es ihm bis zum Kinn. Das war das Ende! Der Tod war nah!

Wasser drang in seinen Mund. Verzweifelt warf er den Kopf in den Nacken. Lofty rührte sich nicht. Er hörte ihn nicht mehr atmen. Sein Gewicht zog sie beide nach unten. Die grauen Wassermassen schlossen sich über ihren Köpfen. Seine Lungen drohten zu bersten. Unerträgliche Schmerzen jagten durch seinen Körper und blendeten alles andere aus.

Als der Schmerz langsam abflaute, wurde ihm plötzlich warm, er spürte die Kälte nicht mehr. Er dachte an Flucht, an Rettung und dass dies nicht das Ende sein konnte. Nicht für ihn. Nicht für Lofty. Es konnte einfach nicht sein.

KAPITEL SIEBZEHN

«Guten Morgen, Dornröschen, schlaf bitte in deinem eigenen Büro weiter.»

Als Peter die Augen aufschlug, stellte Trevor gerade seine Tasse und seinen Teller auf das Fensterbrett. «Ich muss wohl eingeschlafen sein.»

«Ist mir ein echtes Rätsel, wer von euch beiden lauter geschnarcht hat ... du oder Dan. Sarah bringt gleich die Unterlagen und die Fotos von den Kleidungsstücken, die im Abflussschacht der Howells entdeckt wurden. Ich muss sie mir vor der Vernehmung von Sam Jenkins nochmal ansehen.»

«Das Lügenmaul Sam Jenkins.» Ächzend nahm Peter die Füße von Trevors Schreibtisch. «Ich bin ganz steif.»

«Geschieht dir ganz recht. Wieso schläfst du auch in meinem Büro, wo du doch ein eigenes hast.» Trevor öffnete das Fenster.

«Willst du, dass ich erfriere?» Peter atmete die kalte Morgenluft ein, die durch das Fenster strömte.

«Riecht hier ganz schön muffig.»

«Ist Dan wach?»

«Keine Ahnung. Geh doch zu ihm rüber und schau nach.»

«Ist das ein Wink mit dem Zaunpfahl?» Peter erinnerte sich an die Ereignisse der vergangenen Nacht. «Sind Lofty oder Snaggy hier?»

«Nein, der Kollege am Empfang hat die beiden nicht gesehen.»

«Die Mistkerle sind untergetaucht.»

«So läuft das doch immer, wenn man sie sucht. Nach allem, was Snaggy über Lofty gesagt hat, würdest du dich an ihrer Stelle auch vom Acker machen, oder?»

«Meiner Meinung nach ist Snaggys Gewäsch keinen Pfifferling wert.»

«Da kannst du recht haben. Andererseits hat er uns bislang nie wirklich reingelegt.»

«Viel Glück mit Sam Jenkins.»

Sarah klopfte an, trat ein und gab Trevor die angeforderten Unterlagen. «Sind Sie bereit für das nächste Verhör?», fragte er sie.

«Ja, Sir.»

«Wenn ihr mich fragt», sagte Peter, streckte die Arme, erhob sich und suchte nach seinen Schuhen, «wird Sam Jenkins behaupten, er hätte bei seiner Tochter vorbeigeschaut, weil er sich ihretwegen Sorgen machte.»

«Warum sollte Sam Jenkins sich Sorgen um seine Tochter machen?», wollte Trevor wissen.

«Bestimmt hat er die Anzeige in dem Pornoheft gesehen», erklärte Peter. «‹Als ich dort auftauchte, Herr Inspector›», äffte Peter Sam Jenkins' schweren Akzent nach, «‹lag sie mit einer Axt im Schädel auf dem Deck. Und dann habe ich getan, was jeder Vater tun würde, und versucht, ihr zu helfen, bis mir klar wurde, dass ich nichts mehr ausrichten konnte. Da war ich natürlich von Kopf bis Fuß mit Blut besudelt und bekam Panik. Ich nahm an, die Polizei würde mich für den Mörder halten ...›»

«Weshalb sollten wir das denken?», fragte Trevor.

«‹Ich war geschockt, Herr Inspector, und konnte nicht klar denken. Ich musste Kacys Blut abwaschen und bin nach draußen gegangen. Dort habe ich den Wasserhahn aufgedreht, meine blutgetränkten Klamotten ausgezogen, sie in den Gulli gestopft und mich gesäubert. Hinterher bin ich zurück ins Haus und habe ein paar Sachen von meinem Schwiegersohn angezogen ...›»

«Raus jetzt», befahl Trevor.

«Ein Wochengehalt, dass ich richtigliege.»

«Raus!»

«Ich verschwinde ja schon.» Peter ging rückwärts durch die Tür.

«Tu deinen Kollegen was Gutes. Fahr nach Hause, dusch und rasier dich und zieh dir was Frisches an. Die, die heute mit dir zusammenarbeiten müssen, werden's dir danken.» Trevor riss demonstrativ das Fenster noch weiter auf.

Peter grinste breit. «Du bist nicht mehr mein Boss, und außerdem könnte ich wetten, dass Dan noch zerknautschter ist als ich.»

«Was verstehst du nicht an dem Wort ‹raus›?»

* * *

Zehn Minuten später saß Trevor neben Sarah. Auf der anderen Seite des Tisches hatten Sam Jenkins und sein Rechtsanwalt Platz genommen. Trevor hörte sich geduldig an, wie Sam Jenkins stotternd seine Aussage revidierte.

«Ich habe zufällig das Pornoheft mit Kacys Anzeige und dem Foto gesehen und glaubte, meinen Augen nicht zu trauen. Zuerst dachte ich, es müsse eine junge Frau sein, die ihr wie aus dem Gesicht geschnitten ist. Ich bin zu ihr, und da lag sie tot im Garten ... mit einer Axt im Schädel. Völlig verstört habe ich versucht, sie wiederzubeleben, was mir nicht gelungen ist. Da ich voller Blut war, habe ich mich ausgezogen, meine Sachen in den Kanalisationsschacht geworfen und ihr Blut abgewaschen. Hinterher bin ich ins Haus gegangen und habe mir ein paar Klamotten von meinem Schwiegersohn ausgeliehen ...»

Wäre Peter in diesem Moment anwesend gewesen, hätte Trevor ihm garantiert einen Rippenstoß versetzt.

* * *

Peter saß mit Dan in dessen Büro, als Trevor aus Verhörraum drei kam und sich zu ihnen gesellte. Die beiden Männer hatten inzwischen geduscht und sich rasiert.

«Na, kann ich meine Brötchen nun als Wahrsager verdienen?», fragte Peter und grinste bis über beide Ohren.

«Du Mistkerl hast uns belauscht», schimpfte Trevor.

«War überhaupt nicht nötig. Nach der Kleidergröße zu urteilen, war es doch völlig klar, was Sam Jenkins sagen würde. Außerdem hatten er und seine Frau bei der Vernehmung in ihrem Haus George-Klamotten an.»

«Du hast dir die Marke gemerkt?», fragte Trevor erstaunt.

«Was denkst du, wo ich meine Arbeitskleidung kaufe?», fragte Peter zurück.

«Keine Ahnung.»

«Manchmal ist das Design gar nicht schlecht.»

«Was haben Sie nur mit Peter Collins angestellt?» Dan lächelte amüsiert. «Ich brauche einen Polizisten und keinen Modeguru.»

«Daisy berät mich beim Einkaufen. Noch sechs Monate, und ich kann die Prüfung zum staatlich anerkannten Einkaufsberater ablegen.»

«Sehr witzig», meinte Trevor. «So wie die Dinge sich entwickeln, werden Shoppen und Medienkonsum bald als Fächer in der Schule eingeführt. Ich möchte mir gar nicht vorstellen, was Marty später mal studiert.»

«Jedenfalls nichts Sinnvolles. Es sei denn, einer der sogenannten Bildungsexperten schiebt ihm einen Riegel vor», gab Peter zu bedenken.

«Gibt es was Neues über Lofty?», wechselte Trevor das Thema.

Dan schüttelte den Kopf. «Der macht sich ja immer dünn, wenn er in irgendein krummes Ding verwickelt ist.»

«Snaggy lässt sich normalerweise immer auftreiben.» Trevor setzte sich auf das Fensterbrett.

«Wahrscheinlich habe ich ihm gestern Nacht Angst eingejagt. Ich habe ihn gelöchert, um rauszukriegen, wer der Red Dragon ist.» Peter griff nach einem Kugelschreiber, der auf Dans Schreibtisch lag.

«Aber lassen Sie den Red Dragon mal unser Problem sein, Trevor.» Dan nahm Peter den Kuli ab und warf einen Blick auf seinen Ablagekorb. «Sergeant Collins und ich werden uns noch ein paar Gedanken machen, bis die Leitung dieser Ermittlung jemand anderem übertragen wird mit der Begründung, dass wir keinen Schritt weiterkommen und nur Zeit verschwenden. Wie sehen Ihre Pläne für heute aus?»

«Ich fahre jetzt zu dem Farmer.»

«Und was ist mit Kacy Howells' Vater?»

«Wir verfahren mit ihm genauso wie mit Kacys Exfreund und erheben Anklage wegen Behinderung einer laufenden Ermittlung.»

«Dass wir Polizisten etwas gegen Zeugen haben, die unsere Zeit verschwenden, liegt ja auf der Hand. Nur bezweifle ich stark, dass der Richter, der Alan verdonnert hat, auch einen Haftbefehl gegen sie erlässt», meinte Peter mit einem Anflug von Bitterkeit.

«Vergiss nicht, es besteht ein gewaltiger Unterschied

zwischen Falschaussage, Behinderung der Rechtsfindung und Betrug. Alan hat gestanden, in Kacy Howells' Namen eine Kreditkarte beantragt und die Anzeige in dem Pornomagazin aufgegeben zu haben», erinnerte ihn Trevor.

«Vergiss du nicht, dass er mildernde Umstände geltend machen kann.»

«Ich bin jetzt nicht in der Stimmung für Haarspaltereien.»

«Meinen Sie, der Farmer kann Ihnen etwas erzählen, das Sie noch nicht wissen?» Dan reichte Peter ein paar Unterlagen aus seinem Ablagekorb.

«Ich lasse mich gern überraschen. Laut John Evans war Kacy schon tot, als er um halb fünf in ihrem Garten auftauchte. Und Mrs. Walsh hat gehört, wie sie um fünf vor vier noch hinter ihrem Haus gearbeitet hat. Mit diesen Aussagen konnten wir die Tatzeit eingrenzen.»

«Was ist, wenn einer von beiden gelogen hat?», gab Peter zu bedenken.

«Ich wünschte nur ...» Trevor blieb in der Tür stehen.

«Was?», fragte Dan.

«Wir hätten weniger forensische Beweise und weniger Verdächtige.»

«Deine Probleme möchte ich haben. Ginge es nach mir, würde ich sofort mit dir tauschen.» Peter schlug eine der Mappen auf, die Dan ihm gegeben hatte.

«Schade, dass das nicht funktioniert, sonst könnte dieses Revier mit einer großartigen Aufklärungsrate glänzen.» Trevor verließ seine Kollegen, und anstatt Chris Brooke zu holen, der im Ermittlungsraum wartete, ging er in sein Büro und studierte Mrs. Walshs Aufzeichnungen so lange, bis er sich jede Notiz eingeprägt hatte.

* * *

Chris Brooke fuhr mit dem Streifenwagen über den Holperpfad, der zu der Farm hinter dem Haus der Howells führte. «Ist mir unbegreiflich, dass dieser Farmer nicht wenigstens die schlimmsten Schlaglöcher beseitigt», beschwerte er sich, als er zum dritten Mal mit dem Kopf gegen den Fahrzeughimmel stieß.

«Bauern haben für so etwas keine Zeit, und auf einem Traktor spürt man die Schlaglöcher längst nicht so wie in einem PKW.»

«Sind wir falsch abgebogen? So weit war die Strecke bis zu dem Bauernhaus nicht.»

«Meines Erachtens gab es gar keine Möglichkeit, irgendwo abzubiegen.»

«Vielleicht haben wir das Tor übersehen.» Bei einer Weide, auf der sich Schafe tummelten, ging Chris vom Gas.

«Auch eine Farm braucht eine halbwegs vernünftige Zufahrt für den Fall, dass mal etwas angeliefert werden muss. Da vorn erkenne ich ein Schieferdach.»

«Hoffentlich ist auf der Farm genug Platz für eine Kehrtwende. Ich habe nämlich keine Lust, den ganzen Weg im Rückwärtsgang zu absolvieren.» Nachdem Chris neben dem Hofeingang geparkt hatte, stiegen er und Trevor aus. Der Innenhof wurde von alten steinernen Gebäuden und hohen Bäumen eingefasst. Trevor meinte, den Schrei eines Falken zu hören, und erinnerte sich plötzlich voller Sehnsucht an die Farm, auf der er aufgewachsen war.

Er ging bis zum Ende des Pfades und spähte in das tiefe und enge Tal. Die Farm thronte auf einem Hügelkamm. In der Ferne war rechter Hand ein See zu erkennen. Direkt unter Trevor schlängelte sich ein Flussbett durch dichtes Gestrüpp, und etwas weiter links machte Trevor den Garten der Howells samt Deck und Schuppen aus.

«Suchen Sie etwas?», fragte ein kleiner, kräftiger Mann mit rotem Gesicht, der im Hofeingang stand und sie kritisch musterte.

«Ja, den Farmer.» Trevor drehte sich um und hielt auf ihn zu.

«Das bin ich.»

«Inspector Trevor Joseph. Ich untersuche den Mord an Kacy Howells. Das hier ist mein Kollege, Constable Chris Brooke.»

«Bob Guttridge.» Er schüttelte Trevors Hand. Zwei Hirtenhunde tauchten hinter dem Farmer auf und knurrten laut, als Trevor und Chris näher kamen. Auf Bobs Kommando hin verzogen sich die Hunde in die Scheune. Auf einer Seite in der Scheune stapelten sich die Heuballen bis unter die Decke, und in der Ecke neben der Tür war Stroh ausgebreitet, auf dem einige von der Mutter argwöhnisch beaufsichtigte Welpen miteinander spielten. Hühner pickten nach Körnern, und ein Ferkel rannte frei herum.

Auf diesem Hof fühlte sich Trevor durch nichts an die moderne, stromlinienförmige und sterile Landwirtschaft erinnert, er dachte eher an das Gut seiner Familie in Cornwall und an die chaotische und altmodische Arbeitsweise seines Bruders, der in die Fußstapfen ihrer Vorfahren getreten war. Trevor liebte die Landwirtschaft, allerdings nur in kleinen Dosen, denn er hatte schon in jungen Jahren gemerkt, dass er für diese Art von Broterwerb nicht geschaffen war.

«Schönen Hof haben Sie da», sagte er zu Guttridge.

«Ich bin zufrieden, aber ich wurde auch hier geboren, und die Landwirtschaft liegt mir im Blut.»

«Mir eigentlich auch. Im Gegensatz zu Ihnen habe ich mich aber dagegen entschieden. Die Arbeit ist einfach zu hart.»

«Liegt die Farm Ihrer Familie hier in der Nähe?»

Trevor entging nicht, dass Guttridge ihm Informationen entlocken wollte, was angesichts der Tatsache, dass die Bauern in der Region einander kannten, nur verständlich war. «Nein, in Cornwall.»

«Milchwirtschaft?»

«Ackerbau, Viehzucht und Touristen.»

Der Farmer lachte und wurde dann wieder ernst. «Kacy Howells' Tod ist wirklich eine üble Sache. Auf der anderen Seite wundert es mich nicht, dass sie umgebracht wurde.»

«Sie haben einem meiner Kollegen gesagt, Sie hätten Mrs. Howells an dem Tag, als sie umgebracht wurde, gesehen.»

«Wie ich der jungen Frau, die hier war, schon sagte, habe ich Mrs. Howells gegen vier Uhr gesehen. Sie hat auf meinem Grund und Boden Bäume gestutzt und Vogelhäuschen an den Stämmen angebracht. Offen gesagt, diese Frau nervte nur. Kaum war sie bei ihrem Mann eingezogen, hat sie getan, was ihr in den Sinn kam.» Er zuckte mit den Achseln. «So sind Frauen nun mal. Machen nichts als Ärger.»

«Sind Sie Junggeselle?»

«Ja, und daran wird sich auch nichts ändern», verkündete der Farmer mit der Inbrunst eines Mannes, der von der Liebe enttäuscht war.

«Sie haben dem Constable erzählt, dass Sie sie gegen vier Uhr zum letzten Mal gehört haben?»

«So in etwa. Genau sagen kann ich das nicht. Ich trage keine Uhr. Ich wollte runtergehen und mit ihr reden, nachdem ich den Schweinestall ausgemistet hatte, aber just in dem Moment tauchte der Futtermittellieferant auf. Er hatte Schwierigkeiten, an einem Wagen vorbeizukommen, der auf dem Pfad parkte und ihm den Weg versperrte.»

«Wissen Sie, was für ein Modell das war?»

«Ein Astra Cabrio.»

«Kennen Sie den Besitzer?»

«Nein, doch ich habe ihn schon mal gesehen. Er stellt den Wagen immer ein Stück weiter unten ab, geht zu Fuß weiter und meidet meinen Hof. Dieser hinterlistige Kerl hat wahrscheinlich Schiss, dass ich ihm die Leviten lese. Parken auf Privatgrundstücken ist untersagt. Ich könnte mir denken, er macht irgendwo im Wald Schießübungen. Ist natürlich nicht erlaubt, aber man kann ja nicht rund um die Uhr Wache schieben, und solange die Leute nur Krähen schießen und ihre Autos so parken, dass sie mir nicht im Weg herumstehen, kümmert mich das nicht. Diese verfluchten Vögel kosten mich jedes Frühjahr mindestens eine Handvoll Lämmer, außerdem machen sie sich über mein Obst her.»

«Haben Sie mal Schüsse gehört, als der Astra auf dem Pfad parkte?»

«Kann ich nicht mit Bestimmtheit sagen. Hier wird so viel geschossen, dass ich nicht mehr darauf achte. Der Mann, dem der Golfplatz auf der anderen Seite des Tals gehört, schießt andauernd irgendetwas. Hat sich irgendwann mal in den Fuß geschossen, was die Hundebesitzer gefreut hat. Er droht ihnen immer damit, sie abzuknallen, falls sie sein Land betreten ... auch denen, die ihre Hunde an der Leine führen.»

«Stört es Sie nicht, wenn Sie Hundehalter auf Ihrem Land entdecken?»

«Vorausgesetzt, dass die Hundehalter meinen Grund und Boden respektieren, die Wege nicht verlassen und ihre Tiere im Griff haben, habe ich nichts dagegen.»

Trevor staunte nicht schlecht. Die meisten Farmer, die er kannte, setzten Himmel und Hölle in Bewegung, um zu verhindern, dass Fremde ihr Land betraten. Guttridges Einstellung zeugte von Gutmütigkeit. Wenn jemand wie er sich genauso über Kacy Howells ärgerte wie Alan Piper und Mrs. Walsh, musste die Tote wahrlich eine echte Nervensäge gewesen sein. «Sie haben nicht zufälligerweise das Kennzeichen des Astra notiert?»

«Nein, ich wollte mir den Besitzer persönlich vorknöpfen und ihm den Marsch blasen wegen dieser Parkerei. Ich habe nichts dagegen, wenn Leute den Pfad hinunterlaufen, aber ich will nicht, dass sie ihn blockieren. Der Futtermittellieferant musste in die Hecke fahren, um an ihm vorbeizukommen. Und nun sind mehrere Büsche beschädigt. Ich kann nur hoffen, dass der Astra-Besitzer hier nicht nochmal am Tag der Futterlieferung parkt. Ich musste dem Fahrer beim Entladen helfen und ihm hinterher Tee und Kekse servieren. Und dann war der Wagen auch schon weg.»

«Sind Sie sich sicher, dass Mrs. Howells gerade sägte, als Sie den Wagen entdeckten?»

Der Farmer kratzte sich am Kopf. «Ja ... oder kurz davor. Wenn ich es mir recht überlege, hörte ich das Geräusch, bevor ich den Schweinestall ausmistete. Ich habe da wohl gerade den Hühnerstall ausgebessert. Wir haben hier ein Problem mit Füchsen. In der Nacht hatten sich diese blutrünstigen Biester vier von meinen Hühnern geschnappt.»

«Und der Astra ist verschwunden, ehe Sie einen Blick auf den Fahrer erhaschen konnten?»

«Ja. Wenn der Fahrer querfeldein läuft, kommt er nicht bei mir vorbei.»

«Haben Sie Mrs. Howells nochmal gehört, nachdem der Wagen verschwunden war?»

«Nicht, dass ich mich entsinne.»

«Haben Sie sie gesehen?»

Der Farmer schüttelte den Kopf. «Nein, und der Fahrer des LKW auch nicht.»

«Wie bitte?», fragte Trevor erstaunt.

«Na, die Fahrer sind immer scharf darauf, einen Blick auf sie zu erhaschen, weil sie ja oft nackt vor ihrem Schuppen herumspringt. Manche von den Fahrern ändern sogar ihre Route, um sie zu sehen. Nicht, dass sich das gelohnt hätte. Für meinen Geschmack war sie zu schwabbelig und zu alt.»

«Was für Nachbarn waren die Howells?»

«Er war ziemlich ruhig. Wohnt da schon von jung an, doch nachdem sie eingezogen war, herrschte dort mehr Betrieb. Kaum hatte sie das Deck errichtet, trieb sie es dort mit jedem Mann, der ihr unter die Finger kam. Und sie wusste natürlich, dass ich von hier oben alles ganz genau sehen konnte, denn sie schaute immer zu mir herüber, wenn sie mit jemandem zusammen war.»

«Hat sie Ihnen auch Avancen gemacht?»

«So weit habe ich es nicht kommen lassen. Die paarmal, wo ich sie für das Stutzen meiner Bäume zur Rechenschaft gezogen habe, habe ich Mick Walsh gebeten, mich zu begleiten, in der irrigen Annahme, sie würde mich in Gegenwart von Zeugen nicht anmachen. Doch diese Frau kannte keine Scham. Obwohl Mick dabei war, ließ sie zweideutige Bemerkungen fallen. Eigentlich hat sie es bei uns beiden versucht, aber es kam nur zu Andeutungen, weil ich mich immer schnell wieder verabschiedet habe.»

«Demnach haben Sie mit ihr über die Arbeiten gesprochen, die sie auf Ihrem Grund und Boden verrichtet hat.»

«Arbeiten! Sie nennen das Arbeit ... diese grauenvolle Frau ...»

Das Läuten seines Handys verhinderte, dass Trevor sich

diese Litanei anhören musste. «Entschuldigen Sie mich bitte.» Er ging ein paar Schritte weg, ehe er sich meldete. «Trevor Joseph.»

«Wir haben Lofty und Snaggy gefunden», verkündete Peter.

«Und ... sind sie gesprächig?»

«Nein. Du hörst nicht zu. Sie wurden *gefunden*, bei Ebbe im Meer. Die beiden waren aneinandergekettet und unter Wasser an einem Bootsanleger am Pier festgezurrt.»

«Waren sie schon vorher tot, oder sind sie ertrunken?»

«Wir warten noch auf den Obduktionsbericht. Kann sich gut und gern bis morgen hinziehen.»

«Ich müsste etwa in einer Stunde wieder auf dem Revier sein.»

«Hat das Gespräch mit dem Farmer etwas gebracht?»

«Ist nicht dein Fall. Auf dem Rückweg schaue ich noch kurz bei Mrs. Walsh vorbei. Wir sehen uns nachher auf dem Revier.» Trevor kehrte zu dem Farmer zurück.

«Sie wollen also dem Dorfspion einen Besuch abstatten?», fragte der Farmer, als Trevor sein Handy in die Tasche steckte.

«Ist das Mrs. Walshs Spitzname?», erkundigte sich Trevor leicht belustigt.

«So wird sie von allen im Dorf genannt.»

«Seit wann?»

«Seit ich denken kann.»

«Kennen Sie Mrs. Walsh schon lange?»

«Seit sie vor fünfundzwanzig Jahren mit ihrem Mann und Mick hierhergezogen ist. Da der Bauherr damals keinen Zaun zwischen ihrem Grundstück und meinem Land errichtet hat, habe ich das gemacht, und im Gegensatz zu den Howells haben die Walshes die Grundstücksgrenze immer respektiert. Seit dem Unfall geht Mick mir hin und wieder zur Hand, nimmt für mich Lieferungen an, wenn ich auf den Markt muss, oder füttert die Tiere, wenn ich verhindert bin.»

«Und er fungierte als Leibwächter, wenn Sie bei der unersättlichen Mrs. Howells vorbeischauten?», hakte Trevor nach.

«Mick erweckt vielleicht den Eindruck, nicht der Hellste zu sein. Aber lassen Sie sich nur nicht täuschen. Er ist nur ein bisschen langsam, mehr nicht. Das mit Mrs. Walsh ist allerdings eine Schande. Sie ist nur noch ein Schatten ihrer selbst. Früher setzte sie sich sehr für ihre Mitmenschen ein, und was hatte sie davon? Nach dem Unfall und dem Tod ihres Mannes erinnerte sich kaum einer an ihre guten Taten. Mick war damals noch im Krankenhaus, und nur eine Handvoll Menschen haben ihr Unterstützung angeboten. Als die beiden wieder daheim waren, habe ich versucht, ihnen ein bisschen zu helfen, aber da Sie ja auch auf einem Bauernhof aufgewachsen sind, wissen Sie, wie viel Arbeit man da hat.»

Trevor nickte.

«Eine Weile lang hatte sie finanzielle Probleme. Die Abfindung, die sie erhielt, war ziemlich klein. Der LKW-Fahrer, der in ihren Wagen raste, war nicht versichert. Irgendwann wurde die Lebensversicherung ihres Mann ausgezahlt, und mit ihren Ersparnissen und den paar Kröten, die sie dafür bekommt, dass sie Reinigungsmittel in ihrer Garage lagert, scheint sie jetzt glücklicherweise über die Runden zu kommen.»

«Haben Sie sie finanziell unterstützt?»

«Ich habe ihr mal ausgeholfen, aber das ist schon eine ganze Weile her. Sie ist zu stolz, um Geld von Fremden anzunehmen, obwohl sie mir damals, als meine Mutter starb, sehr geholfen hat. Sie hatte Krebs ... schreckliche

Krankheit. Sie musste lange leiden. Aber das war, bevor Mr. Walsh gestorben ist.»

Trevor warf einen letzten Blick auf die Scheune, vor der kleine Kätzchen spielten und zwei winzige Küken herumtapsten.

«Nettes Bild.»

«Nachwuchs gibt mir immer Auftrieb.» Bob Guttridge grinste.

«Mir auch. Ich würde gern mal mit meinem Sohn vorbeikommen.»

«Tun Sie das. Und bringen Sie auch Ihre Frau mit. Normalerweise komme ich ganz gut mit Frauen zurecht. Ich kann nur nichts mit Exhibitionistinnen wie Kacy Howells anfangen.»

«Das mit dem Besuch wird noch eine Weile dauern. Marty ist noch zu klein, aber in zehn Monaten, wenn er seinen ersten Geburtstag feiert, würde er sich wahrscheinlich darüber freuen.»

«Ganz wie Sie meinen.» Bob pfiff nach den Hunden. «Ich muss jetzt die Kühe reinholen und melken.»

«Netter Mann», meinte Chris, als sie zum Wagen schlenderten. «Ob er sich hin und wieder einsam fühlt, wo er doch hier oben ganz allein wohnt?»

«Könnte durchaus sein», pflichtete Trevor ihm geistesabwesend bei. Er musste an Kacy Howells und ihr Vermächtnis denken. Während der ganzen Ermittlung hatte er noch keinen einzigen Nachbarn getroffen, der ihr eine Träne nachweinte, und jetzt, wo die sensationslüsterne Presse von ihrem enormen Sexhunger Wind bekommen hatte, war vermutlich sogar ihr Gatte froh, dass sie tot war.

KAPITEL ACHTZEHN

«Halten Sie hier.»

Chris folgte Trevors Anweisung und parkte am Ende der Sackgasse. Trevor kurbelte das Fenster herunter und betrachtete die Straße. Kein Lüftchen regte sich, und in der Stille konnte er die Vögel in dem Wäldchen hinter den Häusern hören.

«Tote Hose», stellte Chris trocken fest.

«Das kann man wohl sagen.» Trevor bemerkte, wie sich die Lamellen von Mrs. Walshs Jalousie bewegten. Wahrscheinlich stellte die alte Dame sie so ein, dass sie den geparkten Wagen besser sehen konnte. Trevors Gedanken wanderten zu Dan und Peter auf dem Revier, und er konnte sich des Gefühls nicht erwehren, dass seine Kollegen ihn jetzt brauchten, was selbstverständlich vollkommen lächerlich war. Solange sie auf die Obduktionsberichte warteten, konnten sie ohnehin nichts ausrichten.

Mit an Sicherheit grenzender Wahrscheinlichkeit waren Snaggy und Lofty auf Befehl des Red Dragon ermordet worden. Hatte jemand mitbekommen, dass Snaggy im Platform 10 mit Peter gesprochen hatte, oder hatte jemand gesehen, wie er aus dessen Wagen geklettert war? Gerüchten zufolge heuerte der Red Dragon Profis an, die für ihn die Drecksarbeit erledigten. Pech für die Polizei, dass Profis nur äußerst selten handfeste Beweise oder DNA-Spuren am Tatort hinterließen. Sollte dem Täter in diesem

Fall doch ein Fehler unterlaufen sein, hatte das Meerwasser längst alle Beweise weggespült.

Trevor ahnte, dass dieser Doppelmord bei den anderen ungelösten Mordfällen landen würde, die im Zusammenhang mit dem Drogenkrieg standen. Es sei denn, jemand rückte mit der Sprache heraus und verriet ihnen die wahre Identität des Red Dragon, wovon nicht auszugehen war, denn jedermann wusste, dass Snaggy sich als Polizeispitzel verdingt hatte.

«Wie lange möchten Sie hier sitzen bleiben, Sir?», fragte Chris, als Trevor einen Blick auf seine Armbanduhr warf.

«Sieben Minuten.»

Falls Chris sich über Trevors konkrete Zeitangabe wunderte, ließ er sich das nicht anmerken.

Ohne den Blick von der Straße abzuwenden, fragte Trevor: «Was halten Sie von Bob Guttridge?»

«Scheint mir ein ganz netter Kerl zu sein, Sir.»

«‹Ganz nett› ist eine ziemlich vage Aussage für einen Polizeibeamten.»

«Auf mich macht er den Eindruck, als lebe er nur für die Landwirtschaft, Sir. Was ihn womöglich daran hindert, für irgendetwas anderes Energie aufzubringen», schob Chris zurückhaltend nach.

«Was meinen Sie damit?»

«Kann ich nicht so genau sagen, Sir.»

«Tut mir leid. Die Frage war unfair, zumal Sie mit Ihrer Einschätzung von Bob Guttridge richtigliegen», meinte Trevor. «Die Landwirtschaft ist mehr als nur ein Broterwerb.»

«Wohl eher eine Berufung, was?»

«So ein Hof nimmt einen rund um die Uhr in Anspruch. Wenn man bereit ist, Tag und Nacht für ein geringes Einkommen zu schuften und kaum Zeit für die Familie oder

Freunde zu haben, hat man die richtige Wahl getroffen.» Trevor wechselte das Thema. «Kennen Sie alle Zeugenaussagen und forensischen Beweise?»

«Ich denke schon, Sir», antwortete Chris zögerlich. «Sofern sich seit gestern Abend nichts Grundlegendes getan hat.»

«Wer hat Ihrer Meinung nach Kacy Howells ermordet?»

«Als Täter kommen zu viele Personen in Frage, Sir.»

Trevor massierte sich den Nacken. «So sehen es die anderen Kollegen auch. Nennen Sie spaßeshalber doch mal ein paar Namen.»

«Es könnte der Vater sein ...»

«Wie steht es mit seinem Motiv?», fiel Trevor ihm ins Wort.

«Religiöse Menschen sind gelegentlich sehr intolerant gegenüber menschlichen Verfehlungen und dulden es gar nicht, wenn ihre Familienangehörigen Schwächen haben. Sam Jenkins hat zugegeben, dass er die Anzeige in dem Pornoheft gesehen hatte und Kacy besuchte, um mit ihr darüber zu reden. Was, wenn sie sich gestritten haben und die Axt zufällig auf dem Deck lag? Vielleicht hat er ja die Beherrschung verloren, vor Wut geschäumt und sie umgebracht.»

«Und wie erklären Sie sich, dass sie nackt war?» Trevor warf einen Blick auf das Display seines Handys.

«Von dem Farmer wissen wir, dass sie oft nackt im Garten herumgelaufen ist. Falls sie auch nackt war, als ihr Vater vorbeischaute, könnte ihm das den letzten Rest gegeben haben.»

«Durchaus möglich. Aber wenn sie um fünf bereits tot war, wie John Evans behauptet, haut das Timing nicht hin. Sam Jenkins hat den ganzen Nachmittag mit den Kirchenältesten verbracht.»

«Er und die anderen könnten in diesem Punkt lügen, Sir, um ihm ein Alibi zu geben. Vielleicht, weil sie seine Ansichten teilten und die Tat für gerechtfertigt hielten. Man darf doch annehmen, dass sie genauso intolerant sind wie er.»

«Da könnten Sie recht haben.» Trevor rief die eingegangenen Nachrichten auf seinem Handy auf.

Chris fragte sich, ob Trevor sich über ihn lustig machen wollte oder ob er über seine Theorie nachdachte. «Der Ehemann kommt auch in Betracht. Sein Alibi ist zwar hieb- und stichfest, Sir», kam er Trevor zuvor. «Auf der anderen Seite gibt es genug Leute, die bereit sind, für Geld zu töten. George Howells hat zugegeben, dass er die Anzeige gesehen hatte. Und nach allem, was uns über Mrs. Howells' Sexleben bekannt ist, wird er doch nicht allen Ernstes geglaubt haben, dass sie ihm treu war. Die meisten Ehemänner ertragen es nicht, wenn ihre Frauen herumvögeln.»

«Männer haben Frauen schon wegen viel weniger umgebracht. Und wir dürfen auch nicht außer Acht lassen, was Sergeant Collins über Lofty zu Ohren gekommen ist», gab Trevor zu bedenken.

Trevor musste an Peters Worte denken. Versuchte da tatsächlich jemand, Alan Piper den Mord in die Schuhe zu schieben? Oder war diese These zu abwegig? Wieder warf er einen Blick auf seine Uhr. «Noch drei Minuten. Was halten Sie von Alan Piper?»

«Da bin ich mir nicht so sicher, Sir. Wenn Sie also meine Meinung hören wollen ...»

«Chris, Sie sind Polizist und müssen sich nicht dafür entschuldigen, eine Meinung zu haben.» Trevor spürte, wie gern sein junger Mitarbeiter ihn gefragt hätte, warum sie hier im Wagen saßen und warteten, anstatt Mrs. Walsh zu verhören, doch er hatte nicht die Absicht, Chris über seine Motive aufzuklären. Wollte Chris Trevors Beweggründe erfahren, musste er sich einen Ruck geben und ihn fragen. Schüchternheit gereichte Polizisten nicht zum Vorteil.

Ein Postwagen überholte sie und raste in flottem Tempo die Straße entlang. Auf halber Strecke legte der Fahrer eine Vollbremsung hin, sprang bei laufendem Motor aus der Kabine, lief nach hinten, riss die Tür auf und nahm ein kleines Päckchen heraus. Mit der Lieferung rannte er zu einem Haus, hämmerte gegen die Tür, wartete ein paar Sekunden, sprintete zum Wagen zurück, setzte sich hinters Steuer und fuhr bis zum Ende der Sackgasse.

Bevor der Fahrer anklopfen konnte, kam Mick Walsh heraus, nahm das Päckchen entgegen und quittierte den Empfang. Die beiden Männer plauderten kurz miteinander. Mick wartete, bis der Fahrer eingestiegen war, und schloss erst dann die Tür.

Trevor konsultierte abermals seine Uhr. «Fahren Sie bis ans Ende der Sackgasse und parken Sie vor dem Haus der Howells.»

Chris entsprach der Bitte seines Vorgesetzten. Trevor stieg aus und stellte sich auf die Auffahrt. Vor der Garage der Howells parkte ein Polizeifahrzeug. Daneben standen die Kisten der Spurensicherung und warteten darauf, eingeladen zu werden. Die Plastikplanen und Zelte waren inzwischen weggeräumt, und im Garten schaufelten zwei Mitarbeiter Erde in die ausgehobenen Löcher. Als sie Trevor entdeckten, winkten sie. Er nickte ihnen zu, zwängte sich durch den schmalen Durchgang zwischen Haus und Garage und betrat die Küche durch die Hintertür. Chris folgte ihm.

Auf den Arbeitsplatten, Schränken und der Spüle lag ein dünner Film von grauweißem Fingerabdruckpulver.

Auf dem Boden entdeckte Chris Schlieren einer Chemikalie, mit der man winzige Blutspritzer nachweisen konnte. Trevor ging in den Wohn-Ess-Bereich, wo Sarah Merchant in voller Schutzmontur mitten im Raum auf einem Stuhl saß. Auf dem Tisch neben ihr lag ein aufgeklapptes Notebook. Von diesem Raum aus konnte man die Straße fast genauso gut observieren wie von Mrs. Walshs Wohnzimmer.

«Machen Sie sich gerade Notizen?», fragte Trevor.

Sarah reichte ihm den Computer und nickte. «Ich habe sie Ihnen gerade auf Ihr Handy geschickt, Sir.»

«Ich weiß. Danke.» Er überflog den Computerbildschirm. «Erzählen Sie mir bitte ganz genau, was sich heute Morgen hier getan hat.»

«Bislang sind vier Lieferwagen hier aufgekreuzt. Ich fange mal von hinten an ... die Post ...»

«Das Postauto haben wir noch gesehen.»

«DHL. FedEx. Alle Pakete wurden bei den Walshes abgegeben, da keiner der Adressaten daheim war.»

«Sind die Walshes die Einzigen, die tagsüber nicht außer Haus sind?»

«Sieht ganz so aus, Sir. Und da war noch ein weißer Kleintransporter ohne Logo oder Beschriftung, der auf der Zufahrt der Walshes gehalten hat. Mick Walsh hat dem Fahrer und seinem Kollegen beim Einladen geholfen. Ich habe mir das Kennzeichen gemerkt. Eine Beschreibung der Fahrer finden Sie in meinen Notizen.»

«Danke. Sobald Sie wieder auf dem Revier sind, überprüfen Sie bitte alle Reinigungsfirmen und finden heraus, welche die Garage der Walshes als Lager benutzt.»

«Wird gemacht, Sir.» Sarah warf einen Blick auf ihre Notizen. «Der Zeitungsjunge und der Postbote waren vor neun hier. Die genaue Uhrzeit habe ich festgehalten und auch, wann welche Familie ihr Haus verlassen hat. Alle sind mit dem eigenen Wagen fortgefahren ... mit Ausnahme von zwei Frauen. Ich habe nochmal ihre Aussagen und den Busfahrplan überprüft. Beide arbeiten in der Stadt und haben den Bus um zehn nach acht genommen.»

«Sehr gute Arbeit, Constable.»

«Ich habe mit dem Revier telefoniert, Sir», deutete sie an.

«Hat man Ihnen erzählt, dass Lofty und Snaggy tot sind?»

«Ja, Sir. Meinen Sie, es stimmt, was Snaggy gesagt hat? Dass Lofty unser Mann ist?»

«Wie Chris schon meinte, hatten zwei Angehörige von Kacy Howells die Anzeige in dem Pornomagazin gesehen und hätten somit ein Mordmotiv. Was, wenn Lofty Kacy Howells umgebracht und Snaggy sich nur in Bezug auf den Auftraggeber geirrt hat?» Er holte sein Handy heraus und überflog noch einmal seine Nachrichten. «Danke für die Info. Ich sorge dafür, dass man Sie ablöst, wenn die Mitarbeiter der Spurensicherung hier fertig sind. Vielleicht haben wir ja Glück, und Mrs. Walsh kriegt nicht mit, dass Sie verschwinden. Hat die alte Dame mitbekommen, dass Sie hier sind?»

«Das glaube ich nicht, Sir. Ich bin zusammen mit den Leuten von der Spurensicherung gekommen, und in den weißen Anzügen sehen alle gleich aus.»

«Wir sehen uns nach dem Mittagessen auf dem Revier.» Trevor deutete auf die Tür. «So, jetzt werden wir uns Mrs. Walsh und ihren Sohn vorknöpfen, Chris. Mal sehen, was sie uns zu erzählen hat.»

«Da sie von ihrem Fenster aus dasselbe sieht wie Sarah, rechne ich nicht mit bahnbrechenden Neuigkeiten, Sir.»

Trevor steckte sein Handy ein.

Es war ganz offensichtlich, dass sein Verhalten Chris irritierte, doch der Constable wagte noch immer nicht, ihn direkt zu fragen.

* * *

«Inspector Joseph. Wie nett, dass Sie nochmal bei uns vorbeischauen. Mick, setz Wasser auf, mach Tee und bring die Kekse.» Seit Trevors letztem Besuch hatte sich in Mrs. Walshs Wohnzimmer überhaupt nichts verändert. Plötzlich kam es ihm vor, als stünde die Zeit hier still.

«Sind Sie beruflich oder privat hier, Inspector?», fragte Mrs. Walsh.

«Beruflich», antwortete Trevor.

«Das dachte ich mir schon. Mick hat mitbekommen, wie Sie sich heute Morgen mit Bob Guttridge unterhalten haben.»

«Gut beobachtet», meinte Trevor.

«Mick hat heute Morgen das Geschirr gespült und konnte Sie vom Küchenfenster aus sehen.»

Trevor erinnerte sich, wie er auf dem Hügelkamm gestanden und auf die Häuser im Dorf hinuntergeschaut hatte.

«Bob Guttridge ist einer der anständigsten Nachbarn und Männer, die ich kenne.»

«Er scheint mir ein netter Kerl zu sein», wiederholte Trevor unbewusst Chris' Worte.

«Konnte er Ihnen weiterhelfen?», erkundigte sie sich neugierig.

«Sehr», erwiderte Trevor. «Ich muss Sie nochmal um Hilfe bitten.»

«Kein Problem.»

«Soweit ich weiß, notieren Sie sich alles in einer eigenen Kurzschrift. Können Sie mir vielleicht verraten, wie viele Lieferwagen Ihres Wissens heute Morgen in dieser Straße waren?»

«Da muss ich meine Notizen konsultieren. Ich hatte noch keine Zeit, sie zu transkribieren.»

«Das geht schon in Ordnung, Mrs. Walsh. Constable Brooke kann mitschreiben.» Trevor warf Chris einen Blick zu, der daraufhin Notizblock und Kugelschreiber aus seiner Brusttasche fischte.

«Um Viertel vor acht kam der Zeitungsjunge.»

«Der fällt nicht in die Kategorie ‹Lieferwagen›», ermahnte Trevor sie leise.

«Richtig. Gibt es einen bestimmten Grund, wieso Sie sich nur für Lieferwagen interessieren?»

«Wir möchten rausfinden, ob sich so etwas wie ein Muster abzeichnet.»

«Also gut. Es waren drei, um genau zu sein. Ein FedEx-Wagen, der Mr. Lewis in Nummer sechs Computerersatzteile brachte. Er unterrichtet Informatik an der Fachhochschule. Wir haben die Sendung für ihn angenommen und die Lieferung quittiert. Mick bringt ihm das Paket, wenn er gegen halb fünf nach Hause kommt. Ron Lewis ist ein extrem pünktlicher Mensch. Nach ihm kann man die Uhr stellen. Ein Zusteller hat eine Lieferung für Mrs. Merick gebracht, die ihre Kleider – und zwar nicht die billigen – bei einem Versandhaus bestellt. Dieses Paket haben wir auch entgegengenommen. Mick kann es ihr erst heute Abend um acht aushändigen, da sie nach der Arbeit noch ins Fitnessstudio geht. Als Witwe hat sie keinen Mann, für den sie kochen muss, und kann sich das erlauben. Der letzte Lieferwagen war ein Postauto, aber das haben Sie ja sicherlich mitgekriegt», meinte sie mit fragendem Blick.

«So ist es.»

«Die Post brachte Mr. Jones' Amazon-Bestellung. Der Mann gibt ein Vermögen für Bücher und DVDs aus.»

«Und das war's dann?»

«Bis jetzt schon, Inspector.»

Trevor schaute zu Chris hinüber, der immer noch schrieb. «Haben Sie das?»

«Ja, Sir.»

«Inspector, Constable, Sie bleiben doch noch auf eine Tasse Tee, oder?»

«Nein, vielen Dank, Mrs. Walsh. Wir müssen zurück aufs Revier.»

«Wann wird Mr. Piper vor Gericht gestellt?»

«Das kann ich Ihnen nicht sagen, Mrs. Walsh.»

«Wurde nicht Anklage gegen ihn erhoben?»

Trevor öffnete die Tür. «Diese Frage kann ich Ihnen leider auch nicht beantworten, Mrs. Walsh.»

Sie tippte mit dem Zeigefinger an ihre Nase. «Ich verstehe ... das unterliegt der Geheimhaltungspflicht. Ich kann durchaus nachvollziehen, wieso Alan Piper Kacy Howells umgebracht hat. Sie hat es ja geradezu herausgefordert.»

Trevor wartete, bis Chris Notizblock und Kugelschreiber in seiner Brusttasche verstaut hatte.

«Mick», rief Mrs. Walsh ihren Sohn. «Bring die beiden Herren zur Tür.»

Mick tauchte in der Küchentür auf. «Sie bleiben nicht zum Tee, Inspector Joseph, Constable Brooke?»

«Nein, leider nicht, Mick», entschuldigte sich Chris. «Wir haben viel zu tun.»

Mick wirkte enttäuscht. «Ich habe den Tee genau so zubereitet, wie Sie ihn mögen, Constable. Und die besten belgischen Kekse schon auf Mutters Silberteller angerichtet.»

«Danke, Mick. Das ist sehr nett von Ihnen, doch wir müssen uns wirklich verabschieden. Vielleicht klappt es ja beim nächsten Mal. Auf Wiedersehen, Mick, Mrs. Walsh.» Trevor schüttelte Mick die Hand, ehe er das Haus verließ.

«Zum Revier, Sir?», fragte Chris, nachdem sie in den Wagen gestiegen waren und aus der Zufahrt der Walshes fuhren.

«Ja.»

«Stimmt was nicht, Sir?», fragte Chris neugierig.

«Ist Ihnen an Mrs. Walshs Aufzeichnungen nichts merkwürdig vorgekommen?»

«Nein, Sir. Sie stimmen doch mit denen von Sarah überein, oder nicht?»

«Nicht hundertprozentig.» Trevor klopfte etwas Fingerabdruckpulver von seinen Hosenbeinen. Er musste an Mrs. Walsh denken und überlegte, wie ihr und Micks Alltag wohl verlief. Es gab nicht viele Söhne – mit oder ohne Hirnschaden –, die sich so von ihrer Mutter herumkommandieren ließen.

* * *

Peter saß am Computer und blickte auf, als Trevor in Dans Büro kam. «Snaggy und Lofty sind ertrunken.»

«Was, wenn man bedenkt, wo man sie gefunden hat, keine große Überraschung ist.»

«Erstaunlich ist allerdings, dass in ihren Lungen gechlortes Frischwasser und kein Meerwasser war. Patrick zufolge sind beide ziemlich vermöbelt worden, wobei Lofty mehr Prügel bezogen hat als Snaggy. Die Blutergüsse und blauen Flecken deuten darauf hin, dass sie noch lebten, als sie aneinandergekettet wurden. Sie sind in einem Pool ertrunken, wurden anschließend zum Pier gebracht und an eine Anlegestelle gebunden. Heute Morgen habe ich mit einem Fischer gesprochen. Er erinnert sich, gegen vier Uhr in der Früh in der Nähe des Piers ein Motorboot gesehen zu haben.»

«Wann hast du mit ihm geredet?»

«Um sechs. Dan hat mich angerufen und gebeten, die Angler zu vernehmen, die die Leichen entdeckt haben. Einer hat tatsächlich die ganze Nacht auf dem Pier gesessen und geangelt. Die da oben sollten alle Verbrecher in der Gegend auffordern, ihren kriminellen Machenschaften in der Nähe des Piers nachzugehen. Dann hätten wir immer genug Zeugen. Anglern entgeht offenbar nichts.»

Trevor holte sein Handy heraus und ließ sich auf der Schreibtischkante nieder, um die Nachrichten von Sarah an seinen Computer weiterzuleiten.

«Irgendwelche Fortschritte?», fragte Peter.

«Vielleicht, vielleicht auch nicht.»

«Ich merke immer, wenn dein Hirn rattert. Los, erzähl mir, was dir durch den Kopf geht, sonst schnappst du noch über.»

«Mir geht gar nichts durch den Kopf. Wo steckt Dan?»

«Was denkst du denn?», erwiderte Peter entnervt. «Er ist oben», schob er nach, als Trevor das Gesicht verzog.

«Gibt er den Red-Dragon-Fall ab?»

«Angesichts der dürftigen Ergebnisse bleibt ihm gar keine andere Wahl.» Peter beäugte Trevor misstrauisch. «Du bist einen Schritt weiter, oder? Kannst du dem Red Dragon den Howells-Mord anhängen?»

Trevor schüttelte den Kopf. «Nein. Ich tappe da völlig im Dunkeln. Wahrscheinlich hat Snaggy den Mord an Kacy Howells mit einem Fall verwechselt, der nicht in unseren Zuständigkeitsbereich fällt.»

«Snaggy war nicht unzuverlässig, sondern nur gierig.»

«Nenn mir einen Grund, weshalb ein Drogenbaron einen Profikiller anheuern sollte, um irgendeine Hausfrau in einem Vorort kaltzumachen? Zumal er damit das Risiko eingeht, dass seine Tarnung auffliegt.»

«Zieht man Kacy Howells' Privatleben und ihre perversen Neigungen in Betracht, muss das Motiv Sex sein.»

«Ein großer Drogendealer, auch wenn er nur einen Bruchteil dessen einstreicht, was der Red Dragon absahnt, kann sich jede Frau leisten, nach der ihm der Sinn steht. Außerdem stehen Drogenbarone normalerweise auf anziehende und glamouröse junge Frauen. Kacy Howells erfüllt diese Kriterien nicht.»

«Ist das Passwort deiner Dateien immer noch ‹Tamar›, oder hast du es heute Morgen geändert?»

«Wieso willst du das wissen?», fragte Trevor.

«Ich möchte nochmal Alans Aussagen durchgehen. Er hat irgendetwas erwähnt, das mir die ganze Zeit im Kopf rumgeistert ...»

«Lass die Finger davon.»

«Vergiss es. Entweder rückst du damit heraus, oder ich gehe in den Ermittlungsraum und hole mir dort die Transkripte von Alans Aussagen. Alan war ein wichtiger Zeuge bei der White-Baron-Verhandlung und hat uns die nötigen Beweise geliefert, um den Baron hinter Gitter zu bringen.»

«Roma», gab Trevor nach.

«Roma? Das fahrende Volk? Seit wann interessiert du dich für Zigeuner?»

«Nur damit du's weißt ... dieser Begriff ist politisch nicht mehr korrekt. Und mit Roma ist die Stadt in Italien gemeint, du Dummkopf.» Trevor war mit seiner E-Mail-Transaktion fertig und fragte sich, weshalb er sich überhaupt die Mühe gemacht hatte. So effizient wie Sarah war, hatte sie ihm die Nachrichten bestimmt auch auf seinen Rechner im Büro geschickt.

«Hast du neuerdings eine Schwäche für Gladiatorenfilme?»

«Lyn möchte mal für ein Wochenende in die ewige Stadt. Im Gegensatz zu mir war sie schon mal da und hat dort Freunde. Sie will mir alle Sehenswürdigkeiten zeigen, bevor Marty in das Alter kommt, wo er nur herumnörgelt.»

«Und bevor ihr sechs oder sieben Kinder habt, die ständig an euren Rockzipfeln hängen», scherzte Peter. «Was hast du jetzt vor?»

«Da Dan außer Haus ist, gehe ich jetzt in mein Büro und werde anschließend wahrscheinlich noch einmal John Evans und Sam Jenkins vernehmen. Vielleicht sind sie dieses Mal gesprächiger.»

«Meinst du, sie haben dir etwas vorenthalten?»

«Könnte schon sein.»

«Oder auch nicht. Die meisten Zeugen sagen die Wahrheit.»

«Manchmal frage ich mich, wie wir es eigentlich mit dir aushalten, Peter. Jedes Mal, wenn man so richtig feststeckt, tust du alles, damit man sich noch beschissener fühlt.»

* * *

Peter öffnete Trevors Computerdatei, las Alans Aussagen – es waren zwei an der Zahl – gewissenhaft durch und griff nach dem Telefon.

«Ich muss mit Alan Piper sprechen. Selbstverständlich weiß ich, dass er in U-Haft ist», schimpfte er unwirsch.

«Leiten Sie das in die Wege, ja?» Er warf einen Blick auf seine Uhr. «Ich bin in einer Stunde bei Ihnen.»

* * *

«Drogen?» John Evans schüttelte den Kopf. «Nein, Kacy stand auf Sex und nicht auf Drogen.»

«Sind Sie sich ganz sicher, dass sie damit nichts am Hut hatte?»

«Es kam gelegentlich vor, dass sie eine halbe Flasche Wodka an einem Abend kippte, aber Drogen waren nicht ihr Ding.»

«Kannte sie irgendwelche Dealer?»

«Diese Frage kann ich Ihnen nicht beantworten. Könnte sein, dass sie mit welchen geschlafen hat. Ich habe keinen Wert darauf gelegt, mit ihr über ihre Liebhaber zu sprechen. Ehrlich, Inspector, ich habe Ihnen alles gesagt, was ich weiß. Mir ist natürlich klar, dass es für mich nicht gut aussieht ...»

«Sie waren einer der Ersten oder der Erste, der sie tot aufgefunden hat. Und Sie haben weder den Notarzt gerufen noch die Polizei verständigt.»

«Was hätte das bringen sollen? Sie war längst tot.» John rang um Fassung. «Trotzdem ... ich habe sie nicht auf dem Gewissen, das schwöre ich beim Leben meiner Kinder.»

Trevor ließ sich diese melodramatische Äußerung durch den Kopf gehen und neigte dazu, John Evans Glauben zu schenken. Schließlich hatte Evans zugegeben, am Tatort gewesen zu sein. Zudem durfte er die blutgetränkten Kleider, Schuhe und Fingerabdrücke nicht vergessen, die den Verdacht auf Alan Piper und Sam Jenkins lenkten.

Er wandte sich an Chris, der neben ihm saß. «Die Anklage lassen wir nicht fallen, aber ich sehe keinen Grund, Einspruch gegen eine Kaution zu erheben, wenn Mr. Evans dem Haftrichter vorgeführt wird.»

John Evans' Miene verriet, wie erleichtert er war. «Ist das Ihr Ernst, Inspector?»

«Ihnen wird vorgeworfen, eine Falschaussage gemacht und diese Ermittlung behindert zu haben, Mr. Evans. Das sind ernste Anschuldigungen. Auf der anderen Seite glaube ich nicht, dass Sie sich aus dem Staub machen.»

«Bestimmt nicht. Ich muss ja für Frau und Kinder sorgen. Vielen Dank, Inspector.»

«Danken Sie mir lieber erst nach der Verhandlung. Sollte der Richter Sie zu einer Freiheitsstrafe verurteilen, sind Sie wahrscheinlich nicht mehr so gut auf mich zu sprechen.»

Trevor verließ den Verhörraum und suchte Dans Büro auf. Sein Kollege saß hinter seinem Schreibtisch, hatte den Stuhl in Richtung Fenster gedreht und stierte mit großen Augen auf den Parkplatz.

«Wurde der Red-Dragon-Fall eingestellt?», wollte Trevor wissen.

«Da wir jetzt den Mord an Snaggy und Lofty untersuchen, lautet die Antwort auf Ihre Frage: jein. Jeder kann sich denken, warum sie getötet wurden. Mit ein bisschen Glück finden wir heraus, wer sie an der Anlegestelle festgebunden hat. Nur in einem Punkt kommen wir einfach keinen Schritt weiter.»

«Wer sich hinter dem Red Dragon verbirgt?»

Dan nickte. «Wie steht es bei Ihnen?»

«Eigentlich müsste ich nochmal Sam Jenkins verhören, aber ehrlich gesagt habe ich im Moment die Nase gestrichen voll von den Betonköpfen, mit denen ich es zu tun habe.»

«Sie kaufen ihm die Geschichte mit den Klamotten ab?»

«Wer weiß schon, ob er die Wahrheit sagt oder mir einen Bären aufbindet? Momentan interessiert mich viel mehr, was Sie davon halten.» Trevor gab Dan ein paar Computerausdrucke – die Notizen, die Sarah an diesem Tag gemacht hatte, und Mrs. Walshs Aufzeichnungen. Dan überflog die Seiten.

«Fällt Ihnen etwas auf?»

«Für einen Durchsuchungsbeschluss ist das ein bisschen dürftig», erklärte Dan und legte die Ausdrucke weg.

Trevor schaute Dan unverwandt in die Augen und fragte: «Sind Sie sich da ganz sicher?»

«Wir brauchen mehr als einen Ihrer berühmten Geistesblitze, Trevor. Auch wenn ich weiß, was Sie denken, erscheint mir Ihre Theorie ziemlich weit hergeholt. Zu dermaßen abwegigen Vermutungen lässt sich normalerweise nur ein Peter Collins hinreißen.»

KAPITEL NEUNZEHN

Auf der Fahrt zum Gefängnis ging Peter Collins im Geist noch einmal Alans Aussagen durch. Inzwischen war er ziemlich sicher, dass Alan das, was ihm einfach nicht einfallen wollte, außerhalb des Reviers erwähnt hatte. Je länger er darüber nachdachte, desto konfuser wurde er.

Hatte Alan dieses vermeintlich wichtige Detail während einer privaten Unterhaltung fallenlassen? Womöglich an dem Abend, als Alan Kacy Howells' Leichnam entdeckt und Peter mit ihm auf dessen Terrasse gesprochen hatte? Irgendwie haute das nicht hin. Er erinnerte sich an eine lockere Atmosphäre, wie sie beide gelacht hatten – das gemeinsame Mittagessen? Hatte Alan dieses Detail mittags im Pub erwähnt? Es musste gewesen sein, bevor Kacy Howells tot aufgefunden worden war. Sie hatten darüber gesprochen, wie die Nachbarin Alan auf den Pelz rückte.

«Ist es denn zu fassen, dass eine Frau – und ich verwende diese Bezeichnung nur aus Höflichkeit – wie ein Mitglied einer Spezialeinheit auf allen vieren an ihrem Zaun entlangrobbt, um die Unterhaltung ihrer Nachbarn zu belauschen? Niemals werde ich ihren Blick vergessen, als sie aufschaute und merkte, dass wir ihr auf die Schliche gekommen waren. Ich hätte allerdings erwartet, dass sie sich entschuldigt, ehe sie sich vom Acker macht. Dass sie das nicht getan hat, finde ich sehr bezeichnend.»

«Nur damit du's weißt, das war nicht das erste Mal. Eine meiner ...»

Da Alan aufgefallen war, wie sein Cousin ihn anstarrte, beendete er den Satz nicht.

«Quellen?», hatte Peter wider besseren Wissens nachgehakt, denn er wusste, wie Alan reagieren würde.

«Vergiss es», hatte Alan Peters Frage abgewehrt.

Alan hatte ihm nicht verraten, von wem die Info über den White Baron stammte. Die ermittelnden Beamten waren davon ausgegangen, dass es sich bei dem Spitzel um einen der Handlanger des Red Dragon handelte. Hatte Lofty geplaudert? Dan, der seit gut einem Jahr die mit dem Drogenkrieg in Zusammenhang stehenden Morde untersuchte und genug Beweise zusammengetragen hatte, glaubte felsenfest, dass Lofty im Auftrag des Red Dragon wenigstens einen Rivalen ausgeschaltet hatte. Zu dumm, dass das Gericht Flüsterpropaganda nicht gelten ließ.

Da der White Baron und der Red Dragon sich auf demselben Feld tummelten, besaß der Red Dragon genug Informationen, um den White Baron zu verpfeifen. Hatte der Red Dragon sein Wissen an Lofty weitergegeben und ihn gebeten, sich damit an Alan Piper zu wenden, damit der Journalist die Information veröffentlichen konnte? Spitzel arbeiteten nicht nur für die Polizei, sondern garantiert auch für Journalisten, die anonyme Hinweise sicher fürstlich entlohnten. Nach Peters Einschätzung wandte sich ein Spitzel wahrscheinlich zuerst an einen Journalisten, vor allem wenn er keine hieb- und stichfesten Beweise liefern konnte. Laut Alans Schilderung hatte er ganz schön tief graben müssen, um den White Baron hinter Schloss und Riegel zu bringen. Ja, so konnte es sich durchaus abgespielt haben. Ein Drogenbaron sorgte dafür, dass sein Rivale ins Gefängnis kam. War die lästige Konkurrenz erst einmal ausgeschaltet, konnte er ein Monopol etablieren. Dan war davon überzeugt, dass der Red

Dragon den Markt beherrschte, seit der White Baron eingefahren war.

Tief in Gedanken versunken, fuhr Peter auf den Gefängnisparkplatz und näherte sich mit großen Schritten der Anmeldung. Die sterilen Zellenblocks überragten das eingeschossige Eingangsgebäude. Die Strafvollzugsanstalt, ein neuer Zweckbau, war wesentlich besser ausgestattet als der alte viktorianische Kerker. Da immer mehr Menschen Verbrechen begingen und zu einer Gefängnisstrafe verurteilt wurden, war das alte Gefängnis trotz der Eröffnung der neuen Strafvollzugsanstalt immer noch in Betrieb. Untersuchungshäftlinge wurden grundsätzlich im neuen Gebäude untergebracht, da die Zellen dort geräumiger waren und es mehr Freizeiteinrichtungen gab. Diese Praxis war der beste Beweis dafür, dass in Großbritannien der Leitspruch «unschuldig, bis das Gegenteil bewiesen ist» noch beherzigt wurde.

Peter trug sich in die Besucherliste ein, musste sich einer Leibesvisitation unterziehen und Handy, Kugelschreiber und Geldbörse in einem Schließfach im Eingangsbereich deponieren. Anschließend wurde er von einem Wärter durch mehrere Sicherheitsschleusen geführt und musste Ewigkeiten, so kam es ihm vor, in an U-Boote erinnernden «Warteräumen» ausharren.

Zehn Minuten später saß er endlich in einem schmucklosen Raum, in dem es stark nach Desinfektionsmitteln roch, Alan gegenüber. Ein Wärter lehnte an der Wand und ließ sie keine Sekunde aus den Augen.

«Wie geht es dir?»

«Was für eine dämliche Frage», knurrte Alan.

Peter, der sich von Alans schlechter Stimmung nicht beeindrucken ließ, stellte fest: «Du siehst müde aus.»

«Meinst du, ich bin hier, um mich auszuruhen?»

«Ich dachte immer, die Zeit vergeht schneller, wenn man viel schläft.»

«Selbst wenn ich ein Auge zukriegen würde, was mir schwerfällt, da ich unter Mordverdacht stehe, könnte ich nicht pennen. Hier drinnen ist es viel zu laut und stickig. Kaum geht das Licht aus, fangen die anderen Insassen an, gegen die Metalltüren zu hämmern und sich per Morsecode zu unterhalten.»

«Kein Wunder, dass du schlechte Laune hast.»

«Bist du aus einem bestimmten Grund hier? Oder wolltest du nur mal sehen, was die Affen im Zoo so treiben?»

Peter zückte den Bleistift und Notizblock, die der Aufseher ihm bei der Leibesvisitation nicht abgenommen hatte. «Du hast etwas erwähnt, das mir andauernd im Kopf herumgeistert, aber es will mir einfach nicht einfallen.»

«Ich habe dir viel erzählt, und immer nur die Wahrheit. Bedauerlicherweise weigern sich deine Bullenschweinekumpels, allen voran Trevor Joseph, mir zu glauben. Sonst müsste ich nicht hier einsitzen, und du brauchtest mich nicht an diesem wunderschönen Ort zu besuchen.»

«Kaum verbringst du ein paar Tage hinter Gittern, und schon sind wir für dich Bullenschweine?»

«Zwingt man einen zivilisierten Mann, unter Wilden zu leben, darf man sich nicht wundern, wenn das abfärbt.»

«Ist das ein Zitat, oder stammt der Spruch von dir?»

«Jetzt sag endlich, was du auf dem Herzen hast.»

«Du kannst es wohl nicht erwarten, wieder in deine kleine lauschige Zelle zu kommen, was?»

«Danke, dass du mir meine Situation so deutlich vor Augen führst.»

Peter rang sich ein gekünsteltes Lächeln ab. «Sosehr es mich freut, mit dir plaudern zu können, muss ich mich doch beeilen. Meine Besuchszeit dauert nicht ewig. Woher kam die Info, die du über den White Baron veröffentlicht hast?»

«Ich kann es nicht fassen. Erst wollte Dan mich überreden, meine Quellen preiszugeben, und jetzt du! Mann, wann begreift ihr endlich, dass ich keine Namen nennen kann.»

«Es bleibt unter uns.»

«Das kaufe ich dir nicht ab.»

«Ich bin dein Cousin. Wir stehen uns näher als manche Brüder, als unseren eigenen Brüdern ...»

«Trotzdem bist du ein Bulle, dem der Beruf wichtiger ist als alles andere. Sollte ich jetzt auspacken, bleibt das nur so lange unter uns, bis du es vor Gericht verwenden kannst.»

Peter beugte sich vor und senkte die Stimme. «Du bist echt ein sturer Bock. Kapierst du denn nicht, dass ich dir helfen will?»

«In Wahrheit bist du doch nur auf eine Beförderung aus und willst mit deinem Kumpel Trevor gleichziehen.»

«Ich dachte, du kennst mich besser.»

«Vergiss nicht, ich habe deinem Freund Trevor Joseph vertraut. Und was hat es mir gebracht? Knast!»

«Dass du hier bist, geht allein auf dein Konto, du Dummkopf», erwiderte Peter. «Es war nicht Trevor, der unter Kacy Howells' Namen eine Kreditkarte beantragt und eine Anzeige in einem Pornomagazin aufgegeben hat, sondern du. Was hätte Trevor denn machen sollen? So tun, als wäre nichts passiert, nur weil du zufälligerweise mein Cousin und ein netter Kerl bist?»

«Wechsle nicht das Thema. Und frag mich nie wieder nach dem Namen eines Informanten.»

«Wenn das dein letztes Wort ist, kannst du hier drinnen

bis zu Gerichtsverhandlung verrotten.» Peter erhob sich. «Und nach der Verurteilung wird man dich auch nicht besser behandeln. Leute, die lebenslang kriegen, landen in fiesen Gefängnissen. Lass dir eins gesagt sein ... dieser Knast hier ist eine Luxuseinrichtung. Es gibt immer noch ein paar Verliese, mit Neandertalern als Wärtern, in die all die kommen, die nicht kooperieren.»

Alan hob den Blick und starrte Peter an. «Weißt du, dass ich meinen Beruf an den Nagel hängen kann, wenn ich meine Quellen preisgebe?»

«Ich kann dichthalten», versicherte Peter.

«Das bezweifle ich.»

«Erwarte ja nicht, dass ich dich besuche, wenn du in einem dunklen Keller voller Wahnsinniger landest ... und damit meine ich nicht die Insassen.»

Alan schaute zu dem Wärter hinüber, der immer noch vor der Tür stand, reglos die Wand anstarrte und jedes Wort hörte, das sie wechselten.

«Keine Namen», flüsterte Alan.

Peter zögerte.

«Keine Namen», wiederholte Alan, «aber alles andere verrate ich dir.»

Peter nahm wieder Platz. «Hat der Red Dragon dir den White Baron auf dem Silbertablett serviert, oder war es einer seiner Handlanger?»

«Meinst du, ich hätte die wahre Identität des Red Dragon für mich behalten?», wisperte Alan.

«Als Journalist, dem seine Quellen heilig sind, schon.»

«Du hast es doch selbst gesagt. Seit ihr den White Baron geschnappt habt, sind nur noch halb so viele Drogen im Umlauf. Auf der anderen Seite würde ich wetten, dass es trotz des Drogenkrieges und all der Opfer jemanden gibt, der jetzt deutlich mehr Kohle macht, und dass noch genauso viele Dealer und Junkies herumlaufen wie zu der Zeit, als der White Baron noch im Geschäft war.»

«Wenn wir den Red Dragon schnappen, könnten wir vielleicht etwas erreichen.»

«Ich habe keinen Schimmer, wer das ist, sonst würde ich es dir verraten.»

«Wurde der White Baron von einem Dragon-Handlanger verpfiffen?»

«Du gibt wohl niemals auf, oder?» Alan ballte die Hände zu Fäusten.

«Die Beweise, die du gesammelt und in der Zeitung veröffentlicht hast, bevor du zu uns gekommen bist», meinte Peter kühl, «haben einen großen Dealer und ein paar kleinere ins Gefängnis gebracht. Zu dumm, dass der Red Dragon sehr mächtig und unsichtbar ist. Und er verbreitet Angst und Schrecken. Snaggy ...»

«Du kennst Snaggy?»

«Ja, ich kannte ihn.»

«Kannte ... ist er tot?»

«Er und Lofty wurden heute Morgen aus dem Hafenbecken gefischt. Gerüchten zufolge hat einer der Handlanger des Red Dragon sie richtig in die Mangel genommen, in einem Pool ertränkt und anschließend ins Meer geworfen.»

«Grauenvoller Tod», murmelte Alan. «Snaggy war ein geldgieriger Trottel, aber manchmal lieferte er erstklassiges Material.»

«Mir hat er gesteckt, Lofty hätte vom Red Dragon den Auftrag erhalten, Kacy Howells umzubringen.»

«Ach ja?» Im Gegensatz zu Dan und Trevor tat Alan diese These nicht sofort ab.

«Kannst du dir das vorstellen?»

«Möglich wäre es schon», antwortete Alan vorsichtig.

«Kacy Howells hat gesehen, wie du dich in deinem Garten mit einem Red-Dragon-Spitzel unterhalten hast, oder?»

«Einmal Bulle, immer Bulle, was?»

«Trifft das zu?»

«Ja.»

«Für den einen oder anderen Spitzel wäre das Grund genug, ihr Todesurteil zu unterschreiben.»

«Vorausgesetzt, der Spitzel dachte, sie hätte unser Gespräch belauscht und etwas mitgekriegt.»

«War dem so?»

«Mir ist nie zu Ohren gekommen, dass sie mit ihrem Wissen hausieren gegangen ist. Von daher bezweifle ich stark, dass sie etwas gehört hat. Ich denke, sie ist nur auf allen vieren herumgekrochen, um mich in den Wahnsinn zu treiben. Was ihr, wie du sehr wohl weißt, auch gelungen ist.»

«Los, Alan, nenn mir endlich einen Namen», drängte Peter.

Alan schloss kurz die Augen.

«Deine Freiheit steht auf dem Spiel.»

«Der Name hilft dir auch nicht weiter.»

«Ich kann diskret vorgehen und mich mit dem Betreffenden an einem Ort treffen, wo uns keiner sieht.»

«Vergiss es», meinte Alan.

«Wer ...»

Alan öffnete die Augen. «Lofty.»

«Lofty ist an dich herangetreten?»

«Ja.»

«Auf Anweisung des Red Dragon?»

«Das hat er zumindest behauptet. Und ich hatte keinen Anlass, an seiner Aussage zu zweifeln.»

«Aus welchem Grund sollte der Red Dragon dir Infos über den White Baron zukommen lassen?»

«Du hast es doch selbst gesagt. Da die Stadt für zwei große Dealer zu klein ist, bekriegen sie einander.»

«Wer hat sich mit wem in Verbindung gesetzt?»

«Lofty hat sich an mich gewandt.»

«Wie?»

«Ich bin irgendwann gegen Mitternacht nach Hause gekommen, und da wartete er auf meiner Terrasse.»

«Ist er mit dem Wagen gekommen?»

«Nein, zu Fuß. Er kannte anscheinend den kleinen Pfad, der von der Farm in unser Viertel führt. Diesen Weg hat er auch genommen, als er wieder verschwunden ist. Nach dem Gespräch habe ich ihn zum Zaun gebracht, und da haben wir Kacy Howells bemerkt, die über den Rasen kroch.»

«Wie oft hast du dich mit ihm getroffen?»

«Nur einmal.»

«Hast du ihm Geld gegeben?»

«Nein.»

«Wie bitte? Er hat dir die Info umsonst gegeben?», fragte Peter ungläubig.

«Du sagst es.»

«Hast du ihn nach dem Grund gefragt?»

«Er meinte, seine Freundin wäre an dem Heroin krepiert, das der White Baron unters Volk gebracht hat. Erinnerst du dich noch an den mit Asbest, Zementpulver und Zyanid gestreckten Stoff, der vor einiger Zeit auf dem Markt war?»

Peter dachte kurz nach. «Das liegt zwei Jahre zurück. Damals sind vierzig Personen gestorben. Hast du den Namen überprüft, den er dir nannte?»

«Einen Namen hat er nicht erwähnt.»

«Wie sollen wir dann überprüfen, ob er die Wahrheit gesagt hat?»

«Dafür ist es jetzt zu spät.» Als Peter sich erhob, fragte Alan: «Was wirst du jetzt tun?»

«Nachdenken.»

«Glaubst du mir?»

«Ja. Nur weiß ich noch nicht, ob mir diese Geschichte hilft, dich hier rauszuholen.»

«Hast du einen Kugelschreiber für mich?»

Der Aufseher ließ Peter und Alan keinen Moment aus den Augen. «Damit du dir daraus ein Bong basteln kannst?», fragte Peter. «Vergiss es, Kumpel.»

* * *

«Und Sie kaufen Alan die Geschichte ab, dass Kacy Howells ihn und Lofty belauscht haben soll, als die beiden sich über den White Baron unterhalten haben?», fragte Dan Evans. Manchmal brachte er Peter mit seiner gewissenhaften Art gewaltig auf die Palme. Trevor hingegen hatte schon vor langer Zeit erkannt, dass Dans Hang zur Pedanterie keine Zeitverschwendung war, sondern die Ermittlungen weiterbrachte.

«Ja», bestätigte Peter mit Nachdruck. «Während meiner Unterhaltung mit Alan ist sie ja auch am Zaun entlanggekrochen. Überlegen Sie mal, Dan. Das klingt meiner Meinung nach ziemlich logisch. Vor allem vor dem Hintergrund von Snaggys Behauptung, Lofty hätte Kacy Howells auf dem Gewissen. Alan zufolge saß Lofty auf seiner Terrasse und wartete auf ihn. Er hat den Weg benutzt, der von der Farm durch den Wald zum Garten von Alan und den Howells führte. Und Trevor geht davon aus, dass Kacy Howells' Mörder just dieselbe Route genommen hat.»

«Jetzt mal langsam», unterbrach Dan ihn unvermittelt.

«In diesem Fall haben wir auch ohne Lofty schon genug Verdächtige.»

«Nur hat keiner von denen ein besseres Motiv als Lofty.»

«Das kann ich nicht beurteilen. Mir fallen da ganz spontan mehrere Personen ein, die einen Grund hatten, Kacy Howells zu töten ... Mr. Jenkins, George Howells, John Evans und Alan.»

«Alan? Jetzt machen Sie aber mal halblang ...»

«Vergessen Sie nicht, wie sehr Alan sich darüber aufregte, dass Kacy Howells ihm und seiner todkranken Frau das Leben zur Hölle machte», erinnerte ihn Dan.

«Ja, gut», räumte Peter ein. «Aber nur weil jemand die Beherrschung verliert, heißt das doch noch lange nicht, dass er ein Axtmörder ist.»

«Was, wenn die Axt praktischerweise gerade in Reichweite ist?», fragte Trevor und hob eine Augenbraue.

«Jetzt spielt nicht immer des Teufels Advokaten, sondern betrachtet die Sache mal ohne Scheuklappen.» Peter sprang auf, ging zum Fenster und drehte sich zu Trevor und Peter um. «Stellt euch mal vor, ihr wärt der Red Dragon. Ihr versorgt die Drogendealer mit Stoff und verdient einen Haufen Geld. Nur sahnt ihr nicht so viel ab, wie ihr eigentlich möchtet, da die Preise fallen. So war die Lage nämlich, als Alan seinen Artikel schrieb. Ein Konkurrent bietet den Stoff günstiger an. Euer Ziel ist es, ein Monopol zu errichten und den Preis nach eigenem Gutdünken festzulegen. Also wendet ihr euch an einen von euren Handlangern und tragt ihm auf, den White Baron bei einem Journalisten zu verpfeifen. Ihr gebt dem Journalisten genug Infos, damit der White Baron hinter Gitter wandert, und außerdem noch ein paar Tipps, wie man die Anklage mit Beweisen untermauern kann. Und als euer Mann den Journalisten spätnachts und ohne Vorankündigung aufsucht, kriegt er mit, wie eine Nachbarin das Gespräch belauscht. Hat sie etwas gehört? Und falls ja, reicht das, um ihn in die Pfanne zu hauen ...»

«Mit ‹ihn› meinen Sie den Handlanger?», fragte Dan.

«Alan behauptet steif und fest, die wahre Identität des Red Dragon nicht zu kennen.»

«Und das glaubst du?», wollte Trevor wissen.

«Ja», entgegnete Peter gereizt.

«Was heißt das jetzt? Hat Lofty selbst entschieden, Kacy kaltzumachen? Oder hat er auf Anweisung des Red Dragon gehandelt?», löcherte Dan ihn mit Fragen.

«Keine Ahnung.» Peter zuckte mit den Schultern. «Aber falls er Kacy Howells getötet hat, wovon ich ausgehe, hat er geplaudert, sonst hätte Snaggy ja nicht Wind davon gekriegt.»

«Bedauerlicherweise können wir nicht beweisen, dass Lofty zur Tatzeit am Tatort war», merkte Trevor an.

«Wer weiß? Laut Alan hat Lofty gegen Mitternacht auf seiner Terrasse gesessen. Er kannte den Weg und spazierte im Dunkeln zu Alans Haus hinunter. Dies wiederum lässt den Schluss zu, dass Lofty wusste, wie man in den Garten der Howells gelangt. Er hat sie getötet, sich ausgezogen und auf dem Weg zum Auto seine blutverschmierten Klamotten entsorgt.»

«Das Auto hatte er auf der Zufahrt zur Farm abgestellt», murmelte Trevor.

«Überlegt doch mal», drängte Peter. «Lofty hat sich in Alans Garten geschlichen, was keiner mitgekriegt hat. Nicht mal Mrs. Walsh, die den ganzen Tag am Fenster hängt. Er hat das Taschentuch und den Kaugummi aus Alans Mülleimer gefischt und neben Kacy Howells' Leichnam auf dem Holzdeck deponiert. Vielleicht hat er auch die Axt vor Alans Auto gelegt ...»

«Das auf der Straße stand, wo Mrs. Walsh es problemlos sehen konnte?», zweifelte Dan.

«Vielleicht hat er die Axt da am frühen Morgen abgelegt, als sie noch nicht wach war. Oder spätnachts in der Dunkelheit.»

«Dieses Szenario wird keinen Richter überzeugen», gab Trevor zu bedenken.

«Jeder Depp, der sich heutzutage eine dieser Fernseh-Krimiserien anschaut, weiß doch, wie man Beweise manipuliert», schmetterte Peter Trevors Einwand ab. «Außerdem wurden auf dem Deck Schlieren gefunden, die von Latexhandschuhen stammen oder von diesen Plastikdingern, die man über die Schuhe streift.»

«Aus welchem Grund sollte Lofty den Mord Alan in die Schuhe schieben?», überlegte Trevor.

«Lofty oder der Red Dragon hatten Schiss, dass Alan uns das mit Loftys Tipp steckt. Seit Joys Tod habe ich ihn öfter besucht. Womöglich dachte einer von beiden, ich würde mit Alan zusammenarbeiten und er hätte die Info von Lofty nicht nur weitergegeben, sondern tiefer gegraben und mehr rausgefunden.»

«Wollen Sie damit andeuten, dass Lofty Alan ... und Sie beobachtet hat?», fragte Dan.

«Was weiß ich? Möglich wäre es.»

«Ihre These basiert aber auf vielen Annahmen», fand Dan.

«Annahmen, die man genauer unter die Lupe nehmen sollte», entgegnete Peter.

In diesem Moment klopfte jemand an die Tür. «Herein», rief Dan, woraufhin Sarah Merchant das Büro betrat.

«Entschuldigen Sie die Störung, Sir. Ich bringe die Informationen, um die Inspector Joseph gebeten hat», sagte sie und händigte Trevor einen Computerausdruck aus.

Trevor überflog ihn und sah zu ihr hoch. «Sind Sie sicher, Constable?»

«So sicher, wie man sein kann, Sir. Welcher Unternehmer auch immer die Walshes dafür bezahlt, dass er seine Reinigungsmittel in ihrer Garage lagern kann, ist im Umkreis von dreihundert Kilometern nicht beim Gewerbeamt registriert.»

«Danke, Sarah.»

«Sir.» Sarah hielt kurz inne, ehe sie auf dem Absatz kehrtmachte und das Zimmer verließ.

«Dieses Mädchen ist ziemlich aufgeweckt und eine hervorragende Polizistin», fand Dan, streckte die Hand aus und ließ sich von Trevor den Ausdruck geben.

«Sie können sich den Weg hinter dem Haus der Howells vornehmen, Peter.» Dan stand auf. «Kümmern Sie sich gleich morgen früh darum.»

«Wird gemacht», versprach Peter und grinste zufrieden.

Dan warf einen Blick zu Trevor hinüber. «Der Durchsuchungsbeschluss, den Sie beantragt haben?»

«Ja?»

«Machen Sie das Beste daraus und übersehen Sie ja nichts.»

KAPITEL ZWANZIG

«Du lässt die Sackgasse observieren?», fragte Peter und lief hinter Trevor her, der auf dem Weg in den Ermittlungsraum war.

«Man hat dich von diesem Fall abgezogen», erinnerte ihn Trevor.

«Beide Fälle hängen zusammen.»

«Das sehe ich anders.»

Dan öffnete seine Bürotür. «Peter, wir müssen die Obduktionsberichte von Snaggy und Lofty analysieren.»

«Ist doch schon geschehen», erwiderte Peter.

«Ich meine die Verletzungen, die ihnen vor ihrem Tod zugefügt wurden.»

«Sie wurden vermöbelt. Wen kümmert's?»

«Jawohl, sie wurden vermöbelt. Und das könnte jemand beobachtet haben. Als Erstes müssen wir herausfinden, wo es passiert ist. Und sollte es darauf keine Hinweise geben, müssen wir in Erfahrung bringen, wer ihre Kumpel waren.»

Als Trevor im Ermittlungsraum verschwand, blickte Peter ihm wehmütig hinterher.

«Sollte tatsächlich ein Zusammenhang zwischen den beiden Ermittlungen existieren, sind Sie der Erste, der davon erfährt», sagte Dan in beschwichtigendem Ton.

«Wir nähern uns also aus unterschiedlichen Richtungen?»

Dan ging nicht auf Peters Spott ein. «Je eher wir anfangen, eine Liste mit den Namen von Loftys und Snaggys Kumpanen zu erstellen, desto besser. Ist die Dame Ihres Herzens immer noch auf Reisen? Ich lade Sie auf ein Bier im Platform 10 ein. Und Sie mich im Gegenzug auf ein Curry.»

Peter drehte sich zu Dan um. «Daisy kommt erst morgen zurück.»

«Darüber sollten Sie sich freuen.»

«Und meine Freude wäre noch viel größer, wenn Alan endlich freikäme.»

«Deswegen arbeiten Sie mit mir zusammen und Trevor mit Chris und Sarah.»

«Um jedwede Voreingenommenheit auszuschließen.»

«Lassen Sie uns endlich loslegen.»

Peter warf einen letzten Blick auf die geschlossene Ermittlungsraumtür und kehrte in Dans Büro zurück.

* * *

Trevor stand vor seinen Mitarbeitern, die an ihren Schreibtischen saßen. «Vier Kollegen werden heute Nacht im Haus der Howells Posten beziehen, abwechselnd die Straße observieren und die Aktivitäten vor der Garage und auf dem Grundstück der Walshes beobachten. Constable Brooke und Baker übernehmen die erste Schicht, Constable Merchant und Harris die nächste. Einer behält die Straße und Vorderseite des Hauses im Auge, der andere die Rückseite. Sie wechseln einander alle sechs Stunden ab. Sie werden bewaffnet sein, und ich sorge dafür, dass die Verstärkung sich bereithält. Reduzieren Sie den Kontakt nach draußen und die Gespräche untereinander auf ein Minimum. Man kann ja nie wissen, wer mithört. Wir wissen nicht, ob jemand auftaucht und ein paar von den Kartons abholt, die in der Garage der Walshes lagern. Das kann heute Nacht passieren, morgen oder erst übermorgen. Sie sollten sich also innerlich darauf einstellen, dass diese Observierung mindestens achtundvierzig Stunden dauert. Für den Fall, dass jemand auftaucht: Wir reagieren erst, wenn mindestens zwei Kartons aus der Garage im Lieferwagen verstaut sind. Achten Sie darauf, kein Licht einzuschalten. Und seien Sie leise. Mrs. Walsh kriegt alles mit. Verzichten Sie darauf, die Toilettenspülung zu benutzen oder den Wasserhahn aufzudrehen. Irgendwelche Fragen?»

«Wie kommen wir rein und raus, ohne dass Mrs. Walsh es spitzkriegt?», wollte Sarah Merchant wissen.

«Kurz nach Sonnenuntergang statte ich Mrs. Walsh einen Besuch ab und frage sie, ob es auch zwischen ihr und Kacy wegen Grundstücksverletzungen zum Streit gekommen ist. Wie bei meinen früheren Besuchen werde ich mein Fahrzeug auf der Auffahrt parken, vor der Garage, gleich neben dem Gartentor. Ich öffne den Kofferraum, hole meine Aktentasche heraus und lasse die Tür halb offen. Sie verstecken sich hinten im Wagen, damit man Sie nicht sieht. Da das Haus der Howells etwas weiter hinten steht als das der Walshes und Mrs. Walsh diese Seite des Howells-Hauses nicht sieht, wird sie auch nicht mitkriegen, wie Sie aus dem Fahrzeug kriechen und in den Durchgang zwischen Haus und Garage schleichen. Trotzdem will ich auf Nummer sicher gehen. Keiner von Ihnen verlässt das Fahrzeug, bevor ich Sarah eine SMS sende.»

«Und was ist mit den Passanten?», fragte Sarah.

«Ich parke das Fahrzeug in einem ganz bestimmten Winkel vor der Garage. Sie müssen sich beeilen. Die Dunkelheit wird Ihnen Schutz bieten. Nachdem ich den Wagen geparkt habe, kontrolliere ich das Tor zwischen Garage und Haus und die Hintertür und sorge dafür, dass sie nicht zugesperrt sind. Sie müssen alles, was Sie in den nächsten Tagen brauchen, mitnehmen ... inklusive Essen, Wasser, Nachtsichtbrillen und Schlafsäcken. Ihnen bleiben zwanzig Minuten für die Vorbereitung und private Telefonate. Gibt es sonst noch Fragen?»

Die vier Polizisten, die für diese Aufgabe ausgewählt worden waren, schauten einander an. Sarah Merchant schüttelte als Erste den Kopf.

«Der Kombi ist in fünfundvierzig Minuten hier. Ich würde vorschlagen, dass Sie jetzt packen.»

«Werden Sie die Operation leiten, Sir?», fragte Chris Brooke.

«Ja. Ich stoße später zu Ihnen. Nachdem ich mich von Mrs. Walsh verabschiedet habe, fahre ich weg und veranlasse, dass jemand meinen Wagen übernimmt und mich in der Nähe der Farm absetzt. Ich gehe durch den Wald und komme durch die Hintertür ins Haus. Das alles dürfte nicht länger als eine Stunde dauern. Gibt es sonst noch etwas?» Er schaute von einem zum anderen. «Wir treffen uns auf dem Parkplatz in ...» Er schaute auf seine Uhr. «... einundvierzig Minuten.»

Trevor verließ den Ermittlungsraum, ging in sein Büro und rief Lyn an, die nach dem zweiten Läuten abnahm. Er stellte sich vor, wie sie neben dem Telefon in der Sofaecke saß, eine Tasse Kaffee trank, ihre Lieblingskäsecracker aß und sich dabei einen alten Film anschaute.

«Ich wünschte, ich wäre jetzt bei dir und Marty.»

«Nein, tust du nicht», neckte sie ihn. «Wie du sehr wohl weißt, ist er in zwei Stunden wieder wach.»

«Findet er keine Ruhe?»

«Er braucht die starke Hand seines Vaters. Kommst du heute Abend nicht nach Hause?»

«Du kannst ja hellsehen.»

«Wir werden dich vermissen, aber ich lasse mir etwas einfallen und tische dir etwas ganz Besonderes zum Frühstück auf.»

«Könnte sein, dass ich es nicht schaffe.»

«Wie lange bleibst du weg?»

«Ich weiß es nicht. Vielleicht ein paar Tage.»

«Bitte, pass auf dich auf, ja?» Sie versuchte, unbekümmert zu klingen, aber es gelang ihr nicht.

«Versprochen. Schließlich hänge ich an euch und an meinem Leben.»

«Marty lässt dich grüßen.»

«Passt auch auf euch auf. Ich liebe dich.» Mit einem Kloß im Hals legte Trevor auf. Ihm blieb nur noch eine knappe halbe Stunde, bis sie sich auf dem Parkplatz trafen. Er versuchte, nicht an die vielen Todesopfer zu denken, die der Drogenkrieg gefordert hatte. Falls er richtiglag, standen er und sein Team von nun an in der Schusslinie dieser Leute. Die Zeit drängte, und er musste noch seine Waffe überprüfen und seine kugelsichere Weste holen.

* * *

Kurz nach Mitternacht schloss Peter die Wohnungstür auf, legte die Schlüssel auf das silberne Tablett auf der Anrichte im Flur, öffnete die Wohnzimmertür und schaute sich um. Am Zustand der Wohnung gab es eigentlich nichts auszusetzen, doch bei genauerem Hinsehen fand er, dass dringend Staub gewischt, der Teppich gesaugt und – zu Ehren von Daisys Rückkehr – die Bettwäsche gewechselt werden musste.

Trevor, der sich schon mehrmals über seinen – wie er sich ausdrückte – übertriebenen Ordnungssinn und seinen Sauberkeitswahn lustig gemacht hatte, ahnte nicht, dass Aufräumen bei Peter eine therapeutische Wirkung hatte. Eine Stunde später war kein Staubkörnchen mehr zu finden, der Teppich war gereinigt, und es roch nach Bienenwachs-Möbelpolitur. In der Küche Klarschiff zu machen dauerte etwas länger. Im Kühlschrank gab es Unmengen von Lebensmitteln, deren Verfallsdatum abgelaufen war, da Peter fast immer auswärts gegessen hatte.

Nachdem er sich das Schlafzimmer vorgenommen und die Bettwäsche gewechselt hatte, putzte er das Badezimmer, dann stellte er sich unter die Dusche und wischte die Kabine hinterher trocken. Er warf einen Bademantel über, öffnete ein Bier, ging ins Wohnzimmer, stellte die Flasche auf einen Untersetzer und schaute in der Zeitung nach, ob zu dieser späten Stunde ein Spielfilm gesendet wurde, der ihn interessierte. Eigentlich hätte er sich aufs Ohr legen und ein paar Stunden schlafen sollen, bevor er sich in aller Herrgottsfrühe mit Dan traf, doch dazu war er viel zu aufgedreht. Und nichts war ihm verhasster, als sich die ganze Nacht im Bett von einer Seite auf die andere zu werfen oder an die Decke zu starren.

Während er das Fernsehprogramm überflog, musste er an Snaggy und Lofty denken, deren leblose Körper im Leichenschauhaus in Kühlfächern lagen. Der bösartige Lofty und der hinterlistige Snaggy waren etwa in seinem Alter gewesen, und sie hatten nichts aus ihrem Leben gemacht. Und wie war es um ihn selbst bestellt?

Daisy hatte vollkommen recht. Es war tatsächlich an der Zeit, eine Entscheidung zu treffen; ein Haus mit Garten zu kaufen, sich eine Katze oder einen Hund zuzulegen, Daisys Wünsche zu respektieren und eine Familie zu gründen. Warum sträubte er sich dagegen? Wieso versetzte ihn der Gedanke, mit Daisy Kinder zu bekommen, in Angst und Schrecken? Weshalb sollte ein so kleiner und liebenswerter Wurm wie Marty ihn und Daisy auseinanderbringen und ihre Beziehung, die in seinen Augen etwas ganz Besonderes war, ruinieren?

* * *

Trevor näherte sich dem Haus der Walshes und klingelte. Mick Walsh öffnete sofort die Haustür, was Trevor nicht überraschte. Als er die Sackgasse hinuntergefahren war, hatte er hinter der Jalousie Mrs. Walshes Schatten erkannt.

«Bitte entschuldigen Sie die späte Störung. Ich hätte mich telefonisch anmelden sollen, Mick, aber ich habe eben mit einem Kollegen gesprochen, der Alan Piper heute verhört hat, und muss dringend mit Ihnen und Ihrer Mutter etwas abklären.»

«Sie stören überhaupt nicht. Mutter ist noch nicht im Bett.» Mick Walsh führte ihn ins Wohnzimmer. Auf einem Tisch standen zwei Lampen, die Licht spendeten und bewusst so platziert waren, dass sie die alte Dame, die die dunkle Straße beobachtete, nicht blendeten.

«Sie arbeiten lange, Inspector. Möchten Sie einen Cognac?» Mrs. Walsh hob ihren Schwenker. Auf einem Beistelltisch standen eine Flasche Hennessy-Cognac, eine Silberschale mit Trauben und ein Teller mit Petit Fours.

In diesem Moment musste Trevor an das denken, was Bob Guttridge über die finanzielle Situation der Walshes gesagt hatte. Mutter und Sohn schien es inzwischen ganz gutzugehen. Offenbar genossen sie es, dass sie sich nach den harten Zeiten endlich wieder etwas gönnen konnten.

«Nein, danke», lehnte er höflich ab, baute sich vor ihr auf und versperrte ihr so die Sicht auf die Straße. «Ich bin noch im Dienst.»

«Ich dachte, jemand in Ihrer Position würde nur von neun bis fünf arbeiten, Inspector.»

«Bedauerlicherweise nicht, Mrs. Walsh. Wie ich schon sagte, bin ich gekommen, um etwas mit Ihnen zu klären. Gab es zwischen Ihnen und Kacy Howells irgendwann einmal Streit über den Verlauf der Grundstücksgrenzen?»

«Aber sicher, Inspector. Meinen Sie, nur die Pipers hätten das tyrannische Wesen dieser Frau erdulden müssen? Sind Ihnen nicht die schnell wachsenden Koniferen aufgefallen, die Mick entlang der Grundstücksgrenze gepflanzt hat?»

«Demnach hat sie also auch versucht, sich ein Stück von Ihrem Land unter den Nagel zu reißen?»

«So ist es. Ich habe allerdings sofort einen Anwalt eingeschaltet.»

«Hat er die Howells schriftlich abgemahnt?»

«Soweit ich weiß, hat er jemanden zu ihnen geschickt. Und kurze Zeit später habe ich einen Landvermesser bestellt, damit er die Grundstücksgrenzen überprüft, bevor Mick die Koniferen setzt.»

Trevor hatte sein Handy präpariert, das in diesem Augenblick vibrierte. «Entschuldigen Sie mich.» Er fischte das Mobiltelefon aus seiner Tasche, vergewisserte sich, dass niemand auf der Straße war, schickte die gespeicherte SMS an Sarah und steckte das Handy weg. «Wann war das, Mrs. Walsh?»

«Etwa zwei Monate nachdem Madame drüben eingezogen war. Im Gegensatz zu Alan und Joy war mir vom ersten Tag an klar, dass diese Frau nur Scherereien machen würde.»

«Gab es, nachdem Mick die Hecke gepflanzt hatte, keinen Streit mehr mit den Howells?»

«Es kam öfter vor, dass ihre Kinder den ganzen Tag leichtbekleidet im Regen herumliefen. Ich habe die Sozialfürsorge informiert.»

«Hat man dort entsprechend reagiert?»

«Ja, ich denke schon. Die Howells haben Besuch von Sozialarbeitern bekommen.»

«Wusste Mrs. Howells, dass Sie die Behörden informiert hatten?»

«Keine Ahnung. Sie hat mich darauf nie angesprochen. Wenn ich mich recht entsinne, hat sie überhaupt nicht mehr mit mir geredet, nachdem sie von meinem Anwalt gehört hatte.»

Trevors Handy vibrierte abermals. Er überflog die Mitteilung und nickte zufrieden. «Danke, Mrs. Walsh, Sie haben mir sehr geholfen.»

«Inwiefern, Inspector?»

«Ihre Aussage bestätigt Mrs. Howells' Verhaltensmuster.»

«Meiner Meinung nach hat Alan Piper dafür, dass er Kacy Howells umgebracht hat, eine Medaille verdient. Sie können ihm bestellen, dass ich zur Verfügung stehe, sollte er einen Leumundszeugen brauchen, der zu seinen Gunsten oder gegen Kacy Howells aussagt.»

«Ich gehe nicht davon aus, dass sich Mr. Pipers Verteidiger an mich wenden wird, Mrs. Walsh. Und ich möchte mich nochmals für mein unangekündigtes Erscheinen entschuldigen.»

«Dazu besteht überhaupt keine Veranlassung. Mick, bring den Inspector nach draußen.»

«Ja, Mutter.» Mick öffnete die Wohnzimmertür.

«Ich wünsche Ihnen noch einen schönen Abend, Mrs. Walsh», sagte Trevor und griff nach seiner Aktentasche.

«Es ist mittlerweile schon sehr spät und das Bett ruft, Inspector. Das Leben als Invalidin ist kein Zuckerschlecken.»

Trevor nickte. «Schlafen Sie gut, Mrs. Walsh. Gute Nacht, Mick.» Er verließ das Haus und stieg in sein Auto, überzeugte sich davon, dass sein Team die Kofferraumtür wieder verschlossen hatte, und fuhr weg.

* * *

«Wir können nicht weiterfahren, sonst riskieren wir, dass jemand die Scheinwerfer sieht. Lassen Sie mich hier raus.»

«Ja, Sir.» Der Constable hielt an.

Trevor nahm seine Aktentasche mit den Sachen, die er für den Notfall in seinem Büro aufbewahrte: einen Waschbeutel mit Zahnbürste und Nassrasierer und einen Satz Kleider zum Wechseln. Er stieg aus und verschwand in den Schatten hinter dem Tor.

Dort wartete er, bis der Constable kehrtgemacht hatte und wegfuhr. Da kein Mond schien, wirkte die Dunkelheit undurchdringlich, und es kam ihm vor, als rückten die Bäume und Hecken immer näher. Er lehnte am Tor, bis er sich an die Finsternis gewöhnt hatte und an die Geräusche der Nacht. Die Geräusche erinnerten ihn an seine Kindheit in Cornwall. Eine tieffliegende Krähe auf Futtersuche krächzte. Kleine Tiere raschelten im Unterholz. Äste knarzten.

Er lief den Weg hinunter und achtete darauf, sich nicht zu weit von der Hecke zu entfernen. Im Farmhaus und den Nebengebäuden brannte kein Licht, was ihn nicht verwunderte. Auf einem Bauernhof waren Mensch und Tier stets im frühen Morgengrauen auf den Beinen. Wahrscheinlich lag Bob Guttridge schon seit Stunden in seinem Junggesellenbett.

Trevor erreichte ohne Zwischenfälle den Hügelkamm, starrte ins Tal, tastete sich vorwärts und hielt sich auf abschüssigem Gelände an Ästen und Bäumen fest. Im Haus der Walshes brannte noch Licht. Die erleuchteten Fenster gehörten zur Küche, zum Badezimmer und einem nach hinten gelegenen Schlafraum.

Seine Hoffnung, sich geräuschlos dem Haus der Howells nähern zu können, wurde nicht erfüllt. Plötzlich stolperte er über einen vermoderten Baumstamm, stürzte, schlitterte fünfzehn Meter in die Tiefe und verlor dabei seine Aktentasche.

Er landete auf dem Rücken, keuchte schwer und brauchte eine kleine Weile, bis er wieder gleichmäßig atmen konnte. Sein Kreuz tat weh. Hatte er sich etwas gestaucht oder verrenkt? Als er Anstalten machte, sich zu rühren, taten seine Beine plötzlich unerträglich weh. Er hielt die Luft an und drehte sich um. Auf allen vieren machte er sich auf die Suche nach seiner Aktentasche, die ziemlich dicht vor dem Zaun der Walshes gelandet war.

Er streckte die Hand danach aus und blieb an einem Stacheldraht hängen, der als zusätzlicher Schutz durch einen knapp zwei Meter hohen Maschendrahtzaun gefädelt worden war. Er wischte seine Hand am Jackenärmel ab und musste sich schwer zusammenreißen, um nicht laut aufzuschreien. Den Schmerz ignorierend, kroch er am Zaun entlang. Bis zum Grundstück der Howells war es nicht mehr weit. Ein paar Meter weiter vorn hatte jemand den Stacheldraht heruntergedrückt. Hatte Kacy Howells sich daran zu schaffen gemacht?

Mit der Aktentasche in der Hand arbeitete Trevor sich Zentimeter um Zentimeter nach vorn und achtete darauf, nicht mit dem Zaun der Walshes in Berührung zu kommen. Nach ein paar Minuten erreichte er die Koniferenhecke. Plötzlich spürte er einen Schlag auf dem Hinterkopf, strauchelte und stürzte. Jemand presste ihm eine Hand auf den Mund und hob ihn hoch. Instinktiv schob er die Hand in die Jackentasche, fand sein Handy und drückte auf die Kurzwahltaste. Er riss die Augen weit auf, konnte aber nur den Umriss einer schwarzvermummten Gestalt erkennen – und eine Öffnung im Zaun.

Die schwarze Gestalt drückte mit dem Unterarm auf seinen Hals und machte Anstalten, ihn zu ersticken. Trevor versuchte, seinen Gegner abzuschütteln, und setzte sich mit aller Macht gegen die lähmende Dunkelheit zur Wehr, die von ihm Besitz ergriff. Kopf voran, fiel er in einen wabernden Nebel, der seinen Verstand lähmte und jeden Gedanken – sogar an Lyn und Marty – auslöschte.

* * *

«Der Chef ist vor anderthalb Stunden weggefahren und müsste inzwischen längst hier sein.» Chris verteilte Pappbecher mit Kaffee und schraubte den Deckel wieder auf die Thermosflasche.

«Der kommt schon noch», erwiderte Sarah barsch, die sich ebenfalls Sorgen machte.

«Da draußen ist es stockfinster. Was, wenn er gestürzt ist? Vielleicht sollte einer von uns ihn suchen», meinte Constable Harris, ein aufgeweckter, eifriger Kollege, der erst vor kurzem seine Ausbildung beendet hatte.

«Das würde ihm garantiert nicht gefallen. Er hat uns eine Aufgabe gegeben und erwartet, dass wir sie erfüllen», gab Sarah zu bedenken.

«Das tun wir doch», entgegnete Chris.

«Und was machen wir, wenn er nicht auftaucht?», sprach Constable Harris die Frage laut aus, die Sarah und Chris vermieden.

«Bis morgen früh unternehmen wir nichts», antwortete Sarah entschieden. Obwohl sie und Chris denselben Dienstgrad hatten, spielte sie sich immer als Chef auf, wenn sie zusammenarbeiteten. Irgendwann würde der Tag kommen, an dem er ihr Verhalten nicht mehr hinnahm, doch bislang fügte er sich noch. «Der Inspector hat aus gutem Grund auf einer verdeckten Ermittlung bestanden, und wir sollten nichts tun, das uns verrät.»

«Und was, wenn er Hilfe braucht?», wollte Chris wissen.

«In dem Fall wird er das Revier verständigen. Schließlich hat er ein Handy.»

* * *

«Es war genau, wie du gesagt hast, Mutter. Er hat hinten herumgeschnüffelt.» Mick Walsh stand an der Küchenspüle und wusch sich die Hände.

«Hast du ihn in den Pool geworfen?»

Mick nickte. «Ich habe ihn an Händen und Füßen gefesselt, ihn geknebelt und deine Anweisungen ganz genau befolgt.»

«Hast du dafür gesorgt, dass er nicht um Hilfe rufen kann?»

«Er kriegt den Mund nicht auf. Das Paketklebeband aus der Garage wirkt Wunder.»

«Und du hast die Plane wieder über den Pool gezogen und mit dem Vorhängeschloss gesichert?»

«Ich habe alles getan, worum du mich gebeten hast, Mutter. Das hier war in seinen Taschen.» Mick legte Trevors Handy, Brieftasche, Schlüssel, Kleingeld, Dienstausweis, Stift und Notizblock auf die Küchentheke.

Mrs. Walsh nahm das Handy und entfernte den Akku, bevor sie sich den Notizblock schnappte und durchblätterte. «Gut, mein Sohn. Die Jungs sollen ihn morgen früh mitnehmen, wenn sie die Lieferung abholen. Sag ihnen, dass es eine Weile dauern wird, bis sie neue Ware kriegen. Nachdem gegen Alan Piper Anklage erhoben wurde, hatte ich gehofft, die Polizei würde uns in Ruhe lassen.» Sie schüttelte den Kopf. «Schade, dass dieser Inspector so hartnäckig ist.»

«Du hast ihn durchschaut, Mutter», meinte Mick und grinste.

«Ja, und je eher er aus dem Pool verschwindet, desto lieber ist es mir. Impf den Jungs Folgendes ein: Bei diesem Kandidaten darf ihnen nicht der gleiche Fehler unterlaufen wie bei den beiden anderen. Man darf den Inspector auf keinen Fall finden. Schaltet man einen der ihren aus, kennt die Polizei kein Pardon.»

«Wie hast du dir das vorgestellt, Mutter? Was sollen sie mit ihm anstellen?»

«Ihm Betonschuhe anziehen und ihn im Meer versenken. Ich will, dass unsere Jungs ihn den Kurieren überlassen, die die nächste Lieferung einführen. Sie können ihn bei der Kanalüberquerung über Bord werfen. Wir müssen verhindern, dass uns jemand das Verschwinden des Inspectors anhängt, sonst sind wir geliefert und wandern beide lebenslänglich ein. Du bist noch jung, kannst auf Zeit spielen und auf vorzeitige Entlassung hoffen. Ich mit meinen Gesundheitsproblemen komme da nicht mehr lebend raus.»

«Mach dir bitte keine Sorgen, Mutter. Ich und die Jungs werden die Sache schon deichseln. Versprochen. Der Inspector taucht nicht mehr auf», versicherte Mick. Zum ersten Mal hatte seine Mutter ihm eine wichtige Aufgabe zugeteilt. Normalerweise rief sie ihre «Jungs». Bedeutete das, dass sie endlich bereit war, ihm mehr Verantwortung zu übertragen? Vielleicht würde sie ihn ja in ein, zwei Jahren zu ihrem Nachfolger ernennen. Die Vorstellung, bald selbst der berühmt-berüchtigte Red Dragon zu sein, behagte ihm sehr.

KAPITEL EINUNDZWANZIG

Peter nahm noch vor dem zweiten Läuten ab, warf einen Blick auf die Wanduhr und stellte fest, dass es kurz nach eins war. Mittlerweile müsste Daisy gelandet sein. War ihr etwas zugestoßen? Ein Autounfall ...

«Peter.»

«Lyn? Was gibt es?»

«Trevor ist etwas passiert.»

«Wie bitte?»

«Ich kann dir nicht sagen, was geschehen ist, aber ich bin mir ganz sicher», sagte sie mit zitternder Stimme.

«Was bringt dich denn auf die Idee?»

«Ich kann es spüren. Ich *weiß* es ...» Sie rang um Selbstbeherrschung. «Ich habe einen Anruf erhalten ... von seinem Handy.»

«Wann?»

«Zwanzig nach elf.»

«Was hat er gesagt?»

«Nichts. Ich habe nur schwere Atemgeräusche gehört, ein Scharren, Schläge und leise Stimmen. Was gesprochen wurde, konnte ich nicht verstehen. Kurz darauf war die Leitung tot. Ich habe ihn zurückgerufen und die Nachricht erhalten, dass der Teilnehmer keine Gespräche entgegennehmen kann.»

«Du weißt doch, wie dumm sich Trevor manchmal anstellt», plapperte Peter einfach drauflos. «Wahrscheinlich hat er sein Handy verloren oder es fallen gelassen ...»

«Er steckt in Schwierigkeiten, Peter», widersprach Lyn energisch. «Weißt du, wo er ist?»

«Ja», räumte Peter widerstrebend ein.

«Zier dich nicht so.»

«Du weißt, dass ich das nicht darf.»

«Peter ...»

«Trevor und Dan werden mir zwar den Kopf abreißen, doch ich gehe der Sache nach ... auch auf die Gefahr hin, dass seine Tarnung auffliegt.»

«Versprochen?»

«Versprochen», versicherte Peter wider besseren Wissens.

«Ich melde mich nachher bei dir ...»

«Nein, lass nur. Ich richte ihm aus, er soll dich anrufen. Und wenn du ihn an der Strippe hast, kannst du ihm erklären, warum ich seine und Dans Anordnungen nicht befolgt habe. Kümmer dich um Marty und mach dir keine Sorgen, Lyn. Trevor geht es gut.» Er beendete das Telefonat, wählte Trevors Nummer und hörte, dass der Teilnehmer keine Gespräche entgegennahm.

Kopfschüttelnd griff er zu seinem Handy und schickte Sarah Merchant eine SMS. *Muss dringend* TJ *sprechen.*

Dreißig Sekunden später kam die Antwort.

TJ *abwesend.*

Wieder warf er einen Blick auf die Uhr, nahm den Telefonhörer ab und wählte Dans Nummer.

* * *

Als Peter aus dem Apartmenthaus kam, wartete Dan schon im Wagen auf ihn.

«Das ging aber schnell», bemerkte er und stieg ein.

«Ich war noch auf. Und Sie?»

«Musste mir nur schnell ein paar Klamotten überwerfen.»

«Der Fahrer hat Trevor gegen elf Uhr in der Nähe der Farm abgesetzt.»

«Selbst bei Dunkelheit und schlechter Sicht hätte er spätestens eine halbe Stunde später am Ziel eintreffen müssen.»

«Demzufolge ist er seit zweieinhalb Stunden verschwunden. Höchstwahrscheinlich ist ihm im Haus der Walshes etwas Verdächtiges aufgefallen, und er hat beschlossen, sie vom Wald aus zu beobachten. Oder er ist gestürzt und hat sich verletzt ...»

«Und wieso hat er nicht angerufen?»

«Bestimmt ist sein Handy bei dem Sturz kaputtgegangen. Was auch die Geräusche erklären würde, die Lyn gehört hat. Die schweren Atemgeräusche und das Scharren.» Dan blieb an einer roten Ampel stehen und warf einen Blick zu Peter hinüber, der mit den Fingern nervös gegen die Fensterscheibe trommelte. «So wird es auch nicht schneller grün.»

«Sie sind genauso beunruhigt wie ich.»

Dan nickte und gab Gas, als die Ampel endlich auf Grün schaltete.

«Fahren wir hinten herum?»

«Vergessen Sie's.»

«Sie wollen direkt zum Haus der Howells?»

«Zuerst spreche ich mit Trevors Leuten, und anschließend lasse ich das Haus der Walshes durchsuchen. Kommt ja nicht alle Tage vor, dass ein Polizist vermisst wird», entgegnete Dan tonlos.

* * *

Sarah Merchant machte große Augen, als Dan Evans und Peter Collins vor dem Haus der Howells parkten und Sekunden später im Wohnzimmer standen.

«Immer noch keine Spur von Trevor?», fragte Peter.

«Nein, Sir.»

«Sein Handy wurde zuletzt in dieser Gegend geortet», erklärte Dan. «Haben Sie wirklich keine Ahnung, wo er stecken könnte?»

«Nein, Sir.»

Peter musterte Dan. «Soll ich rübergehen und die Nachbarn aus dem Bett werfen?»

«Ohne Durchsuchungsbeschluss bleibt uns gar nichts anderes übrig.»

Peter musste zwanzig Sekunden lang bei den Walshes Sturm läuten, ehe Mick Walsh mit verschlafenem Gesicht die Tür öffnete.

«Tut mir leid, dass wir Sie wecken mussten, Mr. Walsh, aber es handelt sich um einen Notfall.» Dan hielt Mick seinen Dienstausweis vor die Nase.

«Wer ist da, Mick?», rief Mrs. Walsh in quengeligem Tonfall.

«Die Polizei.»

Dan trat in den kleinen Flur und spähte die Treppe hinauf. «Bitte entschuldigen Sie die Störung, Mrs. Walsh. Wir machen uns Sorgen wegen eines Kollegen, der zuletzt in dieser Gegend gesehen wurde. Inspector Trevor Joseph ...»

«Er war heute Abend hier», fiel Mick ihm übereifrig ins Wort.

«Um welche Uhrzeit hat er Sie verlassen?», fragte Dan überflüssigerweise, denn er hatte bereits mit Trevors Fahrer gesprochen und kannte die Antwort schon. Er war wild entschlossen, das Haus der Walshes gründlich zu durchsuchen, und brauchte einen Vorwand, den «die da oben» akzeptierten. Peter, der hinter ihm stand, wurde zunehmend nervös. Er konnte es gar nicht mehr erwarten, einen Blick in die Küche zu werfen.

«Muss so gegen elf gewesen sein. Um diese Uhrzeit bringe ich Mutter normalerweise ins Bett.»

Peter begann zu hüsteln. «Könnte ich vielleicht ein Glas Wasser bekommen?» Ohne die Antwort abzuwarten, begab er sich in die Küche.

«Mick, komm und hol mich», rief Mrs. Walsh.

Mick wusste nicht, wie er reagieren sollte, und schaute Peter hilflos hinterher.

«Mick?», befahl Mrs. Walsh mit eisigem Unterton.

«Mutter, ich komme.» Er rannte die Stufen hoch.

Peter tauchte in der Küchentür auf und hielt einen Schlüsselbund hoch.

Dan wurde ganz blass um die Nase. «Trevors Schlüssel?», fragte er.

«Kennen Sie noch einen anderen Blödmann, der mit einem so großen silbernen Teddybären als Schlüsselanhänger herumläuft?»

* * *

Dan forderte Verstärkung und Spürhunde an, während Peter die Kollegen holte, die im Haus der Howells postiert waren. Sarah und Chris durchsuchten die obere Etage, Harris und Baker das Erdgeschoss, und Peter und Dan verhörten Mrs. Walsh und ihren Sohn im Wohnzimmer.

«Wir haben den Inspector auf einen kleinen Cognac und ein paar Petit Fours eingeladen. Er hat versehentlich seine Schlüssel hier liegen lassen ...»

«Und wie ist er dann weggefahren, Mrs. Walsh?», fragte

Dan und behielt gleichzeitig Peter im Auge, der vor dem Fenster auf und ab ging und wie gebannt in den erleuchteten Garten starrte.

«Bestimmt hat er einen Ersatzschlüssel gehabt. Der Schlüsselbund ist uns erst aufgefallen, nachdem er sich verabschiedet hatte. Ich habe Mick gebeten, mich daran zu erinnern, Inspector Joseph auf der Nummer anzurufen, die er uns heute Morgen gegeben hat ...»

«Was haben Sie mit ihm gemacht?», unterbrach Peter.

«Wie ich schon sagte, haben wir ihn nur auf einen kleinen Cognac eingeladen ...»

«Trevor trinkt nie im Dienst.» Peter fiel auf, dass Mick auch in den Garten schaute.

«Setz dich, Mick», befahl Mrs. Walsh herrisch.

«Es regnet immer noch, und zwar ziemlich stark ...»

Was ist da draußen und erregt Micks Interesse, überlegte Peter. Seit zwei, drei Stunden goss es in Strömen. Der Regen machte der Trockenheit ein Ende, die in den vergangenen Tagen geherrscht hatte. Auf der Poolabdeckung sammelte sich Wasser. Peter fiel auf, dass eine Ecke der Plane trocken war.

Ohne zu überlegen, öffnete Peter die Terrassentür, stürmte nach draußen und versuchte, die Abdeckung zu heben, was sich schwierig gestaltete.

Für sein Gefühl dauerte es eine Ewigkeit, bis er die Plane gelöst und die Poolecke freigelegt hatte. Unten im Becken lag Trevor, dessen Gesicht vor dem dunklen Wasser unnatürlich blass wirkte. Sein Freund hatte die Augen geöffnet, starrte ihn an ... und blinzelte.

«Noch ein paar Zentimeter Niederschlag, und du wärst über den Jordan gegangen, Kumpel», murmelte Peter und versuchte, seinen Freund herauszuziehen, was gar nicht so einfach war, denn Trevors Finger steckten in den Ösen der

Plane fest. Zwei von ihnen hingen schlaff herunter – offenbar waren sie gebrochen.

«So wie es aussieht, bist du alles in allem noch ganz gut weggekommen.» Peter bettete ihn vorsichtig auf den durchweichten Rasen.

* * *

Peter und Dan hatten auf einer der hinteren Bänke Platz genommen. Das Krematorium war nur spärlich besucht. Ein paar Reihen weiter vorn saßen Sam und Mary Jenkins und George Howells. Zu den Klängen von Mozarts Requiem schlossen sich die Vorhänge vor Kacy Howells' Sarg. Kaum war der letzte Ton verklungen, sprang Peter auf und verließ das Gebäude.

«Die Walshes haben Kacy Howells, Snaggy und Lofty auf dem Gewissen und versucht, Trevor zu töten. Meinen Sie, Mutter und Sohn wandern dafür auch hinter Gitter?», fragte er Dan.

«Keine Ahnung. Mick Walsh singt wie ein Vögelchen, aber ich könnte mir denken, dass die Verteidigung seine geistige Behinderung anführt und vor Gericht darauf plädiert, seine Aussage nicht zuzulassen. Doch selbst wenn die Mordanklage fallengelassen wird, muss Mrs. Walsh mit einer ziemlich langen Haftstrafe rechnen. Schließlich wurden in ihrer Garage beträchtliche Mengen Heroin und Kokain gefunden. Erschwerend kommt hinzu, dass zwei von den Dealern, die wir geschnappt haben, als sie den Stoff abholen wollten, ganz erpicht darauf sind, einen Deal zu machen. Die beiden beteuern, Mick wäre für Snaggys und Loftys Tod verantwortlich. Ob das zutrifft, kann ich nicht beurteilen, doch die Entscheidung liegt glücklicherweise nicht bei mir, sondern beim Gericht. Wir haben die Beweise und die Tatverdächtigen geliefert, und nun können der Richter und die Jury sich damit herumschlagen.» Dan beobachtete einen Mann, der die Kapelle durch eine Seitentür verließ und zwei kleine Gebinde – eins aus Lilien, das andere aus Rosen – auf einen Betonsockel legte. Dann schob er eine Karte in eine Halterung und stellte sie davor.

Peter las laut, was darauf geschrieben stand: «*Kacy Louise Howells.* Ist nicht gerade viel, oder? Hmm ... Wer weiß, was von uns einmal zurückbleiben wird?»

«Unser Tod wird hoffentlich von mehr Leuten betrauert werden», meinte Dan. «Besuchen wir jetzt Trevor im Krankenhaus?»

«Soweit ich weiß, wird er heute entlassen. Was halten Sie davon, irgendwo ein Bier zu trinken?», fragte Peter.

«Klingt gut.»

«Nur will ich auf keinen Fall ins Platform 10 oder sonst irgendeine Kneipe, in der Spitzel abhängen», verkündete Peter. «Ich möchte mir jetzt nur in aller Ruhe einen hinter die Binde kippen.»

«Und Sie wollen ein Bulle sein?»

«Später wieder. Jetzt gönne ich mir eine kurze Auszeit.» Peter ging zu seinem Wagen und öffnete die Tür.

* * *

Nachdem Peter den Artikel gelesen hatte, faltete er die Zeitung zusammen, legte sie auf die Ablage unter dem Beistelltisch und blickte zu Daisy hinüber, die gerade einen großen Obstkorb auf den Tisch stellte.

«Der arme Trevor», murmelte sie. «Hoffentlich mag er das hier überhaupt essen. Mit einer Lungenentzündung ist nicht zu spaßen.»

«Der Glückspilz ist für einen Monat krankgeschrieben. Nun kann er in aller Seelenruhe mit Marty spielen und sich von Lyn betüddeln lassen.»

«Für dich ist alles nur ein Witz.» Sie nahm eine Parfümflasche und einen Teddybären aus einer Plastiktüte und legte die Sachen neben den Obstkorb. Die Geschenke für Lyn und Marty hatte sie im Duty-free-Shop gekauft.

«Wie viele Polizisten kennst du, die blöd genug sind, sich in einen Swimmingpool werfen zu lassen?»

«Hör auf.»

«Womit denn?», wollte Peter wissen.

«Tu nicht so, als wäre das, was Trevor zugestoßen ist, witzig und ginge dir am Allerwertesten vorbei.»

«Daisy ...», begann er zögerlich.

«Ja?»

«Ich habe nachgedacht.»

«Aus deinem Mund klingt das irgendwie komisch.»

«Über deinen Vorschlag, ein Haus zu kaufen ...»

«Und?»

«Ich habe mit Alan gesprochen ...»

«Über die Schönheitskönigin, die niemals in einem nordafrikanischen Harem war, sondern wohlbehalten in Hollywood aufgetaucht ist?»

«Dass sie als weiße Sklavin nach Afrika verkauft wurde, stammte nicht aus Alans Feder. Und nach allem, wie die Recherche zu diesem Thema sich auf sein Leben ausgewirkt hat, wäre es besser, ihn nicht darauf anzusprechen», entgegnete Peter ungeduldig. «Er hat beschlossen, sein Haus zu verkaufen. Und seine Freundin Judy will ihre Hütte auch loswerden. Die beiden tun sich zusammen und legen sich ein Penthouse am Hafen zu.»

«Klingt vernünftig und passt auch besser zu Alans Lebensstil.»

«Im Knast hatte er genug Zeit, darüber nachzudenken, was er mit dem Rest seines Lebens anfangen will.»

«Dass ein Gefängnisaufenthalt einen nachdenklich stimmt, kann ich mir sehr gut vorstellen. Was nicht heißen soll, dass ich auf diese Erfahrung erpicht bin.»

«Jedenfalls bin ich ins Grübeln gekommen ...»

«Nein.»

«Du weißt doch gar nicht, was ich sagen möchte.»

«O doch», widersprach sie ihm.

«Alans Haus ist nicht schlecht und hat einen großen Garten. Und jetzt, wo George Howells ebenfalls ans Verkaufen denkt ...»

«Und die Walshes wahrscheinlich auch.»

«Judy nicht zu vergessen. Wie dem auch sei ... in der Straße stehen plötzlich viele Häuser zum Verkauf, und da gehen die Preise garantiert in den Keller.»

«Nein, Peter. Meine Antwort bleibt die gleiche. Ich werde bestimmt nicht dort draußen wohnen.»

«Wer hätte gedacht, dass du abergläubisch bist? Nur weil dort jemand ermordet wurde ...»

«Das hat überhaupt nichts mit dem Mord zu tun. Die Häuser in dem Viertel haben ein großes Manko: Die Aussicht dort ist nicht mit der von Trevor und Lyn vergleichbar.»

«Dafür sind sie größer.»

«Ich möchte aufs Meer schauen können.»

«Trevor und Lyn haben nur einen winzigen Garten.»

«Dafür ist der Strand direkt vor der Tür. Sie müssen nur ihr Grundstück verlassen und sind am Wasser. Und außerdem, Peter ... wer von uns beiden hat denn die Zeit, sich um einen Garten zu kümmern?»

«Du?», schlug er spaßeshalber vor.

«Zu deiner Information: Ich habe bereits ein Haus gekauft. Gestern, gleich nach meiner Rückkehr, habe ich die Papiere unterschrieben. Dass es zum Verkauf steht, ist mir neulich bei unserem Besuch bei Lyn und Trevor aufgefallen. Es ist in derselben Straße und genau das, was wir brauchen. Außerdem hat es drei Schlafzimmer. Im Moment brauchen wir natürlich nur eins, aber das ändert sich in sechs oder sieben Monaten.» Sein Gesichtsausdruck brachte sie zum Lachen. «Also, was ist? Wolltest du noch über etwas anderes mit mir sprechen, bevor wir zu unserem Krankenbesuch aufbrechen?»

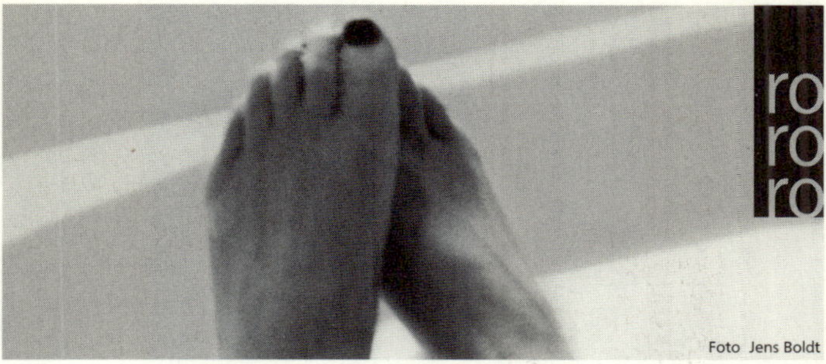

Foto Jens Boldt

Die weibliche Problemzone heißt Mann!

Kathrin Tsainis
Dreißig Kilo in drei Tagen
Roman
3-499-22925-0
Vicky ist nicht dick, aber sie fühlt sich fett. Sie hätte gern wilden Sex mit ihrem neuen Schwarm, traut sich jedoch nicht, ihn anzumachen. Und eines weiß Vicky ganz genau: Ihr Leben sähe anders aus, wenn ihr Bauch flacher wäre, ihre Beine straffer und ihr Hintern kleiner. Abnehmen ist angesagt. Egal wie. Hauptsache, schnell fünf Kilo runter. Denn dann kommt das Glück von ganz allein. Oder nicht?

Tagediebe
Roman
3-499-23302-9

Christine Eichel
Wenn Frauen zu viel heiraten
Roman
3-499-23369-X

Ildikó von Kürthy
Mondscheintarif
Roman
3-499-22637-5
«Ich musste eine Schlaftablette nehmen, weil Lachzwang mich am Einschlafen hinderte.» (Wolfgang Joop)

3-499-23287-1

FSC
www.fsc.org
MIX
Papier aus verantwortungsvollen Quellen
FSC® C083411

Das für dieses Buch verwendete FSC®-zertifizierte Papier
Lux Cream liefert Stora Enso, Finnland.